『字码头』读库·辽宁舰

北人南相

◎刘元举 著

大连出版社
DALIAN PUBLISHING HOUSE

刘元举

1954 年岁末出生于大连普兰店市，祖籍山东龙口。1980 年年末调入鸭绿江文学月刊社。1996 年，被评为第四届辽宁优秀青年作家。现为中国作家协会会员、辽宁作家协会主席团委员、鸭绿江文学月刊社主编、编审。

已出版中短篇小说集《人·情》、报告文学集《黄河悲歌》、长篇报告文学《中国钢琴梦》、长篇纪实小说《手相梦》、散文集《西部生命》《表述空间》《上帝广场》等十余部作品，约三百多万字。中篇小说《黑马白马》获第二届《作家》杂志中篇小说一等奖，报告文学《黄河悲歌》获首届“中国潮”报告文学征文二等奖，长篇纪实文学《中国钢琴梦》获首届东北文学奖优秀作品奖，散文集《西部生命》获第三届东北文学奖优秀作品奖、首届鲁迅文学奖提名、首届中华铁人文学奖一等奖，还有数十篇作品获省市级奖项。

目录

BEIREN NANXIANG

第一辑

往回数四十年，我们县城只有一家电影院，电影院是一间大筒子屋。

一条大河

往回数四十年，我们县城只有一家电影院。电影院是一间大筒子屋，像那种简陋的大车间。一排排长条凳子摆得挺密，铁腿，坚不可摧地铆在水泥地上。每场电影放映时，两侧过道也都站着人，那是买的站票。站票比坐票便宜一半，当时只需五分钱。电影院太小了，每当来了一场好电影，人们便开始了各种关系的角逐，最大的特权和最卑微的处境就是在这座电影院里一见分晓。而我们这些穷孩子只能眼巴巴地把看电影的希望寄托在部队大院。

县城驻扎着一个炮团，番号为三三五六。三三五六部队团部在县城的中心地带，一道灰色的水泥大墙方方正正地将军人与老百姓分隔开来，形成两个天地。大墙很高，很是庄严神圣，令我高山仰止又充满羡慕。墙体上书写着大标语：团结、紧张、严肃、活泼。记得那是黑体大红字，字的边缘描着黄颜色，黑夜里都能辨清。每到周末傍晚，一个个绿色的方队就会朝团部走去，他们器宇轩昂，步伐雄壮，高唱战歌《三大纪律八项注意》

《打靶归来》《下定决心》《毛主席的教导记心怀》这一类，还夹杂着震天动地的口号：一、二、三——四！方圆几里外都能听到。爱看热闹的小城人纷纷夹道围观，战士们目不斜视，却会随着看热闹的人的增多，步伐更加雄壮，歌声更加嘹亮。我们这些光着脚丫的秃小子追着队伍跑，看他们的脸色都是一样的表情，他们那粗壮的脖子都鼓胀着同样的青筋，煞是羡慕。于是，我们也可着嗓子跟他们喊：一、二、三——四！他们跑步的时候喊：一、二、三三四！我们有点儿跟不上节奏。

队伍要往团部大门口拐弯时，我们就不能跟了。我们得在大墙外边找自己的位置。马路很宽，坐满了拿小板凳等待看电影的人。大墙里边有两棵旗杆状笔挺的白杨树，就是茅盾先生笔下的那种值得礼赞的伟丈夫般的白杨树，更值得礼赞的还是两棵树中间挂着的那块银幕。这块银幕将大墙里边与外边连成了一个偌大的电影院。不用花钱买票，不用去那座小小的电影院里拥挤，也不用出汗，在凉爽的晚风中看电影多惬意！只可惜我们看的是银幕的背面，清楚倒是清楚，就是声音听不太真。一些片子，像《扑不灭的火焰》呀，《野火春风斗古城》呀，有些地方就没大看懂。

在这里看片印象最深的是《上甘岭》。那天，战士们的情绪特别高涨，演出前，他们在拉歌。拉歌的声浪此伏彼起，有人喊：一连！更多人和：来一个！一连！

来一个！一连就唱起来。唱完，又是一声喊：一连唱得好不好？更浑厚的声音回答：好！又喊：再来一个要不要？更结实的声音回答：要！于是，一连又唱。高高的白杨树上的叶子被歌声震得唰啦唰啦响。一连唱完了，一连就有人领头喊三连；三连就唱，三连跟一连唱得一模一样；又拉到了二连，二连唱完了，也跟三连唱得一个味儿。用句歇后语说：连队唱歌——一个味儿。我们就在外边跟着瞎起哄。

后来，他们唱二部。唱二部时，一个连队先唱，一个连队后唱，雷声一样滚来滚去，大墙里边人声鼎沸，轰轰烈烈，那气氛简直称得上波澜壮阔。歌声把我们外边的老百姓也带起来了，我们也加入了唱歌的队列。我们唱得没有人家里边的齐，其实，我们只是可着嗓子，跟着乱喊乱叫，喊得开心，叫得过瘾。唱到最后一句，二部歌声汇到了一起，如江河决堤，气势磅礴。歌声戛然打住，银幕上打出了一行字：肃静！马上就要开演了！

天，这时全黑下来了，银幕被灯光打得灿亮无比，显得更宽了。蓦地，银幕正中推出一颗带有“八一”字样的五角星，在音乐声中光芒四射，一直闪到银幕外边，与天空的星斗辉映一体。得感谢那天晚上的风，把电影里的声音刮到了大墙外边，使我们听得特别清楚。枪炮声，飞机轰炸声，在以前打仗的片子里都听不到，只能根据墙里边战士们的情绪走，只要他们一鼓掌，就是我们打冲锋了，我们也就跟着把手拍疼。其实，不拍巴掌也行，肯定没人管，但，我们那时的巴掌就好像不是自己的。战士们也不是随便鼓掌的，他们得掌握火候，比如，当电影《上甘岭》的主题歌“一条大河”（其实应该叫《我的祖国》）唱响时，全场安静极了。那是一首我当时听到的最好听的歌。那时我还不知道郭兰英是谁，更不会想到若干年之后，还会有一部写她的电视连续剧。我只觉得“一条大河波浪宽，风吹稻花香两岸……”这旋律太美，太有韵致，跟以前所有那些雄壮的可嗓子吼的歌完全不是一回事。这歌声听了一遍没听够，随着故事情节的推进，影片中不断地回荡着这抒情的旋律，令我沉醉不已。平时，电影散场了，我们就会扯着嗓子吼那种从电影里学到的或者从看电影的战士那里学到的歌，反正电影看兴奋了，就会狂唱不已。而这一次散场，却再也没人去可嗓子吼了，人们都跟我差不多，用那种细小的声音，委婉轻柔地哼唱着“一条大河”。差不多每个哼唱的人都是这种状态，只会一两句，却反反复复，没完没了地哼唱不止。

我哼唱着“一条大河”往家走。我仰头望天，那晚，小城的夜空星光格外灿亮，不费劲儿就能找到牛郎星和织女星，把它们分隔开来的那条天河看上去像飘浮着的一层细软的丝绵。令我惊异的是，细看，那些丝绵居然还在流动。

从那个夜晚起，“一条大河”一直在我的耳畔缭绕，我却一直没有能够把它完整地唱会，盼着再演电影时跟战士们学唱，我有很多歌就是这么跟战士学会的。可是，打那以后，战士们一次也没有唱过这支歌。他们在队列中不唱这歌，大概是因为唱这歌赶不上步点；他们在电影开演前拉歌也没有唱过这歌，也许这歌是女的唱的，战士们当中没有女的。整个一个童年，我在三三五六部队露天影院就不曾看到一位女兵。我渴望见到女兵，是为了听到女兵唱“一条大河”。说来也怪，自从听到“一条大河”之后，再听到战士们列队入场看电影时唱的那些威武雄壮的歌，我就不似以前那么瞎激动了，尽管我曾经为之激动不已。我既不跟着队列跑了，也不羡慕战士们那种雄赳赳气昂昂的样子了，还有涨粗的脖子上那一条条青筋，甚至觉得他们可嗓子吼得太厉害，会把嗓子弄坏的。

整个一个童年，我没有唱会这条大河，可不一定什么时候一高兴就会冒出一两句来。直到现在聚会时，人家点到我唱歌，躲是躲不过去的，就一鼓劲儿唱了这条大河。结果，还是唱的开头那几句。当然，现在唱与小时候唱，感觉是完全不同了。

更深层次去理解和感受这条大河，还是那年，少年钢琴天才郎朗在即将离开沈阳赴美留学时，在中华剧场举行的那场演奏会上。

或许只有到了即将告别亲人、告别故乡时，郎朗才会感到这份亲情有多厚多沉！从郎朗的面部表情上可以看出这些年来不曾有过的沉郁和矜持。他与指挥合作得非常成功，他得到了指挥的感谢，更得到了台下观众的感谢。那么多孩子涌上台去为他献花，他那么长的臂膀搂抱着却还是搂不过来，他只好将花分发给乐队的每一位乐手。他是那么潇洒地将花束抛向了乐手们，台下响起了激动人心的掌声。于是，郎朗又一次深深弯下腰，行了一个绅士派的大礼，然后，沉静地端坐在钢琴前。钢琴那乌亮的板壁在灯光下反射的光泽在我看来都具有了强烈的离情色彩。郎朗静静地面对着键盘，我无法知道他此时在想什么，或许他什么也没有想，只是让自己更深地进入一种意境与感觉中。我们都在等待着那首我们熟悉的“一条大河”。

郎朗的手像气功状态中的起势，缓缓地飘落在键盘上，像灵巧的船桨划开了宁静许久的河面，那清凌凌的波纹舒缓地荡漾开来，我感觉到那柔荡的波纹正款款地朝着我的心灵漫过来，层层浓烈着我的记忆、我的情感，那种中华民族熟悉的主旋律是在一种由弱渐强的缠绵演奏中，排箫般引起了我的共鸣，我的内心随着清脆的琴声而和唱起来：

一条大河波浪宽，
风吹稻花香两岸，
我家就在岸上住，
听惯了艄公的号子，
看惯了船上的白帆……

情感追逐着旋律起伏还是旋律追逐着情感起伏？郎朗进入了状态，我也沉入了我的童年。那个部队大院，那两棵高高的挂着银幕的白杨树，还有那条总爱唱却总也唱不完整的大河…… 一晃，几十年过去，还是这条大河，却再也回不到我的童年了。部队迁走了，那个大院还有那两棵伟丈夫也早已不见了踪影。

郎朗是幸福的，他们这一代孩子无疑也是幸福的。他们也有苦恼，他们的苦恼是看电影看电视的机会太多太多了。

郎朗演奏的“一条大河”是由一对夫妻改编的，而丈夫恰好是我们家乡的。他年长我几岁，他能把这首曲子改编得如此缠绵，如此深情，我想，八成也与小城那个部队的露天电影院不无关系吧。郎朗不会知道我们小时候的故事，他也未必能理解，但是，他以他的角度去理解这条大河，去理解我们的祖国。他动了真情，他把一条大河揉出万般离情，荡气回肠，催人泪下。等他弹到结束时，他竟重新又开始了“一条大河”的旋律，那是更柔更弱更宽阔的声音，让你感到这条大河画轴般在你的眼前铺展开来，伴着迷蒙的雾气，有一条小船颤悠悠地漂弋而去，小船上乘坐的人已经看不清了。当年肖邦就是乘坐这样一艘小船离开他的祖国漂向巴黎的，从此，他再也没有回来。任何国度的艺术家都得有自己的根呀！霍洛维茨在八十高龄时颤颤巍巍地回到离别多年的祖国演奏，他登台时的颤巍巍的步履在我看来不是因为他的老迈，而是因为他那颗无法平静的颠簸的心。人不能没有自己的祖国，不能不爱自己的家。我在郎朗的深情的如泣如诉的演奏中，泪水潸然而下。

郎朗结束了他的演奏。他这次不像以往那么立刻起身，观众也不像以往那样马上给他掌声，都陷入了一种回味，都浸淫了一种酸酸的离情。

终于，郎朗找到了感觉；终于，他爱上“一条大河”。他饱蘸着他的情感，用他最拿手的“粘连”技巧把这条大河表现得极其感人。电视台记者采访了郎朗。郎朗说，他不会忘了家乡这片土地，他还会回来，他说，他要把这条大河拿到美国、拿到世界各地去演奏，他坚信这首曲子可以感动全世界！

世界各地都有华人，我相信所有的华人都会为这条大河而动情的。

阅读的天空

那些年间，我时常会听到父亲对来人炫耀：“我当了一辈子会计没有贪污一分钱。”因为这个自豪的理由，在我成长的年代，家境一贫如洗。这直接导致了小时候的我，面对任何一本喜欢的书只能望洋兴叹。而我的阅读生涯便始于这样的窘境中。

县城有一家书店叫新华书店。那时候所有的书店都叫新华书店。新书摆放在架子上，一个柜台将人与书隔开。买书的人在柜台外边伸手指点着架子上的书，柜台里边的售货员就会将你要的书从架子上边取下来转身递给你。你只能在这里翻一翻，然后决定买还是不买。翻书的时间没有规定，但肯定不能太长，因为这里绝不是读书的地方。然而，我却硬是站在这里，以最不适合读书的方式读完了一部书——《欧阳海之歌》。

这部书的封面，充满英雄气概，有如烫金般的拦烈马的雕塑图案，灼亮着我的双眼。书的售价只有一元钱，而我却无论如何也买不起。我连学校每周组织一次看电影的钱（五分钱）也交不上。但是，这部书对我的诱惑使我无法放弃，买又买不起，放又放不下，我只能硬着头皮到书店进行这种特殊的阅读。

起初，我的心态完全相似于小偷。书店的大门是早晨七点十分打开，门一开，我便头一个钻进去，然后，在柜台前装模作样地磨蹭一会儿，一指架子上的《欧阳海之歌》让售货员拿给我看一看。所谓看一看就是买之前翻一翻，挑一挑。我一边翻着书，一边得拿眼睛余光斜着售货员，心跳得很快，生怕人家识破我的阴谋，劈手将书夺过去。在这种紧张的状态中，我是很难将书读进去的。我意识到，这是新书，人家肯定不愿意让我这样的小孩子乱翻的，估摸着十几分钟吧，我就乖顺地恋恋不舍地将书递还了。

我很庆幸，那个接过书的阿姨并没有露出不悦的神色，相反，她在接过书的时候，还对我微微一笑。

就凭她的微笑，我的胆子逐渐大起来。第二天，我还是以要买书的方式，向那个站柜台的阿姨索要书看。我还是无法控制心跳的加速，我比头一次更加小心地观察着柜台里面的阿姨对我翻书的表情。我生怕惹得人家厌烦，再也不让你来翻书了，所以，我也只能是像头一次一样，翻看一会儿，就将书奉还了。第三天，我还是以同样的方式，拿到了这部书。我感觉那个阿姨在给我递书时，眼睛里充满温暖，好像在说：没关系，你爱看就看好了。

于是，我壮着胆子，比前两次看得更投入，也看得时间更长了一点儿。我完全看进去了，或者说我完全被这部书迷住了。我忘记了场合、地点。大概快到中午了，等到我突然想起来要还书时，那个售货员就笑了，她其实早已看破了我的把戏。她见到我的窘态，并没有责怪我，而是微笑着将书重新推还给我，让我看下去。她说她家也有两个儿子，她说她的儿子要是能够像我这样喜欢看书就好了。她安慰我，看吧，不要紧的。

就这样，我可以放大胆子天天来这里看书了，而且一看就是一上午，直到将这部书看完。我不舍得将这部书看完，越到最后，书页越薄，我越是慢下来。我一直不舍得往下看了，我怕看完，也怕看到英雄欧阳海壮烈牺牲的场景。作者真了不起，他使用了抒情的排比句，抓住了英雄冲上去的那一瞬间，短短的二十三秒，淋漓尽致地抒写着欧阳海看到了什么、听到了什么、想到了什么、说了什么，之后，笔锋一转，否定了前边的猜测，而是肯定地写道，他什么也没有看到，什么也没有想到，什么也没有说。他的短短的二十三年的人生，不就是说了这些，看了这些，听了这些，想了这些吗？！于是，我的周身被这滚烫的文字激荡出万千豪迈，以致不能自已。真的，对一个十三岁的孩子而言，这是多么强烈的阅读体验、多么震撼的阅读体验啊！这部充满英雄激情的书让我激动不已，让我永远难以忘怀。我当时不仅崇敬着主人公欧阳海，我更崇敬着作者金敬迈。那时候，我是不敢想象日后自己也要走上写作道路的，我只是被书中燃烧着的那股英雄理想亢奋着而久久无法平静。我当时一心想当兵，一心想做欧阳海式的英雄。这个愿望日渐强烈着，我便一次次在日记中写道，我的最大的理想就是去当兵，去做一位欧阳海式的英雄！

那是个当兵热的年代，适龄和不适龄的青年人哪个不想当兵呢？我周围一些有家庭背景的同学，纷纷穿上了军装，令我们羡慕得要命！而我，则始终未能圆了这个当兵的梦。

兵是没能当上，英雄就更当不成了。不过，我由此养成了一种站着读书的习惯。直到现在，每当我去逛书店时，也总喜欢站着看书。现在书店都是开架售书，想看哪一本自己取就是了，想看多长时间你就可以看多长时间，没有人会打扰你的。因此，我常常会顽劣地站着翻书看，一站就是一上午。在书店站着看书能够迅速集中精力，其效率远比将书买回家躺着看要高得多。而且，我还有个毛病，书一经买回家，就不那么急着看了，有时候一放就是几年。而在书店却不同，只要拿到手里的书，就恨不得一下子吞食掉。我的这种站功时常会让跟我一同逛书店的友人吃不消，尤其是我的妻子，她最怕的事情就是跟我进书店。

在以后的日子里，我的阅读很得益于新华书店那个李阿姨。她每次在书店见到我，都是一脸的笑容，抹都抹不掉。她非常高兴地给我介绍新来的书，跟我感叹着她的两个儿子没有一个像我这么爱书。因为她的夸奖，这个书店所有的人都认识我了，都把我当成了有学问的人。而我在这里也开始享受特权。这时的我，已经上班工作了，我已经能够挣出买书的钱了。所有的书，只要一到，他们就会给我打电话，其实，不用打电话，我也几乎天天来看看来了什么新书。刚进来的新书放在后面的库里，而我有这个资格到库里边选择新书。到库里选择新书的感觉真不错。就这样，我购买了一批新出版的世界名著。那时的书真便宜，像《茶花女》《高老头》这样的书每本才六角钱左右；而《基度山伯爵》四本书的定价一共才四元钱。现在我的书柜上，有一大批纸页泛黄的书，就是来自家乡的那个令我难忘的新华书店。

应该说，那些世界名著对我日后的创作都产生了深刻的影响。但是，最令我感慨的还是那部《欧阳海之歌》。因为第一部书的影响肯定与其后的不同，何况，所有的书中，只有这部书我是以特殊方式阅读的。

到了80年代末，有一次，我听说金敬迈到沈阳军区了，我非常激动地想见见他，向他倾诉我在少年时代读他的书的情景。但是，我没有见到他。直到1996年12月在北京参加全国作代会时，我与金敬迈才有缘相见。

当时所有代表都住在京西宾馆。我们辽宁代表团住在六楼。每两个人住一个房间，房门上贴着与会代表的名字。有一天傍晚，我到走廊上去送客人时，突然发现在我同一层楼上的一扇门上竟然贴着“金敬迈”的名字。这让我眼前不禁一亮，一种说不清的激动使我怔了半天才去敲门。我看到一位白发壮硕的长者打开了门。我问他金敬迈在吗，他说我就是。我只能自报家门，差不多始终是我在讲述，他听得很安静也很理性。我跟他倾吐了我与他的书的故事，甚至我还当面给他背诵了他的书的部分精彩章节。然而，他并没有表现出我所期待的感动，他甚至像在听我讲述与他关系不大的事情、在背别人写的书似的。我感到十分困惑：他真的是那个充满激情写英雄的作者吗？他的平淡与我年深日久的激动是无法平衡的呀！我想不明白他这是为什么。

五年后，我接到漓江出版社的年选书。书中选了我的报告文学《中国家庭：钢琴带来的喜与悲》。这是2001年的选本，翻开来，我眼前一亮：里面收录了金敬迈先生的一部新作《好大的月亮好大的天》。于是，我一口气看完了这部书，其震撼程度绝不亚于当年的那部“欧阳海”！只不过，这一回英雄人物不再是别人，而是他自己！他就是因为当年写了《欧阳海之歌》一书而红遍大江南北，竟致遭到了江青的迫害被关进秦城监狱。而他在那个真正的监狱中所经历的故事简直令人触目惊心。七年中，他关在阴森的大墙里边，只能见到一小块被切割的天和一个很大很凄惨的月亮。他的文字令我想到了茨威格的《象棋的故事》。掩卷沉思，我想到了那个作代会上接受我拜访的白发长者，他那坚毅冷峻的面孔，他那过分冷静的反应，他那没有多余的寒暄并且一点儿也不为你受他书的影响而欣喜的样子。我弄明白了，如今的他，已经远不是当年写作“欧阳海”的青春沸腾的金敬迈了！他老了，他什么都经历过了，他什么都看透了。他对生活的体验与认知，已经完完全全地陷入宠辱不惊的状态中了。他那些年里阅读的天空是倾斜的，属于他的阅读范围是阴郁的凄惨的清冷的月亮。用他自己的话说，死在那个著名的监狱里面是正常的，而他能够活着出来甚至能将他的真实经历付诸文字，这简直是奇迹。

在我阅读的天空中，如果说阅读《欧阳海之歌》是我少年时代的激情燃烧的彩虹的话，那么，现在读他的生死之作《好大的月亮好大的天》便是涂抹了凝重而沉郁的云霭。这两部书之间相隔了差不多四十年。

四十年前的父亲是个胆小怕事、安分守己的青年，那时候他一心只想着工作。四十年后的父亲已经垂垂老矣，他因糖尿病综合征而导致双目几乎失明。他已经很久不再诉说他自豪的理由了。他习惯于沉默。他眼睛看不见时更加沉默。已有三年了，每当他茫然地仰望着斜上方时，我便意识到属于他的那片天空，不过是一张宣纸，在坚忍而持久的浸染中，它差不多已经变黑，不会再见到一丝光亮了。然而，我始终费解的是为什么他从来不在我面前承认他看不见，每每要带他去看医生、希望为他动手术时，他总是说他还能看到一点儿，他拒绝做手术。他是担心他那可怜的极微弱的视力被手术刀彻底破坏呢，还是因为他不愿花儿子的钱为自己治病呢？（父亲曾经对别人流露过没有钱为我买书的沮丧。）无论是哪种理由，父亲的痛楚都是实实在在的。因为，他是那么渴望着能够读到他的儿子的作品，但是，这种可能已经离他远去了。父亲不是作家，也从没有英雄气魄，他是个老实人，谁都说他老实了一辈子。现在让我评说年迈的父亲，我觉得他是个了不起的人。他的自控力、自律力都将赢得我永远的尊敬：无论是当年不曾贪污一分钱，还是现在眼睁睁看到自己的天空像一张宣纸被墨浸黑而不叫不闹，默默承受。

如今，父亲已经过世五年了，但五年的悲伤从未在我的心中淡漠过……

红点颏

一

一声鸟鸣，孩子愣了神。恍惚间，孩子看到了一棵树立于深潭边。那沉沉的树冠凝聚了饱满的露珠，猝然一摇，颗颗露珠洒入潭中，悠悠荡荡，飘浮出一缕透明的青丝，把天空，把小院，把孩子都紧紧地裹在了一起。

斜上方是一个阳台。阳台很精美，上面挂着一个圆圆的黑皮桶。鸟叫声不断从黑皮桶中传出，凄凄切切，叫得孩子阵阵发凉。孩子冲出小院，勇敢地去砸三楼一扇房门，用拳头。

门应声而开，立着一个胖伯伯，在孩子眼里，所有的慈祥都从他光秃的额顶弥散开来，润泽温柔，像雾中的太阳。

“小波，什么事？”

“鸟，阳台上的鸟——”孩子叫着，比画着。

胖伯伯把孩子带到阳台，摘下黑桶。

孩子眼前出现了魔术。黑色的是布，抖抖地现出一截圆圆的鸟笼。只听笼内扑地一跳，鸟笼醉了般地悠荡起来。

孩子看到了一个可爱的小脑瓜，不安分地拱动着。鸟笼栏间缝隙太窄，卡住了半个小脑袋，只有尖而细长的小嘴探出了笼子。那小嘴茫然地在笼子外面戳戳点点。

“伯伯，拿开吧，它要憋死的。”

“喂咿，这你就不懂了。这鸟是刚捉来的，还不适应，揭开黑布，它会撞死的。”胖伯伯放下揭起的黑布。

孩子抓住了布角。

小鸟受惊地一蹿，高高仰起头颅，将那丰盈的颏与喉部尽情袒露。一道赤红色的绒毛，由颏部曼延至光滑的腹部，汹涌地穿过两腿之间。孩子眼前倏然一亮，兴奋地把手指伸进笼内。

小鸟用它高贵的尖嘴，轻轻啄了一下孩子的指尖，痒痒的，酥酥的，像一颗啄碎的葡萄滑进孩子嗓眼儿，甜汁在孩子腹内漫延。孩子换个手指往里伸。他想把五个指头轮番往里送，一个一个都让小鸟啄一下。他觉得这是世界上最美的事情。

可惜胖伯伯制止了他。

鸟笼放回原处，胖伯伯问他这是什么鸟。孩子叫不出。见孩子说不出，胖伯伯高兴了。胖伯伯高兴了，话就说得多起来。他告诉孩子，这叫红点颏，是一种相当名贵的鸟。雄鸟比雌鸟名贵，“穿裆红”更名贵。这只红点颏就是“穿裆红”的雄鸟。一只这样的红点颏能换一台大彩电呢，胖伯伯很肯定地说。

孩子全信。胖伯伯说啥孩子都信。

孩子从此不玩泥巴了。他迷上了红点颏。胖伯伯经常邀他来看红点颏。笼子上的黑布总算揭去了，红点颏在一片明亮的空间轻盈地蹿跳。每当它鸣叫时，嫩黄的小嘴儿便一张一合，全身羽毛蓬松地颤动，白亮的眉纹、褐色的羽翅、横贯腹部的赤红，交相辉映。孩子在惊羡中，也学着红点颏鸣叫。孩子一叫，红点颏就不叫了，等孩子刚闭上嘴，红点颏就又开始叫了。在孩子和红点颏的交错鸣叫中，胖伯伯欢喜得笑眯了眼睛。

孩子最爱看红点颏沐浴。水湿的红点颏将身子猛地一摇晃，散射的水星飞溅到孩子脸上。凉丝丝的，好爽！孩子开心得大声叫喊。每到这时，孩子就萌生了一个念头，要是把红点颏抓出来，摸摸它的羽毛该有多好！

孩子对红点颏的异常喜爱，使胖伯伯很高兴。他也开始喜欢上这个邻居家的孩子。他们属于忘年交。孩子很勤快，几乎每天都到山上为红点颏捉玉米螟虫，一腿泥斑，一身汗水，这使胖伯伯更加感动。每次，他都会为孩子打来一盆清水，用一条雪白的毛巾给孩子擦洗干净。那毛巾真白呀，孩子拿在手里竟不舍得用了。他使劲嗅着那股淡淡的皂香，身上竟窜动着一股幸福的暖流。

二

红点颏一天比一天精神，胖伯伯却一天比一天发蔫了。孩子知道胖伯伯生病了，便对红点颏加倍热心照料，而红点颏也逐渐对孩子产生了依恋。

每当孩子捉了满满一小瓶玉米螟虫撞进屋，一边学着红点颏叫唤，一边扑向阳台时，红点颏就会立刻扑扇着翅膀，热烈跳跃着迎接他。孩子想，要是没有笼子，红点颏准会一头扑进他的怀里。孩子一想到红点颏会扑到他怀里，便幸福得要命。他用小瓶逗引着红点颏，轻手轻脚地凑到近前，伸手就要开启笼门——

“嘘，别动！”

孩子一哆嗦，身后飘起一朵白云。白云是柔和的，孩子并不害怕。他敢转身去盯住白云：那是一位穿着白大褂的姑娘。孩子便问她，你是谁？她笑而不答。白大褂飘溢出来苏水的味道。

孩子凶巴巴地瞪着她，而红点颏却发出一串欢快的鸣叫。“白大褂”的声音也显得那么清亮：“我早听说了，你是个调皮鬼。”

孩子逼视她，问她来这里做什么。她说是来给李主任注射的。注射是什么呢，孩子不懂。姑娘就咯咯笑着说：“打针呗！”

孩子一愣："往腚上扎？"

她纠正道："不，扎臀部。"

"臀部是哪儿？"

"就这儿。"她上前拍拍孩子的屁股。

"是腚！"孩子粗粗地喊叫着。

"哎呀，好难听。"

孩子乐了。红点颏也跳跃得欢实。孩子从小瓶里捏出几条虫子就往鸟嘴里送，却被白衣护士拦住了。她责怪道："你一点儿不讲卫生，这虫子不洗，怎么能喂鸟呢？"

"那……那，伯伯也从来没让洗呀。"

"他不讲卫生，要不他能得病吗？"小护士说着要过孩子手中的虫子，在水盆里洗了洗，用指尖捏着，去喂红点颏。

孩子发现她的手指尖尖的，柔柔的，细细的，从鸟笼缝里伸进去一点儿都不碍事。红点颏显然也被她的美丽指尖迷住了，要不，它干吗愣着神不一口啄下虫子呢。每次他喂食红点颏时，红点颏总是不等他的手指伸进去，就迫不及待地探出尖嘴，一口啄去虫子。有时还会啄痛了他。

"吃呀，我给你洗干净了。"小护士对红点颏说话。

红点颏听明白了，灵活地探过脑袋，那尖硬的小嘴，在姑娘又白又细的指尖上激动地蹭了两圈，这才把虫子鸽了去。姑娘美得咯咯直笑。

胖伯伯从里屋出来，小护士迎过去，拿出针盒，取出针，把药水抽进针管，斜着朝胖伯伯比画。胖伯伯退回屋，解开裤带。

孩子跟进去，缩在小护士的白大褂后，不敢吭声，偷偷瞅着。

白生生的手指捏着针管，像花瓣似的。另一只手捏着棉球，轻轻在胖伯伯的屁股上擦拭着。擦完了，她就用手捏起胖伯伯的皮肉，把针管直立起来，一甩腕，打了进去。

孩子最怕扎针了。他记得有一次闹病，挨了三针。每一针，他都杀猪般哭嚎。给他打针的是个凶狠的胖女人。那次要是眼前这位小护士，准保不疼。

孩子偏头盯着蜷缩着的胖伯伯，他发现胖伯伯眯缝着眼睛，瞅着红点颏，厚厚的嘴角荡出甜甜的笑意。

小护士慢悠悠地推着针，边推边捏动着针管周围的皮肉。红点颏在笼子里跳来跳去，鸣叫不已。

孩子还没看够，针管已从胖伯伯的屁股上拔出来了，粉笔粒似的棉球摁在上面。胖伯伯呢？显然没有觉察到针已扎完了，竟还在那里眯缝着笑眼，一副享受的样子。

孩子从此喜欢上了这个小护士。每次小护士来给胖伯伯扎针，他都定定地在一边瞅，他不再害怕打针了。他甚至盼着自己也有场病，尝尝她打针的滋味儿。

孩子最愿意看她笑，一笑脸蛋就发红，还有两个小酒坑。连红点颏都喜欢听她的笑声呢。只要她站在鸟笼子前咯咯一笑，红点颏就会引颈鸣叫。红点颏叫得越亮堂，小护士就笑得越脆响。

有一天，小护士没来，阳台上显得空落落的。红点颏无精打采，不蹦不跳，蔫巴巴的。男孩子吹口哨引逗红点颏叫，红点颏也木然缩着头，呆呆望着男孩。男孩冲它吼叫，红点颏猛一伸头，怒视着男孩子，还是不叫。

三

胖伯伯的病好了，小护士不再来了，阳台上落了一层灰土，显得空荡荡的。红点颏叫的次数越来越稀少了。熟悉它叫声的男孩听出来了，红点颏稀少的叫声中充满了烦躁，充满了无奈，也充满了忧伤。它开始拿头往笼子上撞了。它想飞出去。它在寻找机会。撞累了，它就将身子蜷缩起来，扭着头，痛苦地用尖细的嘴啄着羽毛。那羽毛一片片脱落，就像阳台下面那棵小杨树，在秋风中索索抖动，一片片叶子飘落在地。

凋零的小树丑了，红点颏也丑了。男孩不忍心看光秃单薄的小杨树，也不忍多看一眼红点颏。

孩子再也控制不住自己了。他将笼门打开，一把将红点颏抓牢在手中。红点颏撒娇地拱动着，呢呢喃喃，万千柔情。孩子将红点颏贴于面颊，蹭啊，撞啊，鼻子一酸，眼泪竟从眼角淌下来。晶亮的泪珠落在红点颏的眉纹上，红点颏甩动着头。

孩子见红点颏温顺地伏卧在自己的手心，便把手指展开了。他让红点颏坚实的两只小爪在自己的掌心站稳，缓缓将红点颏向上托起。

夕阳就要落下了，孩子托着红点颏追逐着那飘忽的一束光亮。他要看看那束夕阳直射红点颏腹部那片赤红的壮美和灿烂。

红点颏猛地扑扇着翅膀，箭一样朝夕阳射去。红点颏不见了，冥然的空间拽起一道红色的光线。那光线直朝不远处的小山沟射去，直朝山巅处那夕阳的落点闪去。当它消失之后，山巅处升起一片如火的晚霞。

孩子的背后站着胖伯伯。胖伯伯拎着空空的鸟笼，冲着那片沸腾的晚霞呆望。

胖伯伯不知孩子什么时候离开了阳台，他没有责怪孩子，一句也没有。然而，一连几天，他都没有见到孩子的影儿。

四

孩子哪里去了？为何不再来看望胖伯伯了呢？孩子觉得对不住胖伯伯，胖伯伯越是没有怨他，他就越发觉得对不住人家。胖伯伯离不开红点颏的，每当孩子眼前浮现出胖伯伯把藤椅搬到阳台上，美滋滋地瞅着红点颏的情景时，他就痛苦不堪。

他发誓不把红点颏找回来就决不见胖伯伯。

于是，孩子整天在山上，整天在红点颏消失的那个小山上守候着。他愿自己化作夕阳落下时的那块凸起的岩石，他愿自己变成山坡上最高的一株槐树。他恨不得放大自己小小的身躯，铺展开来，铺成一片绿茵，铺成一片浓绿的庄稼，铺成一片火红的高粱地。

他恨不得自己立刻融化，化成山涧一湾清亮的泉水。他要让红点颏在自己的溪流中沐浴，他要让红点颏在自己的肉体上雀跃，他要让飞累了的红点颏栖息在自己的枝头，安安静静地睡上一觉。睡醒了，就带它回家。

可是，红点颏哪里去了？它真的融化成那一片彤红炽烈的晚霞了吗？

露水一天天打湿了孩子的裤角，阳光一天天晒红晒爆了孩子的皮肤。岩石在对他说："回家吧，孩子。"

丛林在对他说："孩子，回家吧。"

高粱、玉米，还有大豆都在劝说他回家吧，别再找了。

泉水对他说："孩子，看你累成了什么样了，快回家去吧。"

山风在对他说："孩子，找也找不见了，红点颏飞走了，飞走了的鸟是不会再回来的。"

孩子哭了。他迎风流下的泪飘成了雨网。他不相信，他执拗地往更远更高的山上攀去。鞋的窟窿越磨越大，膝盖的伤口越来越痛。他的眼睛蒙上了灰纱，他的嗓音沙哑地颤着，他的嘴唇干裂地渗出了血丝。他紧抿着嘴，依旧吹着口哨，他在召唤着他的红点颏。他坚信红点颏只要听到他的哨音，就一定会出现在他的面前。

那是第七个中午，在山南面的阳坡上，孩子终于听到了红点颏的回应。那回应就像厚重的铅云缝隙中露出的一丝微弱的光线。孩子不敢相信。当那微弱的光线飘飘忽忽，时隐时现，锋利地砍开云层，直射下来时，天地间骤然豁亮开来，亮得孩子睁不开眼睛。

在那棵光秃的槐树顶端，孩子看见了红点颏。红点颏也看见了孩子。孩子一眼就认出了朝思暮想的朋友，可红点颏却并没有立刻认出小主人。

孩子抑制着巨大的喜悦，轻轻吹着口哨，生怕惊飞它。在那声声口哨中，孩子诉说着自己对它的全部思念。

红点颏没有回答，它只是微微地朝孩子偏了偏头。

孩子继续对它诉说，那声音听起来很沉重。它看见孩子干裂的嘴唇淌出了血。它被感动了，从最高的枝头落下一层。孩子对它招手，它又落下一层。当它落到最低一层树枝时，不肯再往下落了。它端详着孩子，为了更近一点儿瞅他，它跳到了地面上。

孩子太急了，他猛地奔过去。它一惊，又远远地飞了。

他跟着它，又那么一声声凄切地唤它。

他跟着它掠过山坡，跨过溪流。他跟它的距离渐渐缩短了。它钻进了一片密实的灌木丛，他也钻了进去。

它就在他前边，只有两步。可他迈一步，它就跳开一步。孩子终于等不及了，脱下上衣，悄悄凑近，猛地一扑，扑倒在地。

哗啦啦一阵突然的响动，密实的灌木竟摇撼起来。孩子预感到了什么，趴在地上一动也不敢动了。他透过密密麻麻的缝隙，发现了那件雪白的大褂和一件干部服铺在干枯的草地上，皱巴巴的……等孩子再寻那只受了惊吓的红点颏时，却全然没了踪影。

出 道

一

1975年的夏天，肯定比所有的夏天都热。在建筑工地当力工的我，趁着瓦匠师傅大晌午纳凉的机会，赶紧往脚手架上运砖。砖像刚从窑里出来，被烈日烤得烫手。为了增加砂浆饱满度，师傅要求上砖时必须把砖浸透水。我用粗粗的胶皮管子往砖上面浇水。砖喝透了水，增加了一倍的分量。我用肚子顶着车把，一步步往一个用桥板搭好的斜坡上推。车带软软的，比我的肚子还软。轱辘不爱动弹，我拼命顶着车子不让它滑下来。这个铁的车把已经深深地嵌入了我的腹腔，就像化作了我的一节肠子。

大树下面、砖垛下面都有人，或坐或躺。他们差不多都看见我了，却没有人过来帮我。我的发软的膝盖，好像跪在地上，磕破了皮。那渗血的皮肉被沾上的一层灰沙遮盖了，等我把砖车推上去卸下砖石，血丝已经从灰沙中漫溢出来。

这时候有人喊我。他摇晃着一个诏书般的字条，那是劳资股的批条，批准我到交通局去参加田径集训队。从训练到比赛要二十多天，管吃管住，真是天大的美差。我们施工队的人全体变成木桩，我从木桩和砖瓦石料堆间穿过，像经历了一次豪迈的阅兵式。

二

参加男子四百米决赛的一共八人，数我个子矮。我戴着一顶帽子，裁判让我摘我没摘。因为前几天我才剪了个光头，还用剃头刀刮了个精光锃亮。那时候不像现在，光头都是明星，那时的光头在一般人眼里是犯人和准犯人。

在拐过第一个弯道时，我一马当先，越蹽越快。我们家乡管跑得快叫蹽。突然，一阵风把我头上的帽子吹掉了，我本能地回手捞了一把，惹得全场开锅般哄笑。这种铺天盖地的笑声，就像为我助威加油，直到我第一个撞向终点线。

可想而知，我的青光脑袋怎样在光天化日之下突然曝光，真是大大风光了一回。在以后的日子，我走在大街上就会有人对我戳戳点点，他们好像在说这个马蛋子蹽得忒快啦！我们那里管秃脑袋叫马蛋子。即便我的头发在以后光辉的日子里长出来了，也还是有人管我叫马蛋子。那时听到被“马蛋子、马蛋子”这么叫着，心里边挺他妈得意，甚至可以说是美滋滋的。因为那是青春的闪光点啊！

三

一个月后，工地已经搬了两次，搬到县城最中心建百货大楼了。我们是干基础工程。那一次我真正发飙了！由于组长说我干活儿发飘、不扎实，我便跟他置气了。我一个人一下午挖了九立方土，相当于三个人一天的工作量。我光光的脊梁上起码有十几道汗流在为我的尊严奔流、咆哮。我第一次掐着直不起来的酸腰，豪情万丈地支使我的师傅，去给我买汽水。我一使劲儿扔给他一元钱。那时的汽水七分钱一瓶，我一口气喝下了九瓶。我把那九个瓶子齐刷刷地摆在沟沿上。我让夕阳照耀着它们，它们就像为我而挺直腰杆，一起怒视着我们的组长。他姓夏，我们都管他叫大夏。他人高马大，站起来像黑铁塔一般。他的眼睛却极小。他用一根小手指，就能挑起三百多斤的东西，令所有人慑服。

大夏很小的眼睛总是眯缝着，像在考虑什么重大事情。那里面透出的光线与夕阳糅合在一起，照亮了九个空空的汽水瓶子。事后别人告诉我，从我发飙开挖地基时，大夏就在那愣神看着我。其实我是知道的，我就是要让他瞪大眼睛认识本人。他一步步踱过来，蹲下了。他蹲在汽水瓶前面。他那张宽厚硬朗的脸上，富有着疼爱，那一瞬间我的鼻子忽地一酸，赶紧背过脸去。

大山般雄壮的大夏，就这样被我征服了。他逢人便说我真不简单。他夸我太要强了，不能让别人说个不字。

（若干年后，我携妻室回乡。从火车站往我家走，必定要从这个百货大楼跟前经过。我庄严地对女儿说，这个楼有我的一份汗水。女儿不屑地反问：是你盖的？我才不信呢！）

四

又换了一个地方，换到了离县城更远的郊区。那天正赶上打混凝土。我的任务是从地面往二步脚手架上倒腾混凝土，这是我一辈子都忘不了的艰苦劳作。从搅拌机里倒出来的混凝土装入手推车，手推车推到脚手架底下一掀，一车黏糊糊的东西就摊在地上。地上铺着一块铁板。混凝土在铁板上面用铁锹撮还好干一些，可铁板窄小，混凝土都淌在了泥土地面上，这使铁锹弄起来糟透了。端着那种特大号铁锹，一锹足有五十斤，抡不起来得用腿垫着，借点儿力帮扶着往架子上面扣。后来我看到有一些剃光头的挖沟的犯人满脑门子亮闪闪的汗水，我就想到了那时的我。那是讲会战的年代，动不动就做战前动员，就挑灯夜战，尤其是打混凝土时，二十四个小时，都要连轴转的。

我们分成两班倒。一天下来最大的享受就是找一个地方放长条，管他什么炕还是床的，就是错躺在烂泥地上，大概也不想挣扎着爬起来。更难受的是第二天早晨。是起来，还是不起来呢？得斗争好一阵子。大概到了第三天，我几乎完全累垮。

周围是田野，有辽阔也有怅然。那时候如果有人问我，世上最幸福的事情是什么，我会毫不犹豫地说，直起腰来享受一下田野的风光，看那些槐树，那些玉米，还有那些绿草茸茸的山坡。

在我心绪最为糟糕的时候，幸福的使者降临到我的头上。辽宁省作协举办了小说创作班，邀请我参加。

又一次逃离繁重的劳作，简直欣喜若狂。我永远不会忘记我跟大夏请假时，他细眯着眼睛说：你小子行啊，不但腿摆弄得明白，你的手也摆弄得明白（他是说我既能跑，又能写作）。

五

该出的风头出过了，还得老老实实回到工地。白天，够漫长了，真是“一日长于百年”。因为我逃离了劳动，再推起车子，更加不适应了。手推车总是打不足气，推起来总是死沉死沉。难道一辈子就这么推下去吗？

我离开工地那天差不多是我人生最辉煌的一刻。我们公司最具权威的陈洪明经理骑着一辆崭新的永久牌自行车到工地上来了！夕阳西下时的光芒十分耀眼，把那条通往工地的坎坷泥土路都铺上了金色。陈老总一露头时就被人们发现了。人们窃窃私语，我听出是一片的惊羡。他们在羡慕陈总的坐骑。那个年代永久牌自行车不亚于现在的奔驰。

陈老总不仅一头亮堂堂的白发放着光芒，车圈也在追着夕阳闪烁光环。我当时就有种预感，他是奔我而来的。果然，他到工地边上把腿一支便停在那里。

大夏屁颠屁颠奔过去。不一会儿，大夏就喊我。那声音真够洪亮，一家伙就把我给托了起来。我顿觉一身的幸福和自豪。其实，我满打满算不过干了十八天的力工。

“都说你是秀才，我倒要看看你究竟是个秀才还是个蠢材。”陈老总就是这样对我说的，我铭记了几十年。然后，他就把我调到了机关。

六

我是幸运的。由于连续在省刊发表了两篇头题小说，我被辽宁省委视作特殊人才，由省委书记郭锋特批，直接调入辽宁作家协会。原本是要做专业作家的，但考虑到我太年轻，就让我先到编辑部锻炼几年。这一锻炼便是二十三年。

辽宁作协设在大帅府。那是一栋洋味儿十足的建筑，人称大青楼。从我走进这里当编辑的第一天起，我就始终感觉到有种压抑。那个建筑太不适合文人居住了，走廊太暗，采光太差，又宽又厚的朱漆大门，关起来总有一种神秘感。地板不该裂的地方有了缝子，就像当编辑的人年头多了，应该光滑的额头却爬了那么深的褶子。有位年纪并不算太老的编辑，额头上的皱纹深得有点儿怪诞，把个新分来的女大学生吓了一跳。女大学生后来说，当编辑当出了那么深的皱纹，真可怕。

更可怕的也更可爱的还是大青楼这种建筑的神秘氛围。我对建筑真正有了感受，就是始于大青楼。

大青楼挨着省图书馆。省图书馆是栋红砖建筑，是杨廷宝设计的。围绕着这个建筑好像还有一番中国人与日本人斗法的故事。这里有一位孤傲的朋友，是《辽宁日报》名编辑的儿子。他总是主动给我推荐好书，并帮我查找资料。就是从他那里我读到了波利索夫斯基的《未来的建筑》和柯布西耶的《走向新建筑》等。随后，我一个一个地了解了贝里尼、格罗皮乌斯、密斯、沙里宁等人，于是我就写出了《走近赖特》《走近钟华楠》《中国建筑师》《表述空间》等大散文和专著。

七

在我写的建筑系列文章中，主要想表达一个观念，就是人对建筑的尊重与建筑对人的尊重。这种尊重是我在西欧诸国实实在在领略到的。那么大的一个广场，那么宁静的一个空间，是为了适应欧洲人那种沉静性格的需要，还是因为欧洲人自从有了这些广场，才由浮躁和骚动变得沉静了呢？

建筑与人的关系是相互作用、相互影响的。要高尚，应该是一同高尚；而粗俗起来，那也只能一块儿粗俗。中国的建筑在历史上只是匠人所为，始终没有真正纳入文化艺术范畴。一个民族最重要最丰富的文化艺术，首先就体现在建筑上。我们面对太多的建筑，常常熟视无睹。我们不能够很好地理解建筑，历史上我们就缺少建筑理论，而现在我们更缺。我们的建筑设计大多是私人型的，光顾埋头设计，却很少去思想去哲学，因此我们就不出赖特和高迪。我们走进 A 城跟走进 B 城没有多大区别，就像那个年代，全国人都穿着黄军装、灰衣服。我特别佩服赖特是因为他把建筑看成了有生命的东西，他的有机建筑能够震动世界，是缘于他的哲学体系。

在他看来，每一栋建筑就像每一个有生命的个体。那里面渗透的是爱默生的《自然论》，是惠特曼的《草叶集》。美国历史虽短，但是，因为这些人的照耀，美国的空间绝不单调。丹下健三是建筑大师，同样也是文化艺术大师、哲学大师。没有任何一位建筑大师没有自己的思想体系和理论体系。他们面对空间时，也绝不会人云亦云地去表述，他们一定会有自己的东西。

八

要是有自己的东西多好！当下的文学界和建筑界同样浮躁，同样难以摆脱恶俗。而我对自己的唯一要求，就是要尽可能地沉下心来，以自己的方式投入写作，以自己的语言表述生活。同时，我也希望我的那些建筑师朋友们，也以自己的语言对城市发言，以自己的情感去表达我们共同拥有的空间，为建筑赋予情感与灵魂。

鬼 井

南满铁路刺穿了我们小镇的最后一根肋骨，就再也不打弯了。好大一片荒地，居然没有受到震动。蚊虫照样在蒿草上空，织成一个悬浮的球体，闹嚷嚷的。只是当一列列闷罐子车疯狂撕咬钢轨和破碎的基石时，路基下边那片呆板的地皮才像刚刚苏醒的龟背，缓缓颤动，沉沉倾斜。

白日里，钢轨上方迷蒙着苍老的广阔，夜色里，漆黑不仅是一件恐怖的外衣，更像一张孤独的皮。有间小小的扳道房，是那种水泥浇筑的帽状碉堡，立于桥头，里面只能容下一个人。铁路桥下只有一个通孔，不宽，我们管它叫大桥洞。没有多少人踩过的路心，长出一丛丛茅草，路边有一块洼地，当中有一眼大井，沿着井壁长出一圈茂盛的蒿草，比别处的要高出半截。

清晨，阔大的井口会袅袅升腾起乳白的雾气，为这僻静的城郊增添几多灵性。扳道房里住着一个穿黑棉袄的驼背中国扳道工，因与本文无关，仅带一笔。

需要细说的是那个背着大枪在靠近碉堡的路基上来

回巡视的日本兵。他叫山田。山田的相貌，绝对不是中国电影中出现的那种凶神相。白白净净的面皮，像筛出的精粉，一张娃娃嘴故作紧绷状，一撇小胡子挺浓挺黑，像假的。山田喜欢吹口哨。他一吹，风就柔和了，再吹，脚下的草尖就愉快地抖，蝴蝶也愉快地飞，野花也愉快地笑，再一吹，小鸟就落到了路基下，雀跃着上了钢轨。山田发现钢轨上的小鸟不安分地偏着脑袋，分辨着他的口哨，似懂非懂，便吹得更来劲儿了。可是，他吹着吹着，发现那些小鸟没有一只在认真听，而是跳到了枕木间找食吃。他便一脚踢开一块石头，当啷一声，小鸟惊飞了。

山田瞅着小鸟飞向远处积木状的屋舍。他不敢离开铁轨去那里，只希望那里的人到这边来。山田像别的日本兵一样喜欢花姑娘，可望眼欲穿也没见到一个花姑娘。山田讲究卫生，每天中午都到大井里洗澡。大井深不可测，井口直径足有十五米。井水相当清澈，蓝中透绿，每当山田走到大井边就会哇啦哇啦怪叫一通。他脱光衣服，站稳在井沿上，低头瞅井里映出的裸体，他很欣赏自己的体形，欣赏够了，他就任凭那扬起的阳具朝天扫射。

哗哗震碎了的井面，扭曲了山田英俊的身段。山田就一个猛子扎进大井，水面的窟窿迅速被水泡填平。凸起，骚动，片刻什么都平息了。可以看到碧绿的水层下面一道诱人白肉迷蒙地游动。他的水性极棒，在水下边也可以做出各种优美姿态，可惜没人欣赏。每当山田亢奋地从水下探出头，睁开水汪汪的眼睛，他看到的阳光是倾斜的，井壁是空空的，好像从未有人来过，他便神情黯然了，索性放个长条，死了一样脚朝天。

山田死挺挺躺了好久才睁开眼睛，突然发现一个穿着花衣裳的胖姑娘，正在井沿上直愣愣地瞅他。一束灿烂的阳光从她的背后射来，她披散的长发突然变成金丝银线，闪闪烁烁。山田浑身的血脉膨胀开来，沸腾着，只觉得大井在旋转。他平躺的裸体一起一伏，他的胸毛漆黑，水草似的顺着水流漫到了下部。山田不敢轻举妄动，他怕吓跑这个花姑娘，他发现花姑娘对他的下部感兴趣，便淫荡地大叫着，问她瞅见了什么。花姑娘不回答，只顾傻笑。山田见她笑了，就激动地翻转身，手脚一块儿击水，把个大井闹腾得开锅一样。花姑娘在雨点般的水珠中伸出手遮挡着，山田趁机游到她跟前，往起一跃，一把将她拽入水中。

花姑娘嗓子挺粗，哭叫声音一点儿不动人，可是山田听来无比亲切。他两手擎着花姑娘双臂，狂笑着摇撼。山田水性太棒了，直立着踩水，居然可以露出黑色的阴毛。他半搂半拖着花姑娘，腾出一只手去解她的领扣。那领扣不解自开，因为根本就没有扣。山田的手太白嫩了，可花姑娘的脖子太粗黑了，像贴着一圈弄脏的纱布，衣服湿了粘在肉上不好脱，山田有足够的耐心，边脱边注视着花姑娘。

花姑娘全无羞涩状，更不阻拦，两眼亢奋发光。山田脱下了花褂子，这里面还有个背心，背心周围的皮肉叫山田眼红，白而细嫩，山田恨不得啃上一口。山田的耐心被激动卷走了，一把扯坏了背心，伸手就去掏捏那应该滚烫应该膨胀的乳房，可是他的手却在平缓中失落。山田突然蹙起眉头，把花姑娘拎起，将脑袋放到水里，让屁股翘上来，他让花姑娘的大白腚光辉灿烂，井壁都跟着亮堂了许多。可是，当山田伸手去掏裆时，竟触电般地碰到了电棒，他杀猪般嚎叫一声，将这个肉滚滚的花姑娘猛一下子扔到了井台上。山田爬出井，一脚踩在那赤裸的肚皮上，仔仔细细看了个明白。他的小白脸顿时涨成了猪肝色，恼羞成怒：你的什么的干活？

花姑娘丝毫没有感到恐慌，咧着没有胡子的嘴唇痴痴地笑。山田这才明白，是个傻子。他让这个傻子耍了。山田何曾受过此等侮辱。往下的故事就没啥好讲了，傻小子被割了阳具，脏黑的手紧握着血乎淋拉的裆，蛤蟆状地在荒郊野地奔跑，血从指缝间淌出，凡是湿了的地方草都变黄了，连草根都枯死，再也不发芽了。

我喜欢听这些故事。每当瘸五爷张开漏风的老嘴给我讲时，我就会顺从地按照他的要求，坐在他腿上。他说山田也死了，是死在大井里，奇怪的是日本人打捞了三天，也没有捞到山田的尸体。妈也给我讲过山田的故事，妈说的山田和五爷说的山田长相不一样。妈说的山田脸上有个大疤，还有一脸麻子，没背大枪，腰上挎着一把寒光闪闪的战刀。妈也说山田是死在大井里没捞上来。对门的王奶奶也讲过山田，她说她亲眼看见过山田穿着大皮鞋在路基上挎跶挎跶走得凶狠，一脸横丝肉，还是个独眼龙。她说山田烧杀抢掠无恶不作。她说的山田比妈说的更凶恶。至于山田究竟怎么死的，他水性那么好，何以会被淹死，他们都说不清楚。

山田的意义在于谁家的孩子哭了，家长就会说：再哭，山田来了把你掐死！孩子就吓得不敢出声。那时候我们的小镇人口稀少，房子也少，铁路西边那么一大片荒地没住几户人家，那眼大井我到眼前去看过，井边的草还是那么茂密，井壁的石缝长满苔藓，透出一股阴森森的腐朽味儿。井水还是那么碧绿幽静，瞅得见影子，往里边扔块石头，发出的声响久久回荡。

小城人都管那眼井叫鬼井。据说每年都有人死在那眼井里，死因越是不明白，人们越传说得明明白白。他们普遍相信是让拖死鬼拖进去了。大井底下有拖死鬼，信者有之，不信者亦有。每到夏天，一些小伙子便到大井里边显示肌肉。水性好的，就大头朝下扎猛，水性不好的，就两腿一并，往下跳冰棍。

人一多井就显小了，闹嚷嚷的像煮饺子。不定哪天，说不定是谁，在井台上留下了一摊衣服，孤零零地没人动，就会有人惊慌喊叫。再后来，就是来了打捞的人。他们拿着绳子，绳子拴着锚状的铁钩，放到井里，试探着打捞。

有时捞起一块破铁片子，有时捞上来一个破水桶。总有一个铁钩子会把人钩上来。钩住的地方是死者的裤衩。刚刚露出水面，就得有两个棒小伙子跳下去，把死者揪上来。死者在水里边没有多少分量，可一离开水面，就十分沉重。下面得有两个人擎着，还得有两个人往上边拖拽。

淹死人了，大井便会安静下来。可没过几天，又有不怕死的小子跳进去，打破井里笼罩的死亡气氛。只要有人敢挑头，就准有一帮人呼应。大井重又变得热闹了。然而没过多久，这些人中又准得撂井底下一个。那一堆衣服裤袜孤零零堆在那儿没人动，够吓人的了。

鬼井越来越恐怖。各个学校、街道、单位纷纷提出忠告，不许到大井游泳，校长三令五申，家长如惊弓之鸟，井边也立了不许游泳的牌子。

可是，大井照样有人游泳，当然照样有人淹死。淹死的都是棒小伙子，都是不怕死的，因此，也最令人叹惜。每当淹死人时，大家就会谈到鬼子山田，并一致认为山田就是拖死鬼，他活着屠杀中国人，死了还在井底祸害中国人。

小镇的最高首领是镇长。镇长是朝鲜战场上下来的残疾军人。他右手三个指头被齐刷刷砍掉，每当他在台上讲话时，不管台下怎么嘈杂，只要他的残手一挥，就立刻压住阵脚。他批评他的臣民们愚昧落后封建，他说世界上没有什么鬼怪，小鼻子一点儿不可怕，抗日战争时他就用刺刀捅死过一个。人死如灯灭，什么也没了。

当着他的面，人们不敢说拖死鬼，可背地里人们仍然相信拖死鬼。人们害怕那个鬼井再祸害人，纷纷要求镇长把大井填死。镇长不同意。镇长说打一眼井多不容易，那么旺的井水可以用来浇灌。镇长计划在铁西那片荒地种上水稻。

鬼井没被填死，却被封住了井口。井口封住的那一年，小城没有人淹死。第二年镇长下台了，说是犯了生活作风方面的错误。

据说因为一个女秘书。女秘书和镇长儿子同学。镇长儿子是我小时候最佩服的人。小学时他就戴着三道杠，到了中学是学生会主席，毕业那年参军了。参军时戴着大红花，去送他的人老鼻子了。王奶奶家的二姑娘也去了，她羞答答地站在人群边上。她是我们小镇公认的美女，不知她怎么爱上了镇长儿子。这使王奶奶身价倍增，就连一贯瞧不起王奶奶的瘸五爷，也不得不寻找机会和王奶奶攀谈几句。瘸五爷说王奶奶祖上积德，才会有这么漂亮的姑娘。

镇长犯错误那年，他儿子回来探亲。他穿着军装，走在街上吸引了一大群孩子，我们跟在他后边晃荡，像条长尾巴。

那年夏天旱情严重，小镇周围的水库大都干涸了。不知谁把封闭的井口掀开了，便有越来越多的人跳下去。旱情如此严重，大井水位却一点儿没下降。我虽胆小，却充满好奇，总想下去体验一下，又总是不敢。我被同学们鼓动着脱了衣服，试着挨近井沿，但我还是倒吸了一口气，往回缩，却不承想，身后边不知哪个混蛋一下子把我推下去了。

我像掉进了冰窟窿。我万万没有想到井水会这么凉。我先是感到从外往里凉，而后就感到从里往外冰了。我曾在浅水湾练过扎猛子，会憋气，所以，我就憋住气，拼命划动蹬水，好不容易冒出水面了，可刚刚换了一口气，我的大腿就抽筋了。我猛喊救命，开始往下沉了。我咕嘟咕嘟喝着井水，眼前一阵色彩炫幻，两耳嗡嗡响。绝望中，我分明感到下面有一只非常有力的手拽住我的脚，往井底拖。我的眼睛被水蜇得昏花起来，可我不肯闭上。我看到了一张非常白净的脸，似乎在哪里见过，似乎又想不起来，他没有穿衣服，胸口全是黑毛，他把我搂在怀里。被拖死鬼搂抱就算彻底完蛋！我在绝望中挣扎，拼命蹬着两脚。

我知道自己快要完蛋了。不知过了多久，我睁开眼睛，如梦似幻。怎么天和地倒过来了？忽听有人说，他活过来了。我被人倒提起两脚，把灌在我肚子里的水全都倒控出来。我傻子一样瞅着周围人，我妈扑过来抱住了我，泪人似的。我不明白为什么大井边围着那么多人，他们还在打捞什么，莫非又有人淹死了不成。

我听见身后的哭声像唱歌似的，是个披头散发的女人，她被两个人搀扶着，其中一个认出来了，是王奶奶家的二姑娘。她把眼睛哭得红肿起来。妈给我穿好衣服，边穿边告诉我，幸亏镇长的儿子救了我。我问镇长的儿子呢？

这时，我发现围着井边的人群裂开一个豁口，只见一个湿漉漉的人被抬了上来。绿色的军装像变成了黑色，皱皱巴巴紧贴身上。我看到那个令我崇拜的偶像，是他拿命把我换回来了。

他面色青紫，两手往一块儿合拢，像搂抱什么，又像在掐什么东西。他的眼珠子往上翻，像受到了什么惊吓。我感觉到旁边围着的人直往后缩，可我一点儿也没有后退，我不是不害怕，我是忘记了害怕。那一瞬间大脑出现空白，记忆丧失殆尽，我开始脱衣服，我把我妈阻挡的手推开，我很快把衣服脱下，我就用手捂着裆，拼命跑，我感觉我跑过的地方，草就变黄了。从此，人们说我魔怔了。

瘸五爷守在我身边，王奶奶也守在我身边。瘸五爷说，他还小，拖死鬼不拖小崽子，你没看见吗？那淹死的都是精壮小伙子。王奶奶说，可不是嘛，那是个多好的小伙子，比他爹有出息，是当大军官的料啊。瘸五爷一脸的哀伤：好人不长寿啊。

妈开始骂我，说都怪我这个死鬼。可瘸五爷和王奶奶都说不怪我，他们的理由是镇长的儿子从来也不到大井去，为什么偏偏那天去了？为什么偏偏到了井边正瞅见我往下沉了呢？还有一个为什么，就是当时在场那么多人，为什么别人没有下去救我，偏偏他下去救了呢？最后他们一致认为那都是命啊，命该井里死，就不会死在河里。妈领我到镇长家里，一进门妈就让我给镇长磕头。镇长把我扶起来，把我搂在怀里，唉声叹气。妈说都怪我这鬼儿子，害得你家玉宝……镇长连连摆手，他用那只残手替我擦眼泪。他瘦多了，也苍老多了，他的眼睑处都肿了。他的声音没一点儿力气，他沙哑着说，不能怪孩子，要怪也怪我。要是我不犯错误，就不会下台，我要是不下台，那大井盖谁也不敢去掀开，那井盖不开，孩子就不会出事了。

镇长妻子哭得伤心，边哭边说，玉宝这次回来是要结婚的，他已经和王奶奶家的二姑娘登记了。死的第三天就是他们的结婚日。那天玉宝和俊秀去照相馆照完结婚相，俩人就骑着自行车去玩。可谁会想到骑着骑着，就骑到了鬼井边。玉宝说太热了，要去洗个澡。俊秀就拽着他说，别去，井里有拖死鬼。玉宝一笑，拖死鬼敢拖我吗？我倒要把他拖上来。

我看见玉宝在遗像上和他生前一样英俊，一样和蔼可亲。

第二天，我跟母亲来到小镇上仅有的一座烈士陵园。这里长眠着为解放小镇英勇牺牲的烈士，也长眠着因公伤亡的当地驻军，还有一位病故的老军官，据说是战斗英雄董存瑞的班长。玉宝的坟墓就挨着英雄的班长。

老镇长也来了。他脱帽垂手，后脖颈处的皱纹像一团乱麻。我跪在了坟前，跪了好久，直到镇长把我拉起来。玉宝成了英雄，上了报纸，也上了电台，我也因此而出名，许多地方都请我去讲话，我从没有在这么多场合讲过话，还是站在台上，心慌得声音打战。主持会场的人一再安慰我，别慌，慢慢讲。讲什么呢，讲玉宝的英雄壮举，讲我受到的教育。也就那么三言两语，都是口号式的，往下就没的可讲了。人家还让我讲，我没办法，就讲那眼鬼井。等我讲到我看见山田拖我腿，看到他的胸毛，全场骚乱了。主持会场的赶紧让我退下去。

我下去之后，是英雄的父亲做报告。他因为儿子成了英雄，又官复原职了。他讲得慷慨激昂，博得台下一片掌声。报告会结束后，我和镇长一块儿往回走，镇长脸色难看，闷闷不乐。

我感觉到他对我有意见了。我们走着走着，他就停下了。他一停我就不敢走了。他欲言又止，终于忍不住问我，你说你看见那个小鼻子了？我忐忑不安地盯着他，不敢回答。他说，你照实说，你刚才说的那番话是真的吗？我点了下头。他说这怎么可能呢，怎么可能。他嘟囔着，往前走了几步，又停下，瞅着我说：不管真假，以后再也不许说这种话了。我使劲儿点头。

我很难过，我觉得我刺伤了他。就在那年，鬼井被填平了，是镇长下的指示，以后再也没人淹死。

盐碱地记忆

年少时，曾被一本《新港》杂志吸引。这是一位后来当上局长的老师借给我的。他全年订阅这个刊物，将十二期装订成厚厚的一本大书，如一块大砖，纸张已经泛黄，是“文革”前的。他能够在那个极左年代完好保存下来，使我得以沐浴最初的文学之光，让我倍感珍惜。那上面发过这位局长的一首小诗，只有四行，却让他保存了四十多年。

后来，这个文学杂志经历过多次更名，叫《天津文学》《天津文艺》《青春阅读》什么的。

新港是天津的港口，永远都给我留下“新”的印象。而当真走进天津经济新区，依然能够领略到改革开放之后的大建设的广阔豪情。那么广袤的大片盐碱地，正在崛起大片的厂房，有组装飞机的大车间，也有造船的大船坞，上天入地，无所不有。我们这些前来参加中国作协组织的国际写作营的中外写手，笨拙地戴着颜色鲜嫩的安全帽，从高处看我们，可能如野花点缀。在这片大盐碱地上放眼张望，我感觉像在茫茫的西部大漠眺望远方的绿洲。

有份当地报纸《渤海早报》，不断将这片新港的飞速建设信息带给我。这份报纸从创刊就约我稿子，眼见它由四页小报变成现在这种九十六页的杂志般厚度的报纸。《从意向阶段到七十余座百米大厦拔地而起》《空客天津展出优秀成绩单》《“东疆传奇”见证“滨海速度”》，这些醒目的标题中，有一个小字标题让我眼前一亮——滨海新区居民喝上“海水”。这是奇闻！我们在天津新港参观写作的那些天，几乎看遍所有的奇迹，我最感兴趣的是吹填之地。而数月后，这里的人竟能喝上海水！

文章中写道，能够喝上海水，是因为采用了国际先进的低温多效海水淡化技术，可以使海水达到国家饮用水的标准。想起十年前，我的家乡大连曾有过一段“水荒”，三伏天，所有桑拿关门，大宾馆也难保证二十四小时供水。据说当时的市长要启用大船去山东那边买水。大连的城市绿化在全国领先，但那么多绿地的浇灌用水成了大问题。都云海滨城市姑娘漂亮、水灵，但没了水，还不得干瘪？而拥有了海水淡化可饮的技术，任何一座海滨城市岂不都有福了？

因为我从小生活在海边，对海水和盐碱滩亲切无比，最初的狗刨式游泳就是在盐池子里学会的。从海水里钻出来上岸，只把个光腚遮严，哪还有条件淡水冲洗？有时候逃学去洗海澡，大太阳地里晒得通身黑亮，那盐就在皮肤上悄悄凝结。回到学校，面对老师的严厉责问，我只能撒谎。老师不说什么，只用指甲在我的胳膊上轻轻一划，就像粉笔在黑板上画出一条白线，现出清清楚楚的一道白杠。那是盐与皮肤的杰作，令我无言以对，证据之确凿如罪犯留下脚印。

我的家乡准确说是大连的普兰店。小城因铁道而一分为二。铁道西边是海，大片的盐碱地，不长庄稼，只能生长碱蓬子。跨过铁道是一条狭长的水沟，像护城河似的，人们叫它二道盐沟。我们这些男孩子从小就喜欢在这里玩水。水极咸，齐腰深。脚下是污泥，我们会将黑漆漆的污泥抹满全身，只露两只眼睛，眼白眨动间和牙齿一样闪着白光，像黑人孩子似的在岸上疯跑。不时铁道旁的茅草小道就会走来行人，有人会突然喊：打猎的来了！屁股黑漆潦光的我们，就会吓得扑通通往水里跳。“打猎的”是指女人，我们当中有来不及跳进水中的，就会双手捂紧那个部位，生怕小雀被看到。

顺着稻田般的盐池子堤坝一直朝西走大约一里多路就是大海了。大海也是淤泥底，涨潮时泛起一片黄色浪涌。岸边丛生着一片片小草状的植被，那就是碱蓬子，有绿色也有紫色，偶尔能看到红色的。盘锦有个著名的红海滩，就是因大片的红色碱蓬如血一般染遍了滩涂。那种壮观是别的海滩所不曾拥有的。我们家乡的滩涂，碱蓬子很多，但不够繁茂，也不够热烈，一疙瘩一小片的，遮不住光秃的盐滩，像盖不住秃脑门的稀发。而裸露的部位，会有盐碱的纹痕，曲折地诉说着盐的浓度。这种地面很坚硬，长在上面的碱蓬子被疾风掠过时，如同稀疏的牛毛贴在牛背上。三年自然灾害时，碱蓬子救活了我们一家的命。那时候，一家人饿得每天昏昏沉沉，父亲强挺着去西海弄些碱蓬子回来。

这种碱蓬子被水焯一下，撒一层薄面，握成团，放蒸锅里，就是菜干粮，我们叫菜气馏，口感有几分黏滑。我们一家就是靠这个填肚子的。

若干年之后，我回到家乡，那片大海不见了，盐池子也不见了，碱蓬子更看不到了。铁道西边那片地方修了公路，那公路很宽很长，一直伸进了当年的大海深处。真是沧海桑田啊！

那条胡同

黄昏在这条胡同出现时就像条衰迈的老母狗，步履蹒跚，干瘪的奶囊松垮地垂荡，木讷中透出抑郁和沮丧。

狗通人性，撒尿也要窜进胡同，对着一面厚实砖墙。墙壁的勾缝处都被尿柱喷射得凹陷，既有狗尿也有人尿。每当我们看到狗把后腿往起一撩，就要撒尿时，我们就会起哄、喊着吓唬它。最不能使我们容忍的是狗在这里“吊秧子”。它们像两坨胶泥挤压变形，粘在一起。我们常捡起石头瓦块砸过去。大人们见了总要呵斥我们。他们也不说为什么，我们也不问为什么。

胡同幽深阴暗，五冬六夏，总是泛着一种潮乎乎的尿臊味儿。冬天过去了，小城任何一个角落都瞧不见雪，唯独这条胡同的边角残留着雪堆，脏兮兮的废纸状。等到这些残雪彻底化掉，墙角便会出现一抹茸茸新绿。除了那一处总有人撒尿的地方光秃之外，其余的墙边总是长出一长溜高高的茅草。那茅草总也薅不尽，就是连根拔去，不知何时就又蹿腾出来。

我最喜欢早晨的胡同，有灵气飘进飘出。

胡同口的一团团晨雾，犹如一堆淡蓝色的飘浮的气球，柔情地抚弄着你，裹挟着你，在你全然不觉中，这些气球磕磕碰碰地和你一块儿涌进了胡同，身前身后头上脚下地缠绕着你。书包在屁股上兴奋得直颤。小肚子却被尿憋得胀鼓鼓的。

我和胖子都有一种憋尿的本事。一夜不起来撒尿，第二天早饭还要拼命喝下一大碗粥，连跑带颠窜到胡同一个拐角处，便叉开两腿，比武般放开水龙头。尿柱绝不打弯，直射开去，硬碰硬，碎了一片星，溅到皮肤上，痒，却不臊。我们每次撒尿都是盯着两块花岗岩的水泥接缝处冲击，日子久了，只见水泥剥落，咧开大嘴。胖子说总有一天能把大墙尿倒，我便也雄心勃勃。

结果，天天往那张开的黑漆漆的大嘴里发射，却总不见墙塌。我们的尿柱便渐渐疲缓。

提上裤子，有种超然的解脱。望开去，隧道般幽暗的尽头竟有一方动人的晨曦。有一位卖豆腐的老头儿幻觉般隐现，佝偻着的虾米腰从来没见直溜过。他一下一下地敲着梆子，清清亮亮，在胡同中回荡，如一泓蹦蹦跳跳的泉。看不见谁家的柴门开动，却能够听见吱嘎吱嘎的声音。

王奶奶总是第一个晃进胡同。那两只小脚奇迹般地敲出咚咚的声音。她一辈子没开怀，老头儿死了？离了？她从来不讲。只记得她教给我们的一首顺口溜：

懒姑娘，十七八，
钩钩鞋底不会纳。
叫她去刷瓮，
稳起瓮来摆摆腚；
叫她去扫地，
放下笤帚放个屁。

王奶奶的表情生动极了，特别是说到最后那句，那山东腔浓烈得呛人。我们哈哈大笑，她也笑，颤着一口坑坑洼洼的大黄牙。后来，我们听腻了，不等她到跟前，就有人领头喊：“一、二！”于是，我们就大着嗓子冲她号：“放下笤帚放个屁！”

一个人在胡同里走，喜欢仰脸望天。两侧大墙又高又深，天空却只有窄窄一条。大墙的上方有一个小小的窗口，像个镶嵌的鸽子笼，总朝我透出一种神秘。我总想看看里面，却总也没法子爬上去。有时，那小窗口丝丝缕缕地拽出白气，袅袅地升上去，那条蓝蓝的天空就多了一抹白云。太阳总也照不到胡同底，只将一条明晃晃的光带印在上边，小窗口便在这光带中愈发炫目。

那窗口里面究竟藏有什么呢？

窗口如此吸引我的原因，除了我本有的好奇心之外，是因为有个大人常常踩着一块大石头踮脚扒着窗台朝里边望，一望就是挺长时间。他有点儿鬼鬼祟祟，察觉我们过来，便突然离开小窗口，装出若无其事的样子，晃晃着肩膀朝我们瞄上几眼。没走几步，大概发现我们是小孩子，对他构不成威胁，就停下靠在墙边，点上香烟，古里古怪地打量我们。我们谁也不吱声，就像没看见他似的。打他身边挤过去时，我发现他有十七八岁，是个疤瘌眼。他时常在市场上转悠，胖子认识他，悄声告诉我，他是民办中学的学生。那时候，凡是考不上中学的劣等生都划拉到民办中学就读。凡是到民办中学就读的学生，就低人一等。

我和胖子远远躲在胡同尽头监视他，就像电影里面监视特务。特务的概念在我们脑子里就是国民党，就是老美国，过了半年，才知道右派、帝、修、反什么的。我和胖子轮流朝那边探一下头。

那个疤瘌眼挺狡猾，始终朝我们这边张望。他准是发现了我们，把烟蒂往地下一摔，急匆匆朝我们奔过来。我们撒腿逃去。我的书包带都跑断了。

我们都恨这个突然出现的疤瘌眼，不定什么时候，猛丁一抬头，就会看见他贴在那个小窗口朝里面看。我们恨他，又有点儿怕他。我们故意将脚步放重，踩得胡同乱颤，果然吓得他从石头上跌下来，差点儿栽个跟头。他靠着墙好容易站稳了，瞪圆的眼睛红丝丝的，像个烂桃子，乱蓬蓬的头发怒冲冲地抖着，阴沉沉的脸扭曲了。不知怎么，他竟让我想起被我们惹恼的“吊秧子”的狗。

“小逼养子，找死呀？”骂过之后，他就又蹬踋着那块圆不圆方不方的大石头趴到小窗口。他的身材挺高挺细，木桩似的粘牢在墙上。我们怯怯地退着盯着他。大墙上边有呼呼的风响，只见卷腾的团团泥沙落在他的脑袋上，他都没有动弹。

“他看电影。”胖子羡慕地指指他。

我也是电影迷，要是不用花钱就能看上电影，多美！

记得那天下午，墙上的光带十分柔和，胡同里一个人也没有，疤瘌眼子垫脚的那块大石头还在小窗下边，好像老乌龟。胖子蹲在石头上，我踩着他的肩膀，我们缓缓地挺了起来。我的脑袋越贴近窗口，心里不知怎么越有股莫名其妙的激动。玻璃上挂着一层水珠，朦朦胧胧，一下子难以看清里面。

胖子抱着我的两腿，急着问：“演什么电影？打仗片吗？”

我把额头贴到了玻璃上，凝神瞅着，当我逐渐看清里面的东西时，脑袋嗡一下胀得老大，手一松，从胖子的肩头倒栽下来。那一跤跌得真惨，至今脑门上还留下一块伤疤。

等脑门上的那块疤愈合了，我仍然忘不了从小窗口里看到的一幕。当我不得不从那个小窗口下经过时，总是心慌意乱，老像后边有人催我似的，飞跑几步越过去，不敢有丝毫的停顿。那个疤瘌眼子又在胡同里出现过两次，就再也没影儿了。

忽然有一天，胡同外面的大街上一片喧哗。我们钻进密密的人群，看见马路边上停了几辆大卡车。车上有一排被剪光头发的罪犯，被持枪警察押着示众。胖子眼尖，朝上一指，我看见了疤瘌眼子。他那瘦筋筋的脖子上挂着一个大牌子，牌子上面写着大黑字：流氓犯。他低垂的脑袋不敢往起抬，两只眼睛却不安分地左右撒目。他肯定是看见我了。我赶忙缩进人堆，再也不敢看他一眼。

高音喇叭越响越烈，震得人头皮发麻。大卡车缓缓开动了，人群便随着卡车开始了流动。

小城重归于静，胡同里更加安静。我和胖子一前一后，谁也没说什么话。迎面过来了王奶奶，她隔老远就问我们胡同外边发生了什么事情。我告诉她都过去了，没什么可看的了，可她还是与我擦身而过，去那边看了。

那年冬天还没等过去，王奶奶就再也没有爬起炕。卖豆腐的老头儿也不见了。可是那卖豆腐的梆子声依旧亮堂堂地震荡着晨雾。敲梆子的是老头儿的儿子。

好多年过去了，我已渐近中年。说不清哪股邪劲儿，有次在回乡过年的日子，我拉着妻子去找那条胡同。

所幸那条胡同尚在，只是全然没有了那时候的感觉，像条光秃秃的狗尾巴。胡同变得短了，两侧的大墙也恁般低矮，记得那时候从马路上拐进胡同，胡同的地基要比马路陷进半腿。可眼下胡同的地基经过多年抬升，竟会比马路盈出尺余。我把头微微一偏，就可以从两侧的墙上方看到一块挺开阔的天空。

走进去，胡同还是那么狭窄，两侧墙根不见了那一溜茂密的茅草。所幸抽抽鼻子，还有股臊味儿挺亲切。我想找找那条被我们尿开的墙缝，天色太暗，无法找到。

妻子极不情愿置身这狭窄的地处。她走惯了大城市的柏油路，高跟鞋在凹凸不平的地面上扭扭歪歪。她极想挽着我并行，无奈空间不允许。

借着黄昏的光亮，我看到了那扇小窗户，矮了许多。那个窗口破破烂烂，上面有块铁板锈毁了，烂了个大窟窿。我愣愣地瞅那窟窿，瞅出了一缕缕热乎气弥散成一片朦胧的雾气，和雾气中，那一条条赤裸的肉体，那一对对白面馒头状的乳房。我感到浑身一阵燥热，伴随着莫名的羞怯。我回望了一眼妻子。她曾问过我额头上的疤是怎么弄的，我撒谎说打架打的。她挺开心地点着我叫嚷“调皮鬼”。眼下，我仍然拿不定主意告不告诉她。曾有过瞬间的冲动，话到嘴边了，我又咽了下去。我想，还是不告诉她的好。要是她知道了，我再朝这窗口望，她会怎么看我？

或许我不该再往前走了。因为只要再迈一步，我就可以毫不费劲儿地顺着那生锈的窟窿望进里面。我踌躇着，还是小心翼翼地凑上前去，里面灯火昏暗，没有一点儿水气。似乎堆积了许多箱子。我正想细瞅，忽听有人喊：

“喂！看什么？离远点儿！”

我觉得很不好意思，尴尬中不知如何回答是好，幸亏妻子替我解围：

“看看还不行呀？”

“有什么好看的？里面是火药库。”一个瘦高的身躯晃到了我的眼前，他手里拿着个手电筒。

“喔，对不起。我想看看，好多年没回家乡了，瞅什么都觉得亲切。”我谦和地对他说。

“你是这地方人？口音变得挺厉害。”他善意地往我跟前凑凑。

我给他递上一支烟：“过去，这里边不是火药库吧？”

“过去？”他把烟接过去，嘿嘿一笑，叭地点燃打火机。借着那灿亮的火光，我看到他眼皮上那块亮闪闪的疤瘌。

他把烟点着，就往前晃悠着走了，边走边说：“别在这儿抽烟，到胡同外抽去吧。”

我没把烟点着，盯着他摇晃的背影。

妻子紧紧挽住了我的胳膊，拉着我走开了。

胡同越走越暗，高一脚低一脚，走到大街上了，我仍然觉得没有离开那条胡同。

小城的夜，好静。几年后再度回家乡，这条胡同彻底消失了。在那片我曾经寄托记忆的地方，盖起了一片大楼，巍巍高耸，遮天蔽日。

第二辑

那时候我竟被一种莫名的兴奋魔鬼般驱使着
一直朝黄河源走去。

黄河源的狼

完全说成是寻求刺激，似乎并不过分。那时候我竟被一种莫名的兴奋魔鬼般驱使着一直朝黄河源走去。

3 月的荒原不见一丝绿茵。枯黄的草坨带着远古的寂寞通向无尽的苍茫。我的新鲜之感、我的兴奋之情、我的所谓的壮举，在这巨大的空间突然失去了应有的支撑，大脑因缺氧而渐渐呆滞。往后走和往前走似乎都是同样地渺茫。如果不是理智提醒我脚下已是海拔五千米的高原，我会把它当成世界上最平庸的所在。

是不是达到了同样的高度便等于达到了同样的平庸？

这里简直就没有什么崇高可言。遥远的山脉呈现一副慵懒的睡姿，草坨凋零得仅剩了筋脉，活像一片倒置的鸡爪。我只在梦中体验过广阔的放浪，可是，我把几十年的梦境缀连在一起也铺不满这片高原的空阔。

在这空旷的地方，不仅视线无法集中，就是思绪也集中不起来。空间太大就没有了集中，而失去了集中，就失去了权威。高原上没有权威却充满新奇，哪怕最平庸的生命，只要被这片高原托起，就会立刻变得有意义起来。

我仰起头去瞅蓝天，一只黑鹰出现了，它不动羽翅，高傲地放大着存在的空间，它以足够的耐性，重复着单调的滑翔。它有着孤独的意识，无法与这片高原交流情感。那一瞬间我懂得了孤独不应该只属于人类。那时候，我希望这片海拔五千多米的高原不仅能托起我的双脚，也能够托起我的精神、我的思想。

草色黄得更浓了，浓得像一泓熔化的黄金，漾漾荡荡地朝我铺涌开来。

猛地，我发现了一只巨大的荒原狼，距我仅有二十米，可能更近。小时候就听说过遇见狼和遇见狗的感觉是不一样的。遇见狗固然也会惊慌，但脑袋不会胀大，头皮也不会发麻，而逼近的最真切的感觉告诉我，这是一只真正的狼——荒原狼。

它的毛和这片荒原有着同样的光色，那简直就是这片荒原的杰作。它慢腾腾地走着，不急不躁，它好像并没有发现我，但这绝不可能，它一定是装的！我紧盯着它，那硕大的头颅，稳实中透出深沉的威慑力。

我恐惧至极，竟然一动不敢动了。我没有把刀从包里拿出来的勇气，那是我前几天去塔尔寺的途中买到的一把英吉沙刀子，造型很美，带在身上也是可以壮胆的。

然而此时，我只能在幻想中挤出一条地缝躲进去。

狼拖着一条粗大的尾巴接近了我。我似乎可以感觉到它的逼人的喘息。我的眼睛都快为它掉出来了，可它却不肯瞧我一眼。

离得越近看得越真切。这是一头肥狼，它沉着而坚毅，每一步都迈得那么自信。眼见大难临头了，跑是肯定跑不了的，可也不能束手待毙呀！我从来没有听到自己的心跳这么轰轰作响。

至今我也想不明白，狼为什么始终也没有抬眼瞧瞧我，更没有为我停下来的意思。它好像对我有着一种深刻的不屑，连瞅我一眼都懒得去瞅。这倒让我在意识到脱险之后，伴随而来一种深刻的沮丧。

这是一只怎样的高原狼呢？许多年过去了，在它的记忆中肯定不会对我留下一丝的印象，可是在我的心中，它却留下了一个永恒的印记。无论什么时候，只要一提起来，我都愿捧出一堆溢美之词给它，因为它改变了我从书本上获取的狼的概念。它实在是一只特殊的狼。它懂得高贵，懂得教养，它将原本不属于它的一种美好气质呈献给了我，让我显得那般卑琐。

我毫不夸张地说，狼的全部优点在那一瞬间大放光芒，而我作为人的全部弱点也在那一瞬间暴露无遗。人的惊慌失措与狼的从容大度，人的卑琐仓皇与狼的闲庭信步，这是一种真正的对比。它就发生在1988年春天的黄河源头。“1988 年”需要加着重符号，因为那时候肯定没有人会歌颂狼与怀念狼，而我只有在惊恐的呆滞中缓过神来之后，才猛然意识到了自己的损失：没有把这只狼拍下来。

当时照相机就在胸口挂着，我却不敢去碰它。几个月后，我回到我居住的城市沈阳，写下了一篇散文《生命之源》。有一段话我是这样写的：“美丽的狼远去了，我这才意识到一个终生的遗憾，没有把它拍下来。一年后的今天，跟朋友们说到这只狼时，我激动不已。当我把这只狼形容成塞纳河畔的贵族少年时，朋友们哂笑我的迂腐。”

狼的高贵、狼的美丽在我心底产生了深刻的震撼。数年后，到一所大学讲学时，我讲到了这个细节。我把那些大学生们讲得目瞪口呆。我说，当时我只感觉到狼的高贵像塞纳河畔的贵族少年，可是塞纳河畔的真正的贵族少年是个什么样子，我并未有机会目睹 。直到 1995 年年底，我有幸来到了塞纳河畔。

正是早晨。阳光饱满、雍容大度地从古老的建筑群透过来时，与我一同前来的人都急着去参观巴黎圣母院，而我则定定地瞅着一位沿着古旧河畔走来的金发少女。她的头发在巴黎的穿透楼层的阳光中虚幻出一层跃动的光晕，闪闪烁烁，如梦似幻。那一瞬间，我又一次陷入了呆滞状。

我的这个讲座为我赢来了好一阵掌声。而正是这种掌声使我带去的五十本《西部生命》一抢而空。然后，我为大学生们签名。在我如此受宠之时，我真的意识到这并非我有多少才华、多少名气，而是沾了狼的光，因为那只狼——那只我永远铭记的黄河源的狼。

大戈壁的酒

参加完第八届全国作代会刚刚回到南方，就接到了李玉真的短信。这个短信发来时我并没有及时看到，一直到夜深人静时，才突然发现。于是，这个骤然降温的夜晚，便带着凄凉的风声，在我面前铺开了无尽的悲伤。

此前，曾看到龙应台的北大演讲，她强调了“士”的作用。好像是易中天当面问她是不是“士”，她带着几分女性的矜持说她自己不好评价自己，于是易先生便自问自答而且很肯定地说，你就是“士”！“士”的含义很高远，不仅这个词语距我们遥远，即使龙先生赋予这个字的含义在我们的现实生活中也比较生疏了。我们几乎很少能够看到“士”了。我们的目光集中到了官上面、显赫上面、辉煌上面，有谁会关注“士”的风范？其实，“士”，在我理解中，应该与“义”相随，即“义士”。古代时，真义士大有人在，正是这种真义士令小人“常戚戚”而无法坦荡荡。然而，社会进化到了今天，在什么都以金钱量化的时候，义士不见了。义士不是勇士，勇士可能逞一时之豪勇，而义士则是为了平生的理想目标而执着前行。肖复华与他的柴达木作家们正是这样的人。

在我国西部的大漠戈壁处，有个叫作七里镇的地方。第一次涉足那里时，我是以城里人的陌生与矜持，面对那里的文化人。这些人中，最令我难忘的，还数肖复华。他一见面就不让我有陌生感。他视我如兄弟。这年头，酒桌上称兄道弟的比比皆是，而醉酒失言的更是屡见不鲜。但是，头一回被肖复华拉到家里喝酒的场面，令我久久不忘，即使那是 1995 年，已经过去十六年了，但那个夜晚，肖复华跟我畅饮的那一幕，却让我刻骨铭心。那是大戈壁的酒啊，由柴达木人掌管。他不是在跟你拼酒，他也不是借由头贪杯，而是自然地流露着石油人的真性情。他见我不能喝，便让我少喝点儿，而他则频频举杯。喝了差不多一瓶时，他的妻子周宏出面干涉了：你看你，人家都不喝了，你却一杯接一杯地干！你太过分啦！

这个时候，我感觉无比尴尬，于是，我说：我喝！我很惭愧，人家那么认真地为你备了好酒好菜，那么真诚地与你同饮，而你却以城里人的方式矜持着，不肯开怀畅饮，你将自己真情交往的门关闭着，即使面对豪放的酒宴也不肯敞开，而人家却不挑你，即便因此被太太骂了，也不悔，这真的令我好生感动。都说文如其人，酒亦如其人。日后读到复华的纪实作品，每一句都是真诚的书写，绝不敷衍，如同举杯临风，那份豪爽豪迈无今无古，非义士不可达此境界。

我确实不喜欢饮酒，尤其这几年到了南方更是不善宴饮。常常在酒桌上人家说我不像东北人。应酬式喝酒，喝得再多也不会留下任何记忆的，而在柴达木的那个酒夜，却让我永远不忘。肖复华的善解人意、厚道、豪爽、坦荡，在当今尘世上再难找寻。他希望你高兴，而不是希望你多喝，你酒量大小没有关系，他只是要让你放弃陌生感，找到一份慰藉。那是我第一次来柴达木，举目无亲，却在他这里找到了久违的亲情。

我曾为此写过一篇散文刊于《北京文学》，他的兄长肖复兴还对我谈起过这篇文章。我曾不止一次地想过，到北京时，一定去肖复华那里再喝上一次酒。我想表现一下东北人的豪气，我想跟他坦坦荡荡地开怀畅饮，以补遗憾。人生不是难得一次醉嘛，为真义士而醉，醉出一种感觉、一种境界，那也值得！

然而，我终于没有如愿以偿。因为我听说复华患病了，竟把酒给戒了。我知道，他虽然生于北京，但当年那首“头戴铝盔走天涯”的歌已经将他的青春及一生都交给了那片石油人的天涯之路了。他回到北京，哪里有人关心他买菜是否被宰秤？哪里能够一出门就听到一片问候：肖老师好！肖老师上班啊？肖老师吃饭了吗？肖老师长，肖老师短的。到了大北京，谁还管你老师不老师的啊！大首都会让从大漠回来的义士无所适从，甚至感到一片空茫！

为什么他这么快就会患病？为什么他作为寄托的酒会永远戒掉？想想他除了这点儿爱好，还有什么？我想过，再见到他时，就不让他喝酒，也不让他吸烟，我们坐到一起时，我来代替他多喝酒。不过，要想让他成为看客看我频频举杯，那他会多么失落！英雄落寞的情景肯定会令我更加不忍。或许，正是这种心态导致了我一次次去北京，却一次也没有能够再踏进肖复华的家门。倒是周宏有好几次打来电话，说，到我们家来吧，肖复华常念叨你！我每次都说，好的，我一定去！

其实，即使不与之对饮，与之回顾一下柴达木的青春与人生什么的，岂不也快哉！

那一年中国作家协会组织一拨作家去东莞采风，我正巧与肖复兴同行。2011 年 6 月，我与肖复兴又一次相聚在天津经济开发新区的国际写作营。肖复兴也是性格开朗的人，也很善谈、爱笑，笑起来眼睛眯缝，眯出许多智慧与幽默。我与之见面时总不免要打听一下复华。复华似乎成了我与肖复兴交往的必要过渡。然而，每次见到复兴总是找不到头一次见到复华时的感觉，那么痛快，那么淋漓尽致，那么毫无保留对酒当歌，喝出一份潇洒、一份感动、一份义气。

我常常会想，他们兄弟有着如此不同的个性，却有着共同的文学之梦。他们都是那种肯于用功夫写作也肯于用真心交友的人，只不过兄弟俩走的道路不同而已。环境改变着人的性情，为兄的一直在城市里生活，在文化人圈子里生活，而为弟的却在大漠孤烟中头戴铝盔、步履艰辛地行走在沙尘暴遮天蔽日的花土沟，奔波在几天都感受不到一点儿生命气息的大戈壁。还有全世界面积最大的墓地——冷湖，那里埋了那么多有理想的魂灵，却被大漠风沙搅得四季不宁！

一茬茬的石油人退休了，他们回到了故乡，他们寻到了久违的亲人。然而，当告别了那片被青春汗水泡熟泡透的环境，开始了新的尝试，他们能否适应新的城市？能否适应新的人群？那本应属于他们的城市，却在他们退休之后距他们越来越远。没有了酒，没有了豪饮，你还想让他们怎么样适应？怎么样欢畅？

我想象着复华在喧闹城市里度过的那些个安逸日子，那颗放达了好几十年的奔腾的心，会有着怎样的困守与忧郁。

真遗憾，这个世界再难喝到那样的戈壁滩之酒，感受到那样的柴达木情怀，再难寻觅到那种一见如故毫不设防的朋友——那样地肝胆相照，那样地坦荡无私！

我的西部

从什么时候开始，我把西部感觉成了“我的”呢？我曾经写过一篇文章《搭设心灵的祭坛》。我将那片有着纯蓝色的天空、纯白色的云朵的高原喻作一个祭坛，巨大的祭坛，而一步步往那里走去时，我有着一种近乎战栗的感觉。我在好几篇散文中写到过我走向高原的瞬间感受。我不知道那是不是佛家弟子当初走出俗世的某种净化之感，但我的内心蠕动着的某种对更加高远更加缥缈的人生所滋生的渴望，倒是实实在在的。这种渴望对需要救度的我来说是弥足珍贵的，以至于令我久久不能释怀。

柴达木的骆驼

闯荡黄河源的事情已经随着时间而淡去了，但是，对西部的感觉却在不肯安分的日益烦躁的内心折腾着，终于，我又一次开始了西部之旅——去柴达木。

对那片土地的感情似乎没有来由，为什么要到那里远行，至今也说不太清。为我这部书再版的祝勇先生撰写了一篇文章，题为《为什么远行》，其实，我读到最后，觉得他只是表达了对我远行原因的某种猜想而已。我也曾就这个问题与李若冰老先生探讨过。他问我，你一位东北作家为什么要去柴达木？而我反问他，你一个西北作家为什么去柴达木？而且你年轻时候去，年老了你也还是不厌其烦地去，那么你究竟是为什么？白发苍苍的李若冰先生也没有能够说清。说不清就不去说了，在此就说说那里的一匹让我动情动容的骆驼吧。

我听过许多关于骆驼的故事。柴达木的骆驼是柴达木人最亲切的伴侣。它们一队队行进在茫茫大漠中。那一坨坨隆起的背部排列在一起，像大沙漠中生动的波浪起伏向前。勘探队员们靠它们驮水驮粮，如果不是它们的奉献，将会有多少人在进入这片荒芜的盆地后无法生还。人们称它们是“沙漠之舟”。它们比人类有着更多更强的耐性。可是，有那么一匹骆驼因为饥渴一下倒在了滚烫的沙漠中。驼工拼命拖拉，它像一座坍塌的沙丘，立不起来了。驼工知道它是渴的，跟队长请求给它一点儿水喝。可是，仅有两桶水，那是全队人好几天的水量，每个人嘴上都干裂得淌血，却没有一个人舍得去喝桶里的水。只有倒下的人才有资格喝。可是，倒下的是骆驼，不是人，所以，它没有权利喝。驼工再哀求也没有用。当那位驼工含着热泪与瘫倒的伴侣进行生死告别时，那匹巨大的骆驼本已无法抬起的头上扬了一下，又沉重地耷拉下来，枯涩的两眼闪着沙漠般的迷惘。年轻的驼工突然动了感情，长跪不起，他与这匹骆驼已经有了难以割舍的情感。队伍要走了，不能因为一匹骆驼而影响行程。于是，有人过来拖他，拖出了一道沙迹。那匹已经奄奄一息的骆驼就在这时突然缓缓地往起站了。它摇摇晃晃，浑身打战，就像一座散了架的木头房子般歪歪扭扭地挺了起来。所有的人一下子惊呆了，眼睁睁盯着它一步一打晃地追赶着队伍。它没走出几步，就像一座房子哗啦一下子散在了地上，那被压着的沙层泛起一片沙尘。驼工哭了，勘探队的人也哭了，就连队长也眼圈红了。那头骆驼被掩埋了。这是三十多年前发生的事情，如今，只要一提起那匹骆驼，人们总说那是一匹通人性的骆驼。

骆驼是倒下去了，早在四十年前就倒下去了，“板房”也早散架了，但我描述的这个细节却无比结实地挺立在柴达木。或许它太显眼了，太招风了，也可以说它太出色了，因此，五年后，它原封不动地被一位高手抄袭剽窃去，成了他自己的东西。于是，引发了一场官司，被媒体称为“新世纪中国文坛第一案”。这个案子如今还被媒体关注着、追踪着。

一只渴望性生活的鸟和“神性散文”

说来奇了，我在柴达木的一个小书店里蒙着厚厚灰土的书架上发现了一本书：《野生动物的性生活》，作者是美国的野生动物专家伯恩斯。我如获至宝。如果说这本书就好像是专门为我预备好了似的，那么，一个更精彩更神奇的场面更好像是专门为我而设置的。这种场面连在那里生活过四十多年的老梁都不曾撞见过，而见多识广的北京青年宋小平更是惊喜得摔了个大跟头。那是一个什么时候讲起来就什么时候有听众的故事。

我们乘坐一辆日本丰田越野车从敦煌七里镇进入柴达木盆地。进柴达木原本应该是一件很艰难的事情，却不承想车好路好，连点儿颠簸都体会不到，觉得过于平顺了。而过于平顺就是过于平淡，就是没有多大意思，这样一路下去，只能增添睡意。其实，车上已经有人走进入梦境了。

为了与困倦进行抗争，我极力顺着司机的肩头朝前边张望。就是这一望，便望出了奇迹。

在车窗玻璃的范围内目测，也就五十米左右的距离吧，光滑的泛着金光的柏油路面怎么会出现一根棍状的东西，还正好立在马路的正中间？由于路面过于光滑明净，连个疤痕都没有，所以，这根突然出现的棍状东西就格外引人注目。盯着它瞅也就那么一刹那的事，好像是凭感觉，我判断出了这是一只鸟。这只鸟可是太奇怪了，它昂首而立，将其颈项尽其所能地向上拔着，笔挺如棍，好似以这种姿态向我们尽情展示着什么。石油局文联的梁主席还有搞摄影的宋小平也在我的大呼小叫中振作起精神。梁主席凭借他四十多年的经验认定这是一只野鸭。

可我还是愿将它说成是一只鸟。它迎着我们呼啸而来的车挺立出一种大义凛然的气概。它在向我们示威吗？它看到或者说知道我们的车就近在咫尺，对它的生命已构成了威胁。它其实不用动脑子，仅凭条件反射，也该会躲闪车辆的，可是，不容你多想，眼睁睁看着我们的车朝它覆盖过去，它竟然一动不动。很显然，它没有把我们的车放在眼里。对一只小鸟而言，汽车就如同一座大楼，铺天盖地压将下来那就是一种灭顶之灾。可是，它面对这巨大的威胁毫无反应。它眼睁睁看着我们的车到了近前，依然纹丝不动。这不禁使我大惊失色。只听说过螳臂当车，没有听说鸟臂当车。

也就那么一眨眼的工夫，我们的车就从它上方覆轧过去。对它来说一定是尝到了那么一种天塌地陷的滋味儿。车体从它的头上方飞过，车轮没有轧着它。就算轧不着，那车子带起的那股风也够它呛的。猛一回头看它，它还是兀立不动。那份孤傲使它显得不可一世。这种专横霸道有着特殊的滑稽效果。

这种奇怪现象使我顿时产生了怀疑：它是否是只真鸟？我让司机马上掉回车头去看个究竟。

等我们的车又开到它的面前时，它依然那么纹丝不动，依然不把我们放在眼里。车还没等停稳，我们就分头从不同的车门跳将下去。

宋小平冲在最前头，他猛地朝它扑过去，他是想抓住这个奇特的生命进行研究，却不承想连毛都没有碰到自己就摔了个大跟头。

鸟从宋小平沮丧的目光中轻盈地一跳，接着就一张翅膀飞起来了。它的翅膀好大，要比它的身子大出几倍。我离得近，看得真真切切，那两大片羽翼缓慢而沉实地扑扇着，就那么一扑扇，就把面前偌大的一片死寂的荒漠弄得活泛开来。这真是奇迹。这么点儿的小东西，怎么就能够带动起那么大的一片空间呢？我注意到，它飞到哪里，哪里就是一片明亮，就是一片灿烂，那片僵死的芒硝原随着它的翅膀的有节奏扇动的弧度，竟有了生动的起伏。

我一直呆呆地目送它飞向邈远。它飞过之后，就一点儿生动也没有了，但是，我仍然沉浸其中。一只小鸟带给我的激动竟这般突如其来，竟这样经久不息。

我与梁主席探讨：它为什么要到公路中间来？为什么它不怕被车轧死？梁主席说不清，别人也无法说清。

从柴达木回到敦煌，石油局的领导问我此番之行对什么感受最深，我说了那只野鸭。我是用文学语言渲染了那个场景，我说，那只野鸭让我看到了柴达木的魂灵，看到了柴达木的精神。我当时完全是按着我的逻辑诠释这只野鸭的行为。我说它那是一种对生命的张扬和展示，它以渺小向广阔展示，它要向比它更高级的人类展示它的存在价值。它以这种怪异方式展示了一次鸭类的最高境界。它不怕外国车，不躲外国车，那么快的速度它不躲，使它具备了崇高的美学意义。我说得刘扬寿书记哈哈大笑。

事后，我觉得我对野鸭的那种诠释过于矫情。而矫情似乎成了当代文人的通病。就在这时候，我得到了前边提到的那本落满灰土的书——《野生动物的性生活》。

这本书的作者花了三十年的时间，研究了三千多种野生动物的生态，而这本书在我国图书馆的特藏室里也沉睡了三十年。伯恩斯认为动物处在性兴奋期时，其情绪上的巨大变化会突然出现。原已建立的习惯被打破了，性格变化了，最胆小最内向的野生动物也可能变成一只危险的野兽。他举例说，一只处于性兴奋期的公野牛竟然跟一架扫雪机在公路上争抢路面；一只最温顺的斑纹鼬性兴奋时竟敢用鼻子去拱一只巨大的灰熊；而一只被性兴奋驱使的雄獾竟敢直面一辆开来的汽车，结果迫使司机把车停下，退回去，绕开它。处在性兴奋期的雄性野生哺乳动物，甚至会向人类的女性主动做出性交的表示，有的可以把女孩子追得无处躲藏。伯恩斯所举的这些例子都是哺乳动物，野鸭不能算哺乳动物，但它的壮举显然也可以用性兴奋来解释，尤其令人难忘的是它那尽量上拔的棍状颈项，那是一种雄性的展示、雄性的张扬。它那时一定为找不到一个异性而备受折磨。如果我们车上有一个女性下车抓它，我想它是不会躲闪、不会飞走的。这一个例子可以使伯恩斯对哺乳动物领域性兴奋的认识扩展到非哺乳动物中。

这只野鸭的性宣言使我对柴达木有了更深的认识。这个地方不仅缺水而且缺性。作为生命，水和性都很重要，少了哪一个都会痛苦不堪的。鸟类在柴达木做出了性的牺牲，而人类在柴达木所做出的性的牺牲又有多么巨大！石油人在这里生活了四十年啊！四十年前，来这里的都是一些阳气旺盛的年轻人，这些个小伙子也不过二十啷当岁。我们的作家何曾真正关注过他们的生活？

青海有位青年作家在五年的时间里一气写了五部长篇。五部长篇有着同一个主题，那就是荒原与性。他在一本叫作《天荒》的长篇中写到了年轻的石油工人。他们争抢着爬上数百米高的井架，为了争看一眼远处的女人，结果把井架压倒了，几个小伙子摔得粉身碎骨。还有个小伙子用彩色的石块摆出一个女人的形体，进行一种自戕式发泄。小说毕竟是虚构的，不必考证真伪。而石油作家肖复华给我讲的他的一位令他敬重的师傅因为性而杀人的故事，让我怦然心动。那位师傅逃走后，是他带着人把师傅抓到的。那时候，他还过于年轻。肖复华是位有出息的石油作家，他写了好多东西，多次获奖，但是，他写他那位师傅的小说最让我震动。

很长一段时间，我沉醉在我对柴达木这里的神奇地貌与神奇动物的发现中。我把我的这批散文称作“神性散文”。带着发现“神性散文”的欣喜，我在1998年10月到了四川，在那里召开的研究21世纪中国散文发展的学术会上，宣读了我的论文《关于神性散文》。

此前，我曾先后在《文学自由谈》《当代作家评论》上发过关于“神性散文”的文章，这两篇文章如同我在学术会上的发言一样，没有引起散文界足够的重视。直到三年后，中科院博士生导师张恩和先生读到了时事出版社推出的新版《西部生命》，他才撰文评述：

> 那一次是在关于散文创作的学术讨论会上，他提出并鼓吹“神性散文”，凭他的口才和激情，说得在座许多人频频点头。但我却有些不以为然。
>
> 后来我读了刘元举写西部生态、西部生活的散文集《西部生命》，看法（对他提出的“神性散文”）才有了一些变化。
>
> 我先是一下就被他这些写西部生活和他自

己生命体验的作品深深地吸引住了。听说有人读了他这些作品后惊呼："散文居然还有这样写的！"我在读了这些作品后，也从内心叹服这个刘元举怎么竟写出了这样好的散文！迄今为止，还没有一本别的散文集能让我一口气读下来，刘元举这本新版《西部生命》则是让我一口气读下来，并且是一篇没落地读完了的。他写得这样大气磅礴，激情洋溢，读过之后让人感到心气高扬，回肠荡气。的确，刘元举有自己独特的视角和感受，完全把自己的生命融化进去，使读者不能不和他一道去感受西部、体验西部，和他一起激荡、奔放、呼喊！和当前一些写风花雪月、身边琐事的散文以及一些卖弄玄虚、故作深沉的散文相比，刘元举的散文率真朴实，粗粝豪放，完全是另一种色彩，另一种风格。之所以能够如此，我想，除了他真正深入到了西部，熟悉了那里的生活，更因为他有才气、有思想，真正是用生命去拥抱生活、拥抱创作，就像有人所说，他真的是用生命去进行创作。

回头看刘元举关于"神性散文"的说法，就觉得那不是没有一点儿道理（至于理论上是否有必要这样提，则是另一问题）。刘元举说，

“神性散文”创作受两方面的制约，一方面它只能来自神秘的地域，另一方面得有一颗敏感而悲悯的心灵。就是说，你得把自己放在一个奇崛的环境中，去进行独特的体验。你得不断接受新奇的刺激，剔除你固有的世俗的陋识，你会感觉到你和你脚下的土地一起升高到海拔数千米的高度，你会觉得你眼前的任何生命都灿烂，你绝不会像平时在城市中那样见什么都不以为然。他说：“神性是不可多得的，神性和神秘不同，神秘是一种纯客观的存在方式，而神性则含有着人的意识的掺入。”情况真如他所说，在他的作品里，无论是烈日烘烤下的大漠、干涸的河床、龟裂的土地、斑秃状的骆驼刺，以及随处可见的断垣残壁，还是寂寞的柴达木、孤独的黄河源、忧郁的敦煌、凄凉的冷湖墓地……展现在读者眼前的，除了那实实在在的带有几分神秘的西部地域环境，其中所有记叙不也反复展示了作者的人文思考、忧患意识，不也就是作者所谓“悲悯的心灵”吗?

不过，我觉得仅仅用“神性散文”来解释刘元举这些写西部生活的散文似乎还不够充分。这些作品所表现出和传达出的思想，显然比“神性”要多得多。其中最突出的，我以为就是充满在这些作品中的“生命意识”和“人文精神”。应该说，这才是《西部生命》的基调和主旋律。

活着的与死去的

如果没有记错的话，在冷湖那么大的一片粗糙荒置的墓地中有一座造型相对高大的土堆，有一块水泥制作的墓碑，那便是德高望重的地质专家黄先训的坟冢。老先生因病辞世于北京，却在遗嘱中要求将自己遗体安葬于柴达木。我第一次到这块墓园的时候，曾发现他的墓碑上有一块玻璃，镜框似的镶着他的遗像。也许是凌厉的飞沙走石所致，玻璃破碎了一角，里边的遗像多少受到了风沙的损伤。

比我更细心、更揪心的是黄先训的女儿。她是从事电影工作的。也许是到这里来参加一个什么活动吧，她来到了父亲的墓地。我想，如果她不是为了来看父亲，她是不会从城市的繁忙应酬中脱出身子的。世上女儿对父亲的感情无需加任何说明。

女儿肯定会为玻璃破碎的一角而痛心不已。她回到北京后，告诉了弟弟，而弟弟专程从北京起程赶往冷湖，为的是给父亲更换照片，修补破碎的玻璃框。

不知道他是乘飞机还是乘火车来的，乘火车得从柳园那个小站往冷湖赶，那段路要比从敦煌机场乘飞机远一些。我非常熟悉由柳园到冷湖那段路，那段路对于孤独的赶路人有着不可名状的忧郁。这位四十来岁的弟弟已是饱经风霜的中年人了，他的童年可想而知是与父亲的命运紧密相连的。父亲受辱受挫受改造肯定不可避免，而他的童年能不蒙上一层无法擦净的灰暗吗？或许，他奔波在这条大漠流沙的陌生路上更多想到的不是童年受到的伤害，而是父辈对他的难忘的关爱吧。他需要借助一些温暖的回忆，来驱逐漫漫旅途带来的心理孤寂。

据说他所乘坐的是一辆小卧车，奔驰起来速度很快。距离冷湖的路途肯定不远了，也许已能够眺望到冷湖的迷蒙的轮廓了。就在这时，迎面一辆大车黑乎乎地如同大山一样压过来，他只听到一声天崩地裂般的碰撞声，而后在他的感觉中，世界粉碎了。

我不知道他为父亲带来的遗像是否完好无损地保存在包里，只知道在那片巨大的无法围拢的荒漠墓场中添了一座新坟。

我先后三次到过柴达木，有两次到过冷湖的墓地。第二次是与电视台的朋友在这里拍电视。镜头对准了我艰涩的步履，也掠过一座座坟包。这里有许多不朽的灵魂，起码可以在民族自强的史册上震古烁今。

导演在拍摄我的散文《西部生命》，镜头在寻找那位自杀的局长。其实，我还不知道他叫什么名字，也不知道他是何方人氏，我只知道他曾经是青海石油局的局长。青海石油局已经建立四十年了，先后上任的局长也不算少，但是，不会有别的局长比他的命运更惨烈。别的局长可以选择提升，可以选择调走，而他则选择了自戕。那是一个是非颠倒的年代，他失去了做人的权利。他可以忍受大戈壁的所有艰难困苦的折磨，却独独忍受不了人格的侮辱。恶劣环境造就人的生命强度，但这种强度太脆弱了。他是爬到了一根电线杆上用一根绳子结束了自己的。让我震动的是他为什么爬到电线杆上而且挂在顶端的部位。他为自己选择了一个高度。大戈壁没有比电线杆更高的位置了。我觉得他这不是屈辱的自戕，而是一种高傲的选择。于是，电线杆在我的眼前总是叠印着一个十字架，局长那低垂的头颅也总让我想到耶稣。

人最宝贵的东西是生命，生命对人来说只有一次，这谁都知道。生命的学问是一个最重要的学问，却也是最易忽略的学问。人的生命放在这无边无际的瀚海，实在渺小。再高大坚实的坟冢也经不住风沙的侵蚀。那一片片躺在西部古战场的汉墓群如今也被流沙夷为平地。那些还没有抹平的荒冢也不再像坟茔了，倒是那一片片雅丹地貌的残丘更像陵园。人终究得走向生命的尽头，如果说生完全不能由自己来选择的话，那么死在某种意义上是可以有自己的选择权的。死亡的方式多种多样，在不同的地域可以有着不同的选择。但我觉得在苍茫西部的大戈壁滩上，在浩瀚的大荒漠中，最好的死亡方式是失踪。

既然死亡的意义在于消失而不在于永恒，那么任何对永恒的希冀都是缺乏对死亡的最起码认知的。我敬佩那些将骨灰撒入大海的人，那些海葬的人，远离了尘世，就索性什么也不留下，不留下遗体也不留下哀乐，不留下花圈，也不留下打着黑框的名字。最好连思念都一起带走，不剩下一点儿，剩下一点儿就是剩下痛苦、剩下麻烦、剩下累赘。

生命的最好归宿就是失踪。如果真有上帝的话，我就向他老人家提个建议，当人的寿数已尽时，就把他突然带走，千万别让他和家人有什么准备。就像彭加木那样，多少年了，仍然是一个令人关注的谜。

西部的生命有好多就是以失踪的方式完结的。失踪为这片本已神秘的土地带来了更多的神秘。

对狼弹琴

狼在这个时代能够火起来，能够成为宠儿，恐怕连狼自己都不会想到。说到人与狼的关系，无论过去还是现在，都有许多说道。“说道”，这算是东北人的习惯用语吧。我选用这个词，差不多类似于“弹琴”。以往我们总爱说“对牛弹琴”，现在，我们却在不知不觉“对狼弹琴”。

对狼弹琴是向狼表述我们人类的某种情绪或意识，譬如表述对狼的认知或者忏悔或者尊敬什么的，我们以人的感情和语言对狼们表述得如醉如痴，也不管狼是否能够听懂、是否爱听。其实，对牛弹琴的意思是说牛听不懂，但对狼弹琴则不然。你想，狼那么有灵性，不是听懂听不懂的事情了，而是人家爱不爱听。

我写了一部关于意大利的书，出版者始终感觉书名没有取好。我当时绞尽脑汁，就是没有灵感，不得已叫了个《意大利漫游手记》。现在，我却突然来了灵感，何不就叫作《狼与狼城》呢？凡与狼沾边的书，一定销路看好。何况，我在写此书时，确实毕恭毕敬地面对着罗马城那尊具有灵魂意义的母狼哺育孩子的雕塑。

那是公元前5世纪的时候伊特鲁里亚人制作的一件雕塑品。面对这个经典，我像所有游人一样，模式化地举起相机，将它拍摄下来。照片上的卡皮托利诺山的母狼与其他地区的狼看上去没有多大差别，差别仅在于蓬勃的乳房下边，哺育着两个孩子：孪生子罗慕路斯和勒莫斯。这是一条非常形象的罗马文脉，也是我们进入深不可测的古罗马文化巷道的一段引桥。

早期的罗马城处于伊特鲁里亚人的统治之下，而伊特鲁里亚人的图腾信仰中，对狼有着特别的崇拜。于是，狼与这座城很早就具有了某种无法分割的缘分。

如果我将罗马说成是狼的城市，似乎言之太过，但是，罗马与狼确实有着不可分割的关系。先说罗马城的由来吧，就曾伴随着一个传说，这个传说是美丽而残酷的。在我的认知中，大凡能够流传下来的传说，无非有两个原因：要么美丽神奇，要么残酷悲凉。而罗马的传说却是这两者并存一体。用我们习惯的方式讲述应该是这样的语气：

在很久很久以前，有一座山，叫卡皮托利诺山。山上居住着一只伟大的母狼。我们称其为“伟大的”，是因为它收养了被人类抛弃的孪生兄弟——罗慕路斯和勒莫斯……这对被狼喂养的苦命的兄弟，曾经在贫穷与绝望中相依为命，相亲相爱，但是，他们长大以后，建立了罗马城，为了争夺人世间的权力，罗慕路斯杀死了勒莫斯，自己成为国王，独揽大权。古罗马人声称，罗马城是罗慕路斯在公元前 753 年建立的。能够杀死自己的亲兄弟，这是残忍的，是狼性的，而非人性的，这与吃了狼奶不无关系。

这个传说故事的神奇美丽在于人性化的狼；而这个故事的残酷悲凉在于狼性化的人。由此，古罗马一开始就将自己的城市定位在浪漫与悲情之中。

狼的特性是否会影响到这个城市中的人呢？那些身披沉重铠甲远征四方的古罗马军团，是否也因为狼的团队意识与狼的凶顽气概，才会摧枯拉朽无往而不胜呢？恺撒、屋大维、尼禄，这些人的身上，是不是也传承着不同程度的狼性呢？人性与狼性，历来是水火不相容的。尤其在我们的传统文化中，最不可原谅的骂人话可能就是"狼心狗肺"了。记得有位朋友曾经被人骂作"狼崽子"，于是乎，他周围许多人都躲闪着他，冷淡着他。就是说，狼在我们的城市、我们的生活中，曾经是一个不祥的字眼。比如，在我们小的时候，假如我们要是哭个不停的话，母亲就会吓唬道："再哭，狼就来了！"于是，我们和像我们一样的孩子，就会吓得赶紧闭上嘴。而且，我们上学时的课本就曾有一篇课文叫作《狼来了》，那是用来警示说谎的孩子的。

狼在我们的童年、在我们那个时代，完全是一个凶残而丑陋的名词。如果当时谁要将我们与狼往一块儿扯，那简直是不可容忍的奇耻大辱。十二生肖中，就不曾有狼的。

然而，从什么时候起，狼的形象与人对狼形成的习惯性感觉突然间来了个大逆转呢？由唯恐躲闪不及到想方设法取媚或抓起来往自己身上贴，生怕贴不上或贴之不及呢？真是时代变化了。譬如名字，也要与狼沾边的才叫酷，比如“老狼”之类。还有个新出来的歌星叫什么“刀郎”的（虽然音同字不同），却因为这个带“郎”的名字而打了官司，好几个人都在争抢着这个名字，一时间闹得沸沸扬扬。这很能说明问题，至少说明了彼一时此一时呀！同时，也说明了我们的城市正在兴起狼的热潮。

作家贾平凹先生总能赶上阅读的时尚，无论是《废都》还是《怀念狼》，都够畅销的了。

其实，从那个时代过来的人，有许多都曾跟狼打过交道，特别是在农村山区里居住过的人。他们对狼都有着真实的认知。而在中国作家当中，我读过最早的一篇写狼的小说，是黑龙江的一位年轻作家写的，题为《野狼出没的山谷》。他可能沾了狼的运气，在此之前，从未有人看过他的作品，而此篇一出就获得了当年的全国短篇小说奖，让他蜚声文坛。可是，之后，他笔下的狼真的遁入山谷，不见踪影，而这位作者的作品，也从此销声。他大概不会想到，狼在这个世界上濒临消失之时，关于狼的文字，却出现了一个热潮吧？

对狼，我也有自己的发言权。那是因为我曾经在黄河源头与狼有过差不多“零距离”的遭遇。这是我在《西部生命》散文集中详尽描述过的，其中，还有一大段被某地的高考试卷所选用，题为《黄河源的狼》。我自以为是我第一个发现了狼的美丽与高贵，还有狼的沉静与教养什么的。于是，我就开始歌颂它。当时，我只是出于一种震惊，随后是一种欣喜：我亲眼见到狼了，一头高大的荒原狼。这是需要缘分的，不是任何人都能够有这样的机遇见到真狼的。

那时候，我万万不会想到，数年后，在我们这个十分正经十分严肃的国度里，会一下子掀起全民热爱狼、歌颂狼的“热潮”。如果那时候想到了，我或许会多写下一些狼的文字的，而不至于仅限在那种高原相遇的一瞬间去描写、去感叹，也不至于就那么三两千字。

不久前，我走在岭南的各大城市的书店，随手翻到了居然不下三十部的各种各样的“狼书”，有文学的、史学的，还有经济学的狼策略。什么狼的意志、狼的集体主义精神团队意识、狼的智慧、狼的耐性等等，简直是狼烟滚滚，一片狼臊味儿。莫非人性中失落的东西要从狼身上找回不成？莫非人将狼仇恨得差不多消灭了之后，才恍然意识到狼还有诸多的可贵之处？

还留有许多念想?

我是自掏腰包买了最走红的那部《狼图腾》的。五十多万字的小说，开本也笨拙得不合时宜，能够在这样忙碌而讲求实用的时代风靡多半是炒作的奇迹而非写作的奇迹。我是因为狼而认真阅读了此书。我感觉到，在写作与叙述上，此书不曾给这个时代提供新鲜的写作经验，倒是有这样一段文字当时被我摘抄下来：

> 本来就对坡后怀有戒心、提心吊胆的狼群一见到兵，阵脚大乱。狼群终于落入自己最善使用也最为熟悉的猎圈陷阱里。此刻，它们比落入了狼群猎圈中的黄羊群更为惊慌，也更为恼火。狼群恼羞成怒，重新掉头，急转直下，凭借居高临下的山势，向坡下的人群狗群发动孤注一掷的决战。狼群全都发了狠，以亡命的拼劲儿冲进狗阵，撞翻了一大片狗。雪坡上一片混战恶战：狼牙相撞，犬牙交错，雪块飞溅，兽毛飘飞，狗哭狼嚎，狗血狼血交颈喷涌。知青们从来没有见过如此血腥惨烈的狗狼大战，惊得发不出声来。

这段话是我从五十多万字当中，精选出来的。当时这样选，或许是因为我感觉写得很精彩，可是现在，我在引用时，却并不感觉有什么精彩可言了。坦言之，我感觉这部小说不大像小说，尤其将它与杰克·伦敦的《白牙》相比，更是相形见绌了。白牙曾经深刻地揳入了我少年时的梦境。

狼，是不平庸的且具神性的动物。能够见到它的人，应该是有福之人，而写它的书，也应该是能够交好运的书。

从这个角度说，与狼有缘的城市自然也是不同凡响的城市了。

"狼城"是古老的，是过去式的，而"狼热"则是时尚而鲜活的，是现代式的，只不过我在想，狼是可遇不可求的，关于狼的写作灵感也是可遇不可求的，就像狼的城市是无法仿效或编撰的，你再羡慕也是无济于事的。而现代人不大爱动脑，却十分愿意寻找刺激，他们是在感觉到这个世界的凶猛的狼日渐稀少甚至濒临灭亡之时，才对狼产生了神往的吧？这是一种挽歌还是一种眷恋？或者，只不过是一种为了酷而酷的瞬间？

不过，既然这种"狼热"是基于市场效益，无论热到什么份上，我都相信它不会持久的。所以，我奉劝我的一位在可可西里生活过六年且已经写过那片神奇土地的朋友——小说家杜光辉，不要再去写狼了。

"狼城"以废墟而千古，并且，在狼愈来愈稀少的时候，那里的旅游人气却越来越旺，而"狼热"呢？恐怕不会留下任何影子吧，哪怕废墟。

守望柴达木

我在生命的行程中，停留过许多难忘的驿站，比如对西双版纳的迷恋、对长江三峡的沉醉、对滕王阁的幽思、对欧罗巴的感慨。随着时光的流逝，有的淡漠了，有的疏远了，有的剥离了，有的再也唤不起情思了。就像我们一生会遇到许多美女，她们娇媚的身姿从我们身边一一闪过，我们会激动，会流连，也会难忘，但是，那只是一种瞬间的行为——美丽的闪动。再美丽的闪动，也只能是漂移或远离。真正难忘的、真正让你动情的，绝不是闪动，而是走近，是投入，是彼此命运的相依相佐……

走的地方多了阅历就深了。阅历深了，就会知道美丽的浮泛与生命的空乏。美丽是不能诅咒的，它的价值在于距离。而人类的过失源自贪婪的本性，总要占有，总要窃取。于是，美丽成了错误。再大的错误，只要是美丽的，我们还是愿意犯的，一代一代就这么犯下去了。这是人类的希望还是人类的愚昧？留给哲学家去说吧。

我要说的是凌须斌，是柴达木。在我的感觉中，为人作序是件十分庄重的事情，不仅需要资历和阅历，更需要对书和作者的理解。这是一种真正的理解，不能带有一丝一毫的勉强与敷衍。因此，当那些视出版自己的作品为生命的文学青年求我为之作序时，我总是窘迫至极，不是拒绝，而是退却。但是，远在柴达木的凌须斌在电话中让我为他的《西去路漫漫》作序时，我几乎是不假思索地应承下来。

许多被我写黄河源、写柴达木的散文感动的年轻人问过我，为什么万里迢迢孤身去往那里，为什么那么投入那么专注。老作家李若冰先生在与我的通信中也不止一次地为我这个东北作家跑到大西北去闯荡人生感到惊奇，他问过我为什么。他也是个大西北的狂热分子，他在年轻时、年迈时也是那么一次次热烈地激情地奔往那里，别人也这么问过他——为什么？

那里没有美女，那里也没有秀丽的景致，那里不仅荒凉而且残缺，加之气候的恶劣，什么人愿意到那里去呢？可以肯定地说，讲享受的人是不会去的，幸福的人也是不会去的，容易犯美丽错误的人也是不会去的。当然，被迫去的是另一回事。但是，李若冰是自愿去的，我也是自愿去的。我觉得那里充满新奇，充满刺激，我是喜欢寻找刺激的。我觉得作家的类型是多种多样的，有的就适合去写风花雪月去无病呻吟，而有的就适合去闯荡去冒险去流浪，否则，就不会有创作的激情和灵感。

我大致属于后者。我想李若冰也属后者吧。正是由于这种原因，我来到了柴达木，爱上了柴达木。光秃在我的眼里有了灿烂，残缺在我的心中有了某种补偿。那一片广大的戈壁滩不仅拓展了我的视野，而且给我以生命的铸造。我写起柴达木来就像写我的家园。

说到家园，我想到该说说凌须斌了。这位十分雄壮高大的男子让我误以为他就是大西北的汉子。后来，我才知晓他原籍江南水乡。真是不可思议，印象中的江南文人多为白面小生，而他则是一员壮汉，如果怒目，即使手里不拿什么作案武器，往路中央一立，也会吓倒一批行者。他有如此魁梧的身材，这是柴达木的杰作。应该说，我与凌须斌是有缘分的。当我一人独闯柴达木时，第一个对我有所了解的就是他了。在去往花土沟的半路上，我下车拍摄雅丹地貌时，对面有一辆车停下来，车上下来了几个人，其中有一个大个子就是他。可是，当时我不知道，也就与他失之交臂。可是，他已经把我记住了。我从花土沟回到七里镇时，酒桌上与凌须斌对酌。我本来是不喝酒的，加之从花土沟回来已是十分疲惫，却不承想这位壮汉一下子就激发了我的情绪。这是因为他读过我的一部长篇，讲看手相的，于是，在那个酒桌上，一批人纷纷朝我伸出了手——这就是柴达木人给予我的一双双友谊之手。

我在那次也给凌须斌看过手相，我记得他的手纹与他的外形是矛盾的。但是，我没有看出来他有那么纤细的一副文笔。只有当我一个人静静地坐在东北的重工业城市中那栋粗陋的建筑物的最高一层的一个房间里读着他笔下的柴达木时，我才惊叹于他的文思之敏捷、文字之娟秀，于是，对这位壮汉的情感世界便多了一层理解。

须斌是位记者，他首先有着记者的敏捷，有着记者的视野。他笔下的生活是丰富多彩的，人物也是各有特点。他写的每一个地方我都感到那般熟悉，他笔下的人物在我看来也是那么亲切生动。他是这样写花土沟的：

花土沟南山的一个山坳里，一排砖房、一间板房，昭示着生命的某种意义。

狭小的板房里住着四个年轻的小伙子，都是采油工。四个来自天南海北的小伙子，组成了一个独特的集体，他们依靠一个电炉子烧火做饭。一台电视是他们业余时间里最好的消遣，一方小小天地，凝聚了众多的心愿，他们就这样静悄悄地度着山上的日子。

他是这样写远离基地的泵房和那里的年轻人的：

他所处的荒野有沙滩，有芦苇，有芨芨草。这里远离基地，汽车要跑一个多小时，在这里他是泵房的主人，是荒原的看守者，是天地人三才中的一个代表。……初来时的心情是无奈的，在无奈之中，依然拿起翻旧的课本和高考复习资料，在旷野的寂静之中度过一个个白天和黑夜。

这篇散文叫作《孤岛人生》。在我读到的作者为数不多的散文中，好几篇是写远离人群的荒凉寂寞和十分艰苦的工作环境的。还有那篇《放线人生路》。这篇文章严格说是篇通讯，但是，文中写到的那个放线工的四岁小女儿面对孤独的大漠是相当让人揪心的。她没有童年，她的童年也献给了柴达木。由此，我不禁想到了我在柴达木听到的一句让我永远心酸的话：献了青春献终身，献了终身献子孙。

柴达木有这样一大批可亲可敬的人在为了祖国的石油事业而默默奉献着。这不是一时的心血来潮，也绝非为了索取什么，他们本身存在的那种生命方式，就足以惊天地泣鬼神了。有这些人在，柴达木虽荒凉但不冷漠；相反，我们每天生活在城市的喧嚣里，虽热闹却内心孤独荒芜。一个楼里面住着的邻居，几乎天天可以碰面，却不曾打什么招呼；对门的两户人家，却各自把门关得紧紧的，封锁了人间烟火。人们患了城市病，固有的善良似乎越来越少，情感麻木，同情心麻木，有痛苦吗？

有幸福吗？有激情吗？

我觉得城市在一天天地让我失望，让我沮丧，让我打不起多少精神头来。或许正是这个原因让我爱柴达木吧。

细想一下，我觉得我对柴达木的爱远不如凌须斌。因为我仅仅是一个过客而已，往好听点儿说，是一个有点儿良心的过客。我不能长驻柴达木，可是，凌须斌却是要长驻这里的。他已经永远走出了秀美的滋润的江南水乡，走进了这片苦涩荒凉的戈壁滩。他的生命他的青春他的爱情，已经与这里的残丘、沙棘、骆驼组成一个“共享空间”，他逃不了甩不掉。他那文人的多愁善感来了怎么办？喝酒发泄。我领教过他的酒量，很让我惊叹，写作于他也许也是一种宣泄。

我读着他的文章，心一下子就从沈阳飞到了遥远的柴达木。凌须斌还是属于有福之人，因为他有个好妻子。那是个戴着一副白色眼镜的文雅女教师，学数学的，人极聪明。凌须斌是用自行车驮着她与我见面的。他让我给他的妻子看看手相。我意识到这是个非常重要的时刻，因为凌须斌那双不大的眼睛在那个又大又黑的镜框中透出一道不安的神色。他是担心他的娇妻爱他是否专一吧？

放心吧，凌须斌，你有一个非常好的贤妻，她和你一样挚爱着这片土地，她会和你一道相拥相抱着奔向美好的未来。只是我得提醒你一句，少出去喝一点儿酒，多在家陪一陪她，尤其遇到刮大风的日子，你可一定要在家守着她。

对了，你到我家来过，你还记得我家客厅里那一株沙棘吗？在我即将搁笔的时候，我看了它一眼，它还是完好如初。对我而言，守望着这株沙棘就是守望着柴达木，你以为然否？

北人南相

五十二岁那年，我读过三部能够记住的书。纳博科夫在长篇小说《普宁》中开篇就将这位五十二岁的普宁教授从外到内地刻画出来："穿短袖衬衫和松松垮垮的长裤子，两条腿一搭起来，就存心老脸皮地露出好大一片光腿。"他是赶往美国的一所大学做讲座，却坐错了火车。托马斯·曼的《魂断威尼斯》中写的也是一个五十二岁的作家，生命走到了没有激情没有滋味儿的地步，不知去哪里度假，却鬼使神差般地来到了威尼斯，遇到了激活他生命深处的美少年。还有库切的《耻》，也是写的五十二岁的南非白人教授，他叫戴维·卢里，每周二下午准时去一条大街跟一个女学生约会，竟至东窗事发被赶出校门。三位五十二岁的男人都在颓然地走向人生的黄昏。

那一年，我强烈地意识到自己也到了五十二岁。我选择了一个完全陌生的城市离群索居，不觉已然三年。那个城市距我的故乡十分遥远，是古时发配的蛮荒之地，改革开放以来，因毗邻香港，沾了香味儿，率先富了起来。香港和台湾两地老板相继在这里开办工厂，针织、电器、食品等大小工厂为当地经济带来了丰厚的收入。一个小小的乡镇收入居然能够抵得上内地的一个大省！于是乎，全国涌来了大批的打工仔，做起了发财梦。我也做梦般地在这个城市漂着，说成逍遥也未尝不可。我不是做什么发财梦，只是想换一种活法，为自己寻找一个自由的天地舒畅地喘气，就是说，做自己喜欢做的事情，为自己活一回。这种选择在当时能够毅然做出，并不容易。即使在今天，深圳的朋友们说到我当初的离乡背井、孤身远居，也感叹这是需要勇气的，因为这要放弃许多俗世的东西。比如功名，有人一辈子都在追求却无法得到，却让我轻易放弃了。放弃，其实需要的还不仅是勇气，更需要一种人生的权衡。

当地人管广东以外的人一律叫“北佬”。由于天南海北的人越来越多，北佬的叫法便有了细分。尤其那些吃官饭的人，会讲普通话，他们见识多了，也能分清个江南江北。于是乎，他们常常会把我当作南方人。每当酒桌上相遇时，他们就会问我：你是南方（他们所说的南方人，是指江浙一带的）人吧？每每到了这时，我就会说：我是东北人。他们就会惊讶：你不像东北人，东北人高大威猛，而且特别能喝酒的！我知道，我常常会因白净斯文、个子不高，又有所谓读书人的那股子呆劲儿，加上也不大喝酒，被视作南方人，但真正交谈起来，我的性格仍然有着无法掩饰的东北人的特点：直言快语，嗓门不压低，豪爽而不磨叽，性情来了，也能豪饮几杯白酒。当然他们更多时候是喝红酒，喝那种年头多的法国红酒。这里的人虽然出身土，但是，由于开放速度快，迅速变“洋”变“香”起来。变“洋”么，是将法国的巴厘岛的澳大利亚的好东西任意搬来，一条啤酒街很快变成了红酒街；变“香”，就是变得香港化了，比如店名纷纷叫作“兰桂坊”“佰金翰”什么的。他们也学上海，把一条街称作“一里洋场”。他们之所以没叫“十里洋场”，大概还是感觉不如大上海那般气派吧！

当地的朋友可能怕我孤独，经常叫我参加饭局。围坐在一张餐桌前，满登登的人好生热闹。他们你一言我一语，嘁嘁喳喳，我完全听不懂他们在说什么，索性就当作听一群鸟叫。窗外有花香，四季都有，“鸟语花香”，其乐融融。只不过至今我也没有听懂广东话。如果我喜欢唱通俗歌曲，恐怕早就学会广东话了，问题是我只喜欢古典音乐。

或许正是这个原因，我在五十二岁那年离开东莞来到了深圳，有幸被深圳交响乐团聘为驻团艺术家。仍然是每天读书写作、打乒乓球、游泳什么的，却多了一项内容：听音乐，准确说是听交响乐。每个周五都有现场交响乐听，很是滋润。听懂了，高兴了，就写篇乐评；写得多了，竟被人称作乐评人，并由此带来了“乐境”（我的微信名）。动静之间，八年时光竟倏然而去，我已来到了六十岁的门口。

我是那种因文学而改变命运的人。三十四年前的那个冬天，我被视作特殊人才，经省委书记特批，破例调进辽宁作家协会。对一个没有任何背景、仅发表过几篇小说的文学青年而言，这应该是享受到了深圳特区的办事方式，而我的幸运却发生在沈阳这个老工业基地。

我永远记得那个冬天有多冷。大街上一片光秃，几乎见不到一个人影。马路有冻裂的伤口，在凛冽的西北风中痉挛。身后的沈阳南站，还是素日的模样，高高的建筑尖顶，像戴着古怪的绿头盔。

辽宁作家协会在大青楼。高墙深院，名门大宅，气象万千。那是张作霖的大帅府，也是当今城市的名胜之地：张学良公馆。那年月的作协与作家（尽管从“文革”年月熬过来，刚刚恢复元气）也是很牛的！

那时我担任编辑的《鸭绿江》文学月刊，因思想解放、敢登别的刊物不敢登的作品而闻名天下。如《大海作证》和祖慰的《来函照登》，还有《省委第一书记》等小说，炙手可热。老主编惊喜之余，整日搔着光亮的额顶，发愁每期近四十万发行量所需纸张的来源。

我曾对朋友们感叹，我在不惑之年一直困惑着，但还没到知天命之年时（四十八岁的本命年）却突然知道天命了。为此我毅然决然地摆脱了主编兼社长的岗位，以驻会专业作家的身份，来到完全陌生的岭南，在中国作家协会东莞的创作基地一待就是三年。这样的举动突兀而执着，有人费解，却也有人羡慕。

改变自己，换一种活法，这是我生命中的内驱力使然，是魔是仙，见仁见智。早在上个世纪八九十年代，我便有了西部之行。在黄河源头的探险与涉足柴达木荒漠的经历，让我有了《黄河悲歌》《求索黄河源》《西部生命》《黄河源的狼》《悟沙》等系列散文，那是些峥嵘的文字，飞扬地为我带来诸多光彩，要么获奖，要么选入中学生教科书和大学各种模拟考卷。而我的人生也在那些年月追求刺激，追求自由，追求放达，追求漂泊或流浪。

当然，我是个传统型的认真努力之人。我曾为评职称而“悬梁刺股”突击外语，然而，在自己被“双破格”评为编审之后，还没等得意多久，那些没评上的人也都走入了作家行列；而且作家职称由中国作协评定放权到了各省，所以，一级作家的门槛就容易迈入了，最重要的是不考外语了。我曾跟朋友们调侃道：自己相当于挖地道越狱，万分辛苦地挖通逃出来，结果没跑多远，身后的人已获得了大赦。

其实人在许多时候，苛求是没多大意思的，而在你不经意间，却可能会创造一份难忘的记忆——我在柴达木那片犹如月球般的芒硝荒漠中折了一柄伞状矮树擎回宾馆。当时我并不知道这枝植物叫什么，直到在西安见到李若冰时，才知道这是沙棘。

我要说的是，我擎着这枝沙棘由柳园上车而至吐鲁番、高昌和交河古城、乌鲁木齐，再从那里返回北京、沈阳。有意思的是因为这枝沙棘，我一路交了好运。上车时本来没有座位，但是列车员和列车长都因好奇问我拿着的这个东西是什么。我就开玩笑说这是菩提树。他们便问我有什么用。我说可以治病。他们问治什么病。我说心病。我乱说一气，他们却十分高兴，于是，就给我安排了卧铺。到了北京站，我的一位军界大校朋友前去接我，他十分自豪地在前边高擎着它，令所有拥挤的人闪躲让路。这枝沙棘我原本是没想带着回家的，然而，在一种莫名的心态下，我竟然一直将它带回家。而且，此后的几十年当中，我数度搬家，书都扔掉无数，却独独不舍得将它丢掉，至今它还摆放在我的书桌上。为此，我写了篇散文《沙棘》，被当年的《新华文摘》选载。

我绝不是一本正经从事“神性”文字的写作的，当年的情形有些像前几天我读过的那部畅销小说《一个人的朝圣》。书中讲述的是一个极其平凡的老男人，在六十五岁那一年，突然接到一位当年跟他一起工作过的女会计的信，她在信中告诉他，自己得了癌症将不久于人世。被这封信突然激活的老男人走出家门，要以步行的方式前去为女会计治疗癌症，从南到北，穿越整个英伦！这是一次在无意识间完成的从平庸到高尚的境界升华，也是一次从遭受嘲笑到得到敬重的朝圣。而一切终将归于自然或质朴。

这些年，我总是像候鸟一样，随季节在南北方奔走，而奔波的途中，总是伴着我的阅读。偶尔在火车上遇到爱聊天的人也会那般问我：你是南方人吧？我细想一下，我确实有些像南方人了，比如，在饮食方面，我喜欢吃粤菜，学会了煲汤，也喜欢吃蒸鱼；在饮茶方面，也喜欢慢悠悠地操作工夫茶道；吃饭时，也学会了细嚼慢咽；走路时，也不那么愣冲冲像去赶火车。就是说，不知不觉间，我学会了慢生活。这一切，都要拜南方的雨水滋润所赐，而一晃，我已经在这片陌生的土地上生活了十余年。

人生能有几个十年啊！即使我长得不像南方人，这十余年下来，耳濡目染的南方文化也丝丝缕缕浸透了我的骨质。不觉间，我浓重的东北腔变得淡了，甚至令很多人听不出来我的乡音。每当遇到新朋友时，他们总是把我当成南方人，当成台湾人、香港人，还有的更离谱，竟当成了日本人。有一次遇到一位懂点儿相学的朋友跟我说，南人北相或者北人南相，这都是为数不多的有福之兆呀。我哈哈一笑，对他讲：我去东莞的一家私立医院治疗肩周炎，还是通过朋友的亲戚找的关系，结果，让给我看病的医生千方百计劝说做了核磁共振，被宰了一回。事后那位朋友很不好意思地告诉我，是那个医生把我当成了台湾老板，认为不宰白不宰。

人生是充满悖论的。六十载岁月，我已属老马，即使不一定识途，也对人生不乏感悟。自然与质朴，可能构成生命中的最具光彩的片段，而煞费苦心去辛苦拼搏、刻骨执迷什么的，似乎并不能接近生命的真义，作用甚至相反。无论南人北相还是北人南相，心顺则安，心安就是吉祥，就是有福，这或许就是我这些年南北跨越见识之后收获的淡定吧。

高头大马响蹄过

2002年，我朝圣般来到这座古旧的建筑膝下，像面对一位功德圆满的老人。感觉中，施特劳斯的音乐并非只在金色大厅内震荡飘升，即使在外面的幽深街巷间，那古老的马车以黑色的轮子碾过时，高头大马踏出的响蹄声，也似踩着圆舞曲的节拍般清脆悦耳，成串的美妙与灵动伴着晨雾弥漫。这种能够拢聚历史的街巷，在凌晨夜色包裹中，有种幽然的水色之美。特别是广场，更像一汪湖水，偶有灯光闪烁，更显幽然，令人恍然如梦。而当你驻足在那里观湖，不知过了多久，你会从沉思间猛然醒来，湖水竟已淌光，陶立克或爱奥尼亚柱子的底座与石质路面倒像是从湖底升起来，有种虚幻的真实之感。

马是好马，训练有素。马蹄沉稳均匀，如此一来，留在石头路面上的便是节奏，宛如马林巴的音质。那种石牙密集的路面太资深了，缝隙间浸透着海顿、莫扎特、贝多芬们的生命气息，日久天长，积淀深厚。我感慨这些像牙般深揳地下的石牙千年不坏，要想把它们换成新的，等于拔牙！这与我们当今的城市动不动就开膛破肚像拉链似的修路，对比强烈。

维也纳这座令人景仰的音乐古城，保留了很多古老的建筑。天空因这些古老的建筑而拥有一片养目的典雅，地面因这些石牙的执着排列呈现出一方深邃的安然。在这样的路面，马蹄沉稳踩踏，才会有诗意与乐感。乘坐这种马车，也有着仪式般的享受：一位高贵的女郎蓬裙如云，细腰玉颈，先将戴白手套的纤手从高敞的马车上递过来，下边恭立的绅士，会小心翼翼地接过来，轻托，轻吻。这样的仪式会给人回味，也会绵长地留存于屏幕上。有时会想，维也纳为何那么具有魅力？我原以为只是莫扎特的缘故，你看，他隔世假人般的古装扮相满城皆是，巧克力和糕点盒子上也犹如他的镜框。后来我才知道还有海顿、贝多芬们的巨大影响力。音乐之都，除了音乐还有什么？身临其境，你才会感到，远不止这些！还有建筑、那些保存完好的古迹，还有这种马车、这种石牙路面。乘坐马车的女郎与乘坐宝马的女子是怎样地迥异！我所遗憾感伤的不啻是马车的消失，而是马车上的这种仪式的消失。或许正是因为这种消失，才让乘坐宝马的女子从车里面拱出来时那种涂染指甲与挎着名牌包的姿态流于轻浮，还有那种骄淫空洞而迷茫的眼神，哪有一丝的仪式感。

仪式，是文化，是有内容的文化，而失去仪式，再多再华丽的包装都无济于事。如果我们为城市的古建筑遭到拆毁而痛惜的话，那么，对浸透民族文化的某些仪式的消亡更应追悔。比如春节的民间传统中诸多仪式已经消失，现代人除了看春晚，便只有打麻将的份了，而整个一周的假日过下来，你会感觉索然乏味。没意思就是因为没文化，文化随着仪式一并消失了。而维也纳的马车得以保存，则意义深远。那是欧洲文明的符号，它碾过哪里，就会将音乐奏响在哪里。

20 世纪 90 年代中期在北京召开的第五届中国作协代表大会上，我见到了昌耀。那是在我们驻地宾馆大厅的一角。那天天气很冷，傍晚时分，他躲在一个角落里，既像等人又像独处思考。我上前跟他打招呼，他很礼貌也有几分客气。我与他谈起青海和他的《高车》。昌耀面色出奇地苍白，语言不多，声音很低沉，与他狂放高蹈的诗风反差巨大。我曾闯荡过黄河源，见识过高原狼、高原牦牛还有高原苍鹰，但我没有见过高原的高车。昌耀哀叹：那种高车早已消失了！

那是 1996 年冬天的北京，第五届全国作代会上。那天我们聊天没有尽兴，但我想，会议每隔五年一届，想必在下一届即第六届作代会上还会有相逢的机会再聊吧。然而，一切皆无可能了。在第六届作代会的前一年，也就是 2000 年的春天（3 月 23 日 9 时 38 分），昌耀勇敢地一跃，从空中坠落，结果了自己，令人悲叹：高原诗人就此消失。

我们悲伤于所有有价值之物的消失。不仅仅是一种高车，我们消失的好东西、金贵的东西太多了！好在消失的昌耀，为我们留下了诗篇，永不消失：

从地平线渐次隆起者
是青海的高车

从北斗星宫之侧悄然轧过者
是青海的高车

而从岁月间摇撼着远去者
仍还是青海的高车呀

高车的青海于我是威武的巨人
青海的高车于我是巨人的轶诗

第三辑

去年冬天我在南方度过。那是真正意义上的南方——广东。

南方阴冷与北方酷冷

去年冬天我在南方度过。那是真正意义上的南方——广东。平常我们这里所说的南方是指长江以南。平生头一回在没有冬天的地方度过冬天，因此便记忆深刻。原以为冬天在南方只不过是一个概念，满目的树依旧绿着，草还是青着，至多经过几场霜，像染发似的有一些泛黄了，但还不是全部染黄。没有雪，也没有寒风，这能叫冬天吗？阳光照耀时，完全似春暖花开，鸟语花香，坐在外面要远比待在屋子里舒坦多了。

然而，在没有太阳的日子，你要是坐在房间里，就会真正体验到这里的冬天也是真的冬天，也冷得够受的了。那是一种躲不开的冷，不知道从何处而来，缓慢的，丝丝缕缕的，却说不清楚是从头到脚的冷抑或从脚到头的冷。对这种冷，我们北方人称之为阴冷。这种阴冷很厉害，令你无法解除。你打开空调取暖，却不承想这里的空调只有制冷按钮而无制暖按钮。当你冷得一片狼狈想从屋子里窜出时，却会遭到人家南方人的讪笑：你这东北人还会怕冷？

是啊，想想可也是。在零下二十六度的严寒中我曾在露天冰场滑冰，那种冷生硬而彻骨，呵口气都是一串白雾，而随着自己的吸气呼气，胡子眉毛都会挂上一层白霜。可到了这里，再冷的天也还是在零上转悠，却何以冻得我心神不宁呢？

起初我以为只有我一个东北人怕冷，结果与其他东北人相见时，却发现他们跟我一样，甚至更怕冷。他们都说南方这种冷很特殊，受不了。即使一位人高马大名叫“祥冬”的小伙子，面对南方的冬天也没有感到丝毫的祥和。他在绿树花丛中被羽绒服包裹得厚厚实实的样子，不免显得十分滑稽。

如果与这种南方的阴冷比起来，北方的冷是酷冷。酷冷占一“酷”字。在现代词汇中，“酷”是表示强烈的形容词。我直到现在也无法精确地注释这个字，但是，我能够讲清楚东北冬天的酷冷。四十年前时，在东北的街头行走，如果起大早，就能够碰到“路倒”，就是被冻死的人。被冻死的人是美丽的，因为面部颜色姣好，而且，冻死者总是面露笑容。如果所有死者的面容比较起来的话，憋死者容颜最差，冻死者最佳。“路倒”大都是些酒鬼，当然，也有饿死鬼，正所谓“路有冻死骨”。

据说，冻死的滋味儿比较好受。先是痒，痒过之后，是酥，酥完，就麻了，那是一种带有甜意的麻，麻到一定程度，就会咧开嘴，僵硬出最后的笑纹。这种笑，用现代人的话说，是够“酷”了。

我们沈阳这疙瘩并不习惯用“酷”而是用“贼”。形容冷时要用“贼冷”。“贼”跟“酷”都是形容词，“贼好”“贼差”什么的，就是“极好”“极差”之意。沈阳不是最冷的地方，最冷的地方在黑龙江在漠河在北极村。小时候听说那里的人不敢到冰天雪地里撒尿也不敢吐痰，撒尿时尿流刚刚蒸腾出热乎气就会突然冻成冰柱，而痰刚刚脱离唇线就会硬成一块冰球飞出去。那时候流传的东北三件宝，都是因冷而出名的：人参、貂皮、乌拉草。人参，是食用的，这要冬天吃，御寒，要是夏天吃就会上火甚至会口鼻蹿血；貂皮呢，是做大衣的；乌拉草是放到鞋子里面取暖用的。那个年代东北随处可以看到穿乌拉鞋的人，那种乌拉鞋笨重得很，皮子做成的，外形类似唱戏穿的那种靴子，后来发展成了大头鞋。当兵的战士个个都穿这种鞋，踩在冬天的冰地面上咚咚山响，神气得很。近年来，这种乌拉草见不到了，甚至连大头鞋也鲜见了。

最具特点的还是东北人穿的大棉裤，裤腰松散肥大，提裤子时，那裤腰往一边一抿一交叠，然后用草绳子或布带子什么的一扎，一抽紧。现在到农村去，也极少能够见到抿这么肥棉裤腰的人了。

时代变了，装束习惯什么的也要随之而变，但是，真正冷的天气，东北大地还是冻得邦邦硬的呀。

今年我又回到东北过冬了。北方的冬天酷冷生硬，南方的冬天阴冷缓软。但生硬一阵子难忍受呢还是缓软一整天难忍受呢？不同环境长大的人应该会有截然不同的回答，就像不同地方生长的作物不同一样。

事实上，南方的作物和植物也越来越多地出现在北方的宾馆或酒店大堂中了。比如凤尾竹什么的，它们在东北的季节里也是那么绿着鲜着，看上去倒是挺舒展的，只是不知道它们是否意识到它们已经远离了自己的故乡。

地域与人

一方水土养一方人，多方水土养育了多方人。随着现代文明的匆促步履，五十六个民族在不同程度地同化着，其自身的某些特点也在自觉不自觉中淡化，甚至消失。可是，人们还是习惯性地以地域来区别人、看待人，比如河南人如何如何，湖北人如何如何。而东北人如何呢？随着这几年小品的风行、二人转的愈转愈烈，这也成了人们茶余饭后的谈资。

一

我时常会在南方的一些聚会场所听到人们对东北人的评价，这种评价大多外在且不乏主观偏颇，比如仅仅从个头上、从健壮程度上、从肤色上、从对待喝酒态度上、从说话特点上评判等等，说透了就是这些人将东北人弄成了一个概念股，无非傻大黑粗，性情豪爽，大大咧咧喝酒，大口大口嚼肉，爱吹牛，爱打抱不平，配合电视上小品演员的扮相，就更形成了某种类型化的东西。

其实，东北人也有诸多不同。就说张作霖吧，如此叱咤风云的大帅，应该是膀大腰圆、力大如牛吧，可他的形体与典型的东北人大相径庭：小个子，很清瘦，比南方人还瘦。假如你有机会去东北的监狱看看，许多重刑犯并非五大三粗、面色如铁。正如白净斯文之人未必就有学问一样。望文生义，看人号脉，很不适合东北人。酒席宴上，作为东北人，你要是斯文一点儿、矜持一点儿的话，人家就会说“你怎么一点儿不像东北人呀”“东北人哪能这样”云云，就好像他比你更懂得东北人。岂不知现在的东北人喝酒已经斯文起来，拼酒的风气也极其少见了。

过去，是你不喝酒会伤害对方，认为“感情深，一口闷；感情浅，舔一舔”，“喝坏了胃口，喝坏了肺，喝得老婆背靠背”；现在，酒桌上宽松多了，爱喝什么酒就喝什么酒，喝不喝、喝多少也无人纠缠，不过意思意思罢了。从酒文化而言，东北人现在文明多了，照以前比，不可同日而语。

东北人有血性，古今皆是，这也是东北人的特点。东北出胡子（土匪）也出英雄。东北人与血性相关联的品质，就是讲义气、讲哥们儿、够意思。这种够意思有时表现得有点儿过，就显得傻了。比如张学良一定要护送蒋介石从西安回去，从此陷入囹圄，这到底为什么？有人为他惋惜，有人嘲笑他傻，他如此选择，大概离不开东北人特有的意气用事吧。

东北人的义气，多少是带有傻气的。东北人的血性有时表现在易于冲动上面。无论英雄还是土匪，都有这种易于冲动的特点。这是因为东北寒冷的时间要比炎热的时间长得多。寒冷就要喝酒暖身子，而酒对暖身子的作用远没有对增加激动和火爆性情的作用更大。

二

东北人憨厚，较之南方人尤甚。极左年间，东北人每月只供应三两豆油，那个军人出身的首长就此被唤作“陈三两”。他以三两得名，也以三两赢得政绩，但骂名却远远超过三两的分量。那么多年下来，东北人也就三两豆油，就那么认了。东北人不爱磨叽，差不多就行，就凑合，他们讲究对付、随遇而安，这也是东北市民的普遍状态。

东北有那么多的大豆，可以做出多少豆油呀，可是东北人却只有可怜的三两配额，而北京没有那么多大豆，每月每人却享受半斤油。半斤与三两是迥然不同的，一年下来，全家人加在一起，差距就更大了。

东北的猪也很有名气，肉质鲜美细嫩，尤其是我家乡的新金猪。然而，东北人的商店却只能凭肉票限量供应，东北人吃不上自己养的猪肉，却将一片片猪肉瓣子送到了北京，支援首都人民，奉献给伟大的领袖。首都人民在那个年月有多么幸福，他们从来不凭票买肉。东北人羡慕地说，北京人顿顿猪肉炖粉条，管够造！

朴素的东北人呢，能够为多吃一口猪肉，不辞辛苦地去北京商店排长队，将东北支援的肉买回来。支援那么多，才买回来那么一点点，而已。东北人能上一趟北京是十分不容易的。那年月买北京的火车票还要县级以上的单位介绍信，否则，是不允许进京的。哪像现在，随便什么人阿五阿六阿猫阿狗都可以到北京漂去。

我也去过北京东单的大菜场排队买猪肉。东单商场的菜市场很大、很简朴，一如北京人那种朴素的衣着。可惜，现在这个东单商场拆除了。那时的北京秩序很好，排队也很守规矩。买肉的东北人为了多买几斤，就会从头到尾重复性排队，每次限定你买五斤，站上四个来回，就是二十斤。买到二十斤肉虽然会有点儿成就感，却不免会遭到人家服务员的白眼。等到往回背时，车站不允许超重，那种感觉就像往回偷东西似的。

那个年月，在北京开往东北的列车上，充满了这种背猪肉的人，车厢也会因此被压得沉重起来。当时在东北最令人羡慕的职业之一就是跑北京列车的乘务员，他们可以天天跑北京，天天往回买肉。做他们的亲戚朋友简直幸福死了，当然也会有美女仅冲这个也愿意嫁给乘务员。

三

憨厚的东北人无怨无悔。吃苦耐劳、忍辱负重的中华民族优秀品质在东北人身上体现得很是足性。试想一下，大炼钢铁、大跃进什么的，最红火的地方是哪里？是东北！等到“文革”时期，最莺歌燕舞的地方、最出新鲜事的地方是哪里？也还是东北。被“小鼻子（日本人）”统治的那会儿，最好的统治的地方，是哪里呢？还是东北！东北这片土地出过很多运动员、文艺演出人员，以田径和足球为最。运动员嘛，人高马大，但也有矮小者，如李月久等，还有个守门员叫李富胜的，相对于守门员的身材要求，他是个矮个子。从普遍意义上来说，东北男子个子超过一米七五的居多，但也不乏一米七以下者，在当地曾流行一个标准，不够一米七的被视为“半残废”。

东北是块富饶的土地，却也是块饱受蹂躏的土地。因为富饶而情感丰富，因为蹂躏而有了卑贱扭曲的一面。东北有首悲情的歌《松花江上》，这首歌我最早听到是在黑白影片中。记得少年时代看场电影极不容易，电影胶片因多次放映，出现条条划痕，声音沙沙如雨，更像砂纸在打磨视线，打磨心灵。至今我还记得那种沙沙的声响，与低沉悲凉的歌声一样，让心都揪成一团。那是个特殊的年月，东北人蒙受着巨大的耻辱。这耻辱不仅是地域的耻辱，更是中华民族的耻辱。但东北人对这种耻辱的反思显然是不够的。

有位老工人曾在忆苦思甜的年月里说了一句经典的大实话，他说他什么时候都是这样闷头干活儿的，“大鼻子（俄国人）”在的时候他是这么干的，“小鼻子”在的时候他也是这么干的。

四

东北人宽容，大大咧咧，容易原谅，不那么疾恶如仇。但，这也并不是说东北人没有是非、没有骨气。我就听过这样一个故事：两个日本人在沈阳打车，用半拉咔叽的中国话，让出租车司机给送到一个好玩的地方去。他们告诉司机越热闹越好。那一天正好是东北人的伤痛日，在这样一个特殊日子里，司机一声不响地加足了油门，朝城市的东北方向疾驰而去。两个日本人好奇地朝车窗外瞅，他们感觉人烟怎么越来越稀少，路灯也越来越暗，最后怎么到了一个没有灯光、没有广告牌子的荒凉地方停下来了呢？他们疑惑地推开车门，司机却以坚定的口气说：下去吧，这里才是你们最应该看的地方。

原来司机将他们拉到了“九一八”纪念馆，在那块台历状的石碑附近，司机将他们撵下车，掉头就开走了。

两个日本人哇啦哇啦地喊着司机。

东北人爱面子，也爱吹牛，老同学相见或者老战友相逢，总是会滔滔不绝地陈述自己的经历。在这种陈述中，口气夸耀得放光，净挑自己光彩的地方侃。当地有句话：好汉不提当年勇。然而，东北的中老年人，只要到了一起吹牛，都爱提当年勇。谁要是不小心揭了对方的短处，那这顿酒可就麻烦了，很可能会掀翻桌子，或者摔酒瓶子。

日本人与东北人截然不同。他们到这些历史遗迹参观时，大多脸色严峻，而且相当严峻。有个日本旅游团前来旅顺参观时，有位老者一派学者风范，白发飘然，映衬着古战场坑道上方天际的白云。

然而，你千万别以为白发意味着良善。他的眼睛里，就没有一丁点儿的悲悯与祥和。我所感受到的是有种冷硬的东西嵌在里边，那种冷硬如同瘦骨或鱼刺之类。于是，我对前来参观的朋友说，要想看出日本老头儿与中国老头儿的区别很容易，就看眼睛。中国老人的眼睛里是不会有任何坚硬的东西的，东北的广阔土地让人性格易于宽厚绵软，产生健忘原谅的眼神，其中没有耿耿于怀的阴鸷；而日本这种岛国人容易偏狭、嫉妒、仇视、冷漠，安能没有那样冷硬的眼神？

日本人如镜般衬出东北人的性情：往好里说，厚道、朴实、热心肠；往差里说，好大喜功，夸夸其谈，有大不说小，爱炫富，暴发户似的披金戴银，开豪华车穿名牌，就连建筑物都恨不得镶满金条。有的大酒店弄得金碧辉煌，还有一些卡拉 OK 包房也是这样包装着土豪金，很晃眼。对了，在东北这地方，扮土豪者大有人在，而在南方的东莞，越是有钱的老板越是低调，越不穿名牌。

有个一年挣六十个亿的老板，穿着拖鞋到了他自己的工地上。保安不让他进去参观样板间，把他当成了民工，推搡他时，他也不温不火，不羞不恼。这要是东北的大老板，岂不早就讲起了排场？

古时皇帝中最爱讲排场的是隋炀帝，他开通大运河的动机就是为了排场。他虽然不是东北人，却也是北方人。努尔哈赤是真正的东北人，他的十王亭当年摆在草原上算是一片凛凛风光，摆放在沈阳故宫院落虽然也有余威，但不免牵强。

东北有着大豆高粱漫山遍野，东北有着森林矿藏遍野满山。东北有着三大宝：人参、貂皮、乌拉草。东北还有着茫茫雪原，因此出过著名长篇小说和电影《林海雪原》。东北除了张作霖父子，还有抗日英雄杨靖宇、赵尚志等。见了东北男人，要想赢得他好感，只要夸他一句“够爷儿们”，或者说句“真爷儿们，杠杠的”，那你就可以马上如愿，然后，你再与他谈生意什么的，绝对好使，甚至会一通百通。

东北人喜欢人家赞美，喜欢人家夸奖，喜欢堂堂正正。即使不是真的堂堂正正，也绝对要让对方感觉，你就是堂堂正正地当了一回男子汉，做了一回纯爷儿们。

东北人特别爱酒桌上显英豪，这也是酒文化的一种。你要想喝出热闹，喝得过瘾，拼酒时你说：爷儿们，你是我见过的真正的汉子！纯爷儿们！这时候，你不用劝，对方也会接受你敬的酒的。你要是骂东北男人，骂什么都不如骂：你怎么像个娘儿们似的！这会立刻激怒他，甚至会因此让你白刀子进去，红刀子出来。

你看看那些大冬天从饭馆里出来的男人们，大多是些中年男人，他们腆着个大肚子，迈着像爷的步子，喝得晃晃的，酒气熏天。不过东北人不像北京人那么爱称爷，动不动哪个准腕级人物或者次腕级人物就会摆出爷的扮相，叼着烟卷，梳着油光锃亮的大背头，说话还拉腔拉调的。爷是单数，东北人喜欢复数，如爷儿们，哥们儿。

喜欢复数称谓的地方，是保持原始人性相对较多的地方，也是人性相对纯朴的地方。尽管这片土地每年都要在“九一八”这天拉响警笛，警钟长鸣，那一刻会有瞬间的沉默，但过后，很快又会猜拳行令通宵达旦，哗啦哗啦地搓麻将。现在东北不像过去那么寒冷了，现在的东北人也不像过去那样大碗喝酒，一仰脖就撊下去一海碗酒了，但是，喜欢热闹、喜欢在一起侃大山吹牛宣泄什么的，还是实实在在的。

然而，我也强烈感觉到，东北原始纯朴的民风民情正在弱化，特别是随着那种大家庭的解体，各自分解的三口之家，正在消解东北人的生活与性情。不管怎样具有孝心的人，在这样的家庭分解之中，也难以真正对老人尽孝。

有位私营工厂主，为了对父母尽孝，在春节期间将父母哥嫂一大家子人弄到海南度假。东北那地方在春节时已是天寒地冻，而海南却可以跳到海里游泳。一大家子人住在海南最豪华的五星级宾馆，老老少少，拖拖拉拉。儿子确实舍得为家人花钱，他花钱仅仅为了让老母亲高兴。一个房间要上千元，一顿饭也是好几千，而且，专拣好的贵的菜点，可是，儿子发现母亲吃起来并不香。他不断地问母亲，好吃不？母亲摇头。高兴不？母亲不点头。回到房间儿子又问母亲，这房间好不好？母亲仍然表示不悦，说这床太软了，睡不着觉。儿子多么希望母亲高兴了夸他几句。

父亲将一件从东北带来的厚毛衣搭在身上，那毛衣也不够干净，老人八十多岁，步履蹒跚，总是落在儿子们后边进出酒店，结果，每次都被保安挡住盘问，老爷子气得鼓鼓的。老爷子和老太太都是一样的感觉，花这个大钱是没用的，还不如在家里享清福。对儿子而言，花了大把钱还逗不起父母高兴，得不到父母对他的夸奖，也很郁闷。

五

东北人这样一大家子老少三四辈在一起享受生活，有些是属于啃老现象。每周六，一大家子人回到父母这里吃饭，当然是由老两口上灶。等这些孩崽子们拉家带口回去了，老两口像清理战场一样，又要收拾半天卫生。这与东莞的吃早茶是完全不同的文化。东北这是受累，东莞那是轻松享受。我每每被东莞的早茶氛围感染。这里吃早茶特别火，通常要早早地过来排队，来晚了就没位子，就得坐在大堂里耐心等待。我感觉奇怪的是，这里吃早茶为何都愿意聚在大厅里呢？闹哄哄的连说话对方都听不清。而安静的包厢，竟没有任何人进去。

吃早茶最能体现岭南人的传统文化。那么一大家子人，老少四辈，占据一张大圆桌。老人纯朴而满足地端坐在中间，四周环绕着一圈儿子儿媳孙男孙女们。这里的人喜欢多生孩子，生三四个、六七个孩子的大有人在，有男有女，热热闹闹。

朋友们起初请我到这样的场合吃早茶，我还颇不习惯，嫌太嘈杂。后来，我被这种乱哄哄的场合感染了。我在这里感受到了岭南人许多传统的东西，尤其那种大家庭的氛围，相当浓郁。

男人一周工作在外，再繁忙，也要等到周末专门拿出时间与家人一道吃早餐，这是大早茶啊，图的就是个快乐团圆。

这样的早茶文化在东北是不大行得通的。所以，再好的广东早茶开在东北，都会落寞的。东北人也有全家去饭店相聚的时候，但绝不会像广东人这么规律，这么耐心而持久。东北人吃一顿尝尝鲜，就够了。

广东人是在自觉地保持和享受着传统文化。有的东莞人即使出差，也要想方设法在周末赶回来，与家人团聚。所谓早茶只是一种形式，从早上八九点开始，一直吃到下午一两点，等于一顿饭吃成了两顿。而聊天，则是最大的快乐源。东莞人做什么事情都很细致，都分得清清楚楚。就像一周的时间分配，用东北话说，丁是丁、卯是卯，不可混淆。即使朋友之间办事也是这样的，很有原则性。比如我曾经认识一位做腊肠的老板，他非常热情，很愿意帮助人。快过年时，我跟他说，过年要去他的厂子买点儿年货，回去送朋友。他欣然应允，结果我选了一些我认为较好的腊肠，一算账，价格贵得惊人。我跟他说，是否可以再便宜一些。假如在东北，凡是熟悉的人都要顾及面子，肯定会给你便宜的。而东莞的老板，态度依旧那么谦和，却说不能再便宜了。人家强调，给你选的都是质量最好的。为了说明跟你是朋友，给你面子，人家额外送你一小包腊肠。那一小包的分量极少，却很精致。这就是东莞人。

东莞人不温不火，以赚钱为目的，真正是和气生财。这要是东北人，肯定会大呼小叫，要么多要一倍价，等你一讲价，便做出哥们儿够意思的样子，砍一半下去；要么就干脆认赔也砍一半价，甚至可以拱手相送——哥们儿够意思吧！要不，怎么东北人做生意不容易赚到钱呢？

东北人为争一口气可以不要生意甚至不要命的，而东莞人则恰恰相反。我曾写过一篇散文诗，写的是东北老人与东莞老人的差异。东北老人胖子居多，肚腩偏大，天热的时候，袒胸露背，还爱穿条大裤衩子，没有空调的年代，手里总是摇一把蒲扇，一边扇动，一边牵引出汗流，粗细无数。他们爱出大汗，出得痛快而粗俗。他们喜欢大嗓门朝街坊邻里打招呼：吃了吗？心情好时还会追加一句：吃的什么呀？东莞的老人天再热也不爱出汗，尤其不会大汗淋漓。他们瘦着，皮肤干着，笑着说话，如鸟啼蝉鸣，抑扬顿挫。烈日高照之时，他们宁肯像女士一样撑一把太阳伞，却决然看不到他们手里摇动一把扇子。他们好像从来不热，其汗水似乎在年轻时候就已经蒸发干了。他们见到街坊邻里从不会大嗓门说话，更不会劈头就问吃了吗，至于吃什么那是人家的私事，怎么好意思问。

东北老头儿虎背熊腰，看似强壮无比，却经不起多少折腾。白天还在公园里字正腔圆，一派京腔，一脸豪情，到了夜里，就有可能突发中风，在急诊室的窄床上瘫成一堆，松散着扭曲的肉。东莞老头儿窄肩细腿，如瘦金体的书法，一笔笔虽显枯涩，却极有韧性地延展。他们惯于喝凉茶，更愿意喝补汤。我不知道他们喝了多少补汤，但他们一个个两眼如宝石般发出光芒，看女人的时候更是闪闪发光，充盈着活力与憧憬。

相较之下，东北的雄壮老人两眼多半浑浊，如沙尘暴的天空，除了灰尘之外，还会布满血丝。眼睛是心灵之窗，南北相距万里之遥，不同老人的眼睛，让你看到不同的生活镜像。将他们叠印着相比，谁活得更快活更轻松呢？

六

“先喝汤，后吃饭。穿拖鞋，爬大山。凉茶原来是中药，早茶吃到十二点半。”这是我两年前初到东莞时，以东北人的生活模式衡量而信手拈来的东莞“四大怪”，其中一怪是“穿拖鞋，爬大山”，似乎更值得玩味。

东莞人素有登山习惯。在我住处附近有个奇峰公园，里面有座黄旗山，每天早上爬山的人川流不息，络绎不绝，男女老少，挥汗如雨，上上下下，热情澎湃。他们在破旧的黄石台阶上，蹚着缤纷落叶，真是一步一景，步步佳境。

在我前边的台阶上飘然移动的是个穿拖鞋的女子，纤巧细致，在扭动中偶见娇柔。即使穿拖鞋的儿童，嬉戏玩耍间，拖鞋居然不影响奔跑。下山时，猛见一壮汉，粗壮的脚上竟然也套着一双纤细的拖鞋，在不合时宜间闪展腾挪，一双木屐式的夹趾拖鞋在壮汉的粗暴扭动中备受折磨，却没有坏损，不禁令我暗自称奇。

木屐的时代曾在我的童年悄然滑过。那是解放初期，我家乡幽静的街道上，不时会出现日本人的遗孤，而穿着木屐的女孩子，便是那种特殊年代的特殊符号。当木屐敲响我故乡清晨的石板路时，那咔嗒咔嗒之声如一串珠子响脆落地，如一层淡清的晨曦幻化出迷雾般的水蒸气。这是也公共浴池的特点，尤其到了冬天，一进去，就会看到大团的白色雾气迷蒙在眼前。我们那里管浴池叫澡堂子。这种木屐在澡堂里普及得到处都是，一大堆装在大筐里，来的人多了，往外一倒，水泥地面便摊出一堆，供前来洗澡者使用。说不清从什么年代起，木屐突然从澡堂消失了，取而代之的是塑料拖鞋。而在我的感觉中，穿拖鞋上街是一种不礼貌的行为，拖鞋只能在家穿，或在浴池里穿，就像睡衣，怎么能登大雅之堂？而穿拖鞋去爬山，更是笑话。

然而，当我逐渐与这座城市融为一体时，我对这种穿鞋习惯有了新的诠释：拖鞋方便，无拘无束地方便。穿着拖鞋随心所欲，甚至可以把大山视作自己家中，这岂不是一番潇洒，或是一种境界?

在写这组文章时，我看到穿拖鞋爬山的人中居然还有花花绿绿的老外。真是入乡随俗啊。这里人说话都是轻声软语，像鸟鸣，而且十分婉转，即使不高兴时说话，也如同歌唱，这种腔调与这里的风调雨顺、物产丰饶什么的息息相关。

这里有个地方，叫常平。东莞火车站就建在那里。当地人十分喜欢取“长”呀、“安”呀、“平”呀这类名字。据说，正是这些名字，使这里从不发生灾荒。还有恩平、开平、长安等地名，都是以和谐与祥和的寓意为前提的，因而，这里的文化与吴越文化在软性黏性上相差无几，也是图个平安顺心、和谐生财。为了这个目的他们可以任劳任怨，可以忍辱负重。而东北的爷儿们则不然。他们的原则是：宁肯我不赚钱，我也要这个面子，要争这口气；宁肯砸了你的店要赔偿，我也咽不下这口气，也要豁出去的，为了这口气，可以不惜破坏着。

我喜欢将两地人放到一起寻找反差、感受两地人的缘分，是因为一个著名将领袁崇焕。他是东莞人，却在我们辽宁的兴城建立奇功。而他的惊天冤案也与辽宁这片土地不无关系。

我在东莞石碣的袁崇焕纪念园看到了一尊雕塑，是袁将军骑在马上的，腰肥体壮，俨然变成了东北胖子。东莞的袁崇焕原本身材清瘦矮小，怎么可以变成东北人了呢？原来是皇帝要赐他一件锦袍，肥肥大大他穿不了，他愁得睡不着觉，不觉间做了一梦，梦见他的身材眨眼间强壮起来，爬起来时，果然腰体壮硕，穿上皇帝赏赐的袍子正合体。这仅仅是当地的一个传说，显然不具备可信的理由，但这个传说倒让我意识到两地人的差异有着更深一层的内涵。

袁崇焕是个大英雄，也是受过大冤枉的人，但东莞人并没有因为他是大英雄而拿他吹牛说事，也没有因他蒙受大冤枉而替他怨天尤人。东莞人信奉的不是大轰大嗡的表面文章，而是脚踏实地、不声不响地去过和谐美好的生活。他们不大在乎别人说什么，他们重视的是自己的体验和感觉。

七

端午节那天，我应邀去厚街参加一场赛龙舟比赛。赛场是在一个池塘。这里曾经水域茫茫，莞草丛生，植被相当繁茂，可现在的水面面积却在迅速减少，很多水田已被水泥覆盖，被高楼大厦占据，因此赛龙舟的场面也不够阔大，人们只是围在池塘周边一圈看热闹。因池塘水面太窄，每次只能有两条龙舟参赛，要是六七条一起赛，那场面会更加宏大壮观的。

当地电视台一个记者将话筒递给我，让我说说感受。

我说，我说了你们也不敢播的，因为我说的话，可能令官方不顺耳。但他坚持让我说。于是，我就说，新建的高楼大厦太多，圈占了水的面积，使越来越多的东莞厚街人失去了水上生活，而且原先到处都是莞草，现在却连一根真的活的莞草也找不到了。我说，我有种忧虑，再过几年这水塘连一条龙舟也放不下了，那还如何赛呢？到那时候，传统的赛龙舟项目可能就要随之消失了。这些话也不知他们播出没有。

回想那天的龙舟赛，还是蛮有看头的。因为这里的人们在有限的水域中，赛出了快乐与开心。一位六十岁的龙舟赛手是厚街人，过去从事水田种植工作，现在在村委会工作。他自己盖有三层楼房，很宽敞，两层住人，最上面一层有很大的面积空着。他站在阳台上，指着对面一栋漂亮的洋楼说，那就是厚街最富的王金成的家，再往旁边那栋楼，是他弟弟的家。他们兄弟四人各有一栋楼。这位富人虽然没上福布斯排行榜，可他却是东莞的真正首富。

据说他从不接受采访，从不爱张扬自己，几乎没有人能够说清他究竟怎么回事。他这阶段一直在生病，所以，他捐钱建了好几所医院。在海月岩古庙里的一个墙上，我看到捐钱修建古庙的人名，第一个就是王金成。依次排列的是他的三个弟弟，他们兄弟四人各捐五十万元。

王金成与我年纪相仿，可以说是从同一时代走过来的。他中学放学后跟父亲卖鱼，后来做了好多行业，生意越做越大，特别是建材做得世界闻名。

信步来到他家的楼前，看到的是一个豪门庭院。院墙上方的门垛刻着两个大字：慧缘。显见他崇尚智慧。院墙是米色大理石的，不像是砌筑的，而是如同雕刻的感觉，精致而典雅。院门半敞着，里面有花坛水池，许多的灯饰是欧式的，呈黑色。整个建筑空间布局与建筑材料，如果放在上海、北京或者纽约这种大城市，都是相得益彰的，而且也很和谐。那么放在这里呢？

因为厚街毕竟有五六个五星级的大酒店，如果说当年的厚街是打工族的集散地的话，那么现在的厚街，已经成了一座经济繁华的都市了。

其实厚街仅仅是东莞的一个村镇，甬口村也仅仅是东莞的一个村子，然而这里走出了一位令世人瞩目的人物。这不是因为别的原因，仅仅因为他的财富积累。

就在我修改这篇文章的时候，突然从媒体上看到一个醒目的消息：东莞首富去世。我仔细看时，正是首富王金成去世，因为癌症医治无效。于是，我想到了数天前在他的豪宅门外观望的情景，想到他为何投了那么多钱去建医院。作为一个病人，他深知医院对生命的重要，他更知道中国医疗条件相对于就医患者人数的窘迫。报纸对王金成的报道仅仅是一条消息，很简略，只说了他的奋斗之路和什么人给他送花圈等，至于他更多的人生经历与故事，只有寥寥数语。这便是东莞人的性格。他们活着创造那么大的奇迹，死去却仍然不希望张扬。近来一个说相声的因为遗产分配问题被到处报道，并且引出纠纷，而这位神秘的低调的东莞首富去世，也就短短的一则消息而已。他才五十岁呀！他积累了那么多的财富，肯定是天文数字，而他自己却再也无法享有了，真有些替他惋惜。假如他多活一些时日，他还会多为医院捐资，多建些医院，多搞些慈善事业的。可他为何不希望出风头，不希望上富豪榜？那一定是东莞人的性情使然。

东莞有钱人众多，而这些有钱人差不多都是一样地低调，一样地不事张扬。这和我接触到的东北有钱人是迥然不同的风格。

东北画家画虎者多，喜欢虎的人也多，而东莞画家画花鸟者多，喜欢花鸟的人也多。虎为猛者，鸟为歌者，虎啸时草木皆惊，鸟鸣时则一派祥和春光。

城市的哀伤

如果哀悼日从 19 日零点算起的话，那么岭南的雨，肯定是提前下起来了。凄楚的绵绵细雨在那令人刻骨铭心的一刻——14 时 28 分——竟如一张巨大的泪网，铺满了城市的所有空间，铺得漫天沉郁。

那时候，我正行进在深圳的路上。那条路叫作红荔路。警报拉响的时候，时间稍稍有点儿提前了。说不清是哪辆车最先鸣笛，随后便迅速连成一片凝重的雄浑，此起彼伏，凄哀中传递出揪心的战栗。那一声比一声强烈的悲鸣，如同大漠中仰天长号的雁阵，长枪般地引颈，发射着刻骨的哀伤。群山回荡，大漠悲哭，天地动容。很久很久，我们的城市不曾哭过；很久很久，我们的国家不曾哀伤。

深圳，这个经济触觉敏感的城市，对哀伤情绪也够敏感了。那高大楼体的玻璃幕墙，早已溅满泪痕；绿化带的各种植物，层层叠叠浸透伤悲；高棵树木被沉甸甸的雨水压弯枝头，雨正从叶片尖部忧伤地滴落下来。南方的植物在我看来一向表情丰富，其花蕾与叶片各具芳姿芳容，求异而非求同，但是今天，它们却因伤怀同时陷入哀悼之中。尤其是顶冠浓重的荔枝树，在雨水洗濯中犹如撑开的巨伞，一柄柄排列着肃穆，直到凝固成沉默的雕塑。

所有的车辆都停下来了，所有的路人也都驻足垂立在房檐下的遮雨处，为我们的汶川默哀着。在这座城市，我经历过花季也经历过雨季，却从未经历过哀悼，何况是如此深长的哀悼。

三分钟够长了，足够匆促行进者梳理一下思绪，去想一想那瞬间的天塌地陷，那东倒西歪麻花状的残垣断壁，那杂乱而厚重的废墟，那些身穿迷彩服的战士和志愿者，那些担架，那些开掘出的生还的洞口，那些幸存者的一张张血迹泪斑的面孔。

从那个灾难日到哀悼日，正好一周的时间。这是怎样煎熬的一周！

每天每天，我守着电视睁着酸涩的眼，从早到晚，从晚到早，从来没有过这么长时间地与它厮守。从第一个被救出的幸存者，到现在陆续被救出的幸存者，我从12日14时28分天灾骤降的那个时间开始数算，一天一天、一小时一小时、一分钟一分钟流逝而去。心焦的是，那么多那么厚重的废墟下边，仍然埋压着成千上万的血肉之躯，他们什么时候才能被挖救出来？

尽管，仍然会不断地有幸存者被艰难地掘出，但掘出的速度毕竟太慢太艰难了！已经七天过去，一百六十多个小时了。废墟中仍然还有人残留着生命。一想到这些人，这九千多名或死去或奄奄一息的生命，就会有种无法言说的憋闷或惶悚。

又一个幸存者被救出。一百四十六个小时，仍然能够活着，仍然有知觉，仍然头脑清醒着，这是奇迹，而一百五十多个小时、一百六十多个小时、一百七十个小时后，也仍然有幸存者被营救出来。每一个小时，甚至每一分钟，都会出现生命奇迹，每时每刻、随时随地也会出现灾难和遗憾。余震不断，刚刚将生命通道挖开透出生命的光亮时，却可能因又一次余震而让人陷入绝望。

设身处地想一想吧，那个被埋在隧道里与父亲换班的研究生刚毕业的儿子。儿子埋在里面，父亲却在外面。终于父亲见到了挖出来的儿子，儿子却去了另外一个世界。北川中学这个并不为太多人知晓的学校，如今成了世人关注的焦点。那个戴眼镜的斯文女教师，她姓任，她对着废墟洞口不断与被埋的学生对话，她的学生们一个个被抬出来，获得了新生，而她的被同样埋在这片废墟中的女儿，却已永远沉默了。她那悲恸欲绝的样子呀！那个叫作陈坚的小伙子，头颅挤压在坚硬的横梁缝隙时，他说话说得坚定，就好像他能够左右自己的生命。他说他一定要活下去，为了那么多关心他营救他的人，而当他被救出之后，他却没有能够挽留住自己的生命。看到他的女友、家人流出的那些泪水，你会感受到哀悼日的长笛那真正的分量。

一个漂亮的十一岁的女孩子，会跳芭蕾舞，但她的腿却在营救时被截掉了。她躺在火车卧铺上笑容满面地说，她以后不能跳舞了，但是她为安慰妈妈一定要好好学习！

还有那个小男孩，地震中奋不顾身救出两个同学，自己受了伤都还不知道。还有一位叫作叶盛的丈夫，他的妻子被埋在地下废墟里，他等着营救人员去营救。有一根木棍横在妻子喉管处，稍不留意就会扎穿咽喉毙命的。有劲儿使不上，眼睁睁看着亲人受难，那是怎样的心情？

十九位游客被困深山里面生死不明，当两个幸存者被救出时，这一老一少、一男一女在担架上哭诉对话，他们为还被埋在里面的同行者哭泣着。

一个丈夫将已经死去的妻子紧紧捆绑在自己背上，骑上车子将已永远没有知觉的妻子带回家去……

一周来，每个闪回的镜头，都令人心碎。所有的镜头都含满泪水，所有的图片都让人伤悲。天公哭泣，天若有情，就漫天哭透吧，在这哀悼的日子里。这么多的雨水化作泪水，这么多的灾难堆出悲情。最令人可怜和惋惜的还是那些学生。那些活蹦乱跳的孩子一下子就被毁灭了！一想到那排列在地面的三百多具学生的尸体被简陋地覆盖着，我难过得要命。我们禁不住要想：假如我们的校舍再坚固一些，假如我们的施工人员能够负责任一点儿，假如我们的基建资金再充足一些，假如……我们有许许多多的假如，却都已无济于事了！即使现在不是追究责任的时候，但是，痛悔总要如影相随。尤其对善良的人们，痛悔是一柄迟钝的剑。

那些曾经震颤了魏巍的笔并震颤了我们民族灵魂的最可爱的人，他们现在仍然是最可爱的人。他们在冲锋陷阵中付出的代价更是惊天地泣鬼神。那个明明支撑不住要倒下的小战士，却声声哭求着再让他救一个人：再救一个吧！这是些孩子呀，独生子！他们的生命也正在花季。他们在泥石流中奔走，大石头从头顶掉下来。让他们惊呆的是，两座高耸的大山明明并峙在眼前，却在余震的眨眼间突然坍塌消失了。想想有多么恐怖：两座大山可以在你眼前瞬间化作平地，而如果地震是发生在我们的城市的话，那么眼前的这些个巨人般的建筑，不是同样可以瞬间灰飞烟灭吗？赛格广场、地王大厦、市民中心，假如遭到地震的话，那么构筑我们现代化城市的坚硬的钢架混凝土，岂不也同样烂软如泥吗？

地震考验了建筑物的质量，也考验了人性的质量，同时考验着一个民族的坚忍度和承受力。悲情的时刻，我们除了眼泪，除了微薄的捐献，还能有什么？

那台央视直播的捐款晚会上，有过许多激动人心的场面。灾难让我们有了同一种声音，灾难也让我们有了同一种感受。灾难，唤醒了我们许多许多东西，可以说将我们从日渐麻木中唤醒了，唤醒了我们的悲悯情怀，唤醒了我们的良知、仁慈还有宽宏与博大。我们经常说感谢政府，但这一次感谢，比往日的感谢更有说服力。正如作家张抗抗所说：从地震一开始，我们就及时透明地向全中国全世界转播真实情况，这是我们改革开放三十年后的成熟，所以，我们有理由感谢我们的政府。

权威部门对这场地震的级数做了科学的纠正，不是七点八级，而是八级。为什么开始没有弄清楚是八级呢？播音员说，灾区的道路全都打通了，生命的通道全都打通了，这就为那些埋在废墟下的人获救带来了更多的机会，同时，因为时间的原因，这些人幸存的可能也将变得越来越渺茫。

前几天我已经捐了款，但心里仍然无法安宁。看到街上网上电视上手机上随处可见的为灾区捐款的滚滚洪流，看到仍不间断的余震，看到气温上升、灾区消毒药品的缺少，看到不断增加的伤员的转移，我感受到汶川的地震绝不是可以轻言战胜的。那山体的断裂可以弥合，那滑坡的泥石流也可以躲过，但是，生命长河中的滚滚伤悲仍然不知何时可以止息。好久不曾忧国忧民了，在这默哀的时刻，我的心却难以安然。

三天的哀悼日，三天的情绪与心灵的洗濯。三天来，应该唤醒了我们心中的许多东西。我们正在日渐麻木的慈悲与热血，首先应该被唤醒。还有良知、博爱、仁慈什么的。震灾前，就在我们身边的城市，发生过路上一具被车撞死的年轻女性尸体当街曝晒而无人去管的事情；还有一名男子抱着孩子在人行道上行走被一辆小车辗轧致死，他死前将孩子推至安全空间让孩子得以活了下来，临终时他对妻子说，一定要将孩子抚养长大，好好活着。然而，这样的场面并未怎么感动我们麻木的城市，而更不可思议的是那个撞人的据说是位年轻貌美的女司机，撞死人后逃之夭夭，被网上说成是最狠毒的女子。真不知道这个最狠毒的年轻长发女子在这个震灾后的哀悼日中良心能否苏醒。我希望哀悼日过后，还应该有一个苏醒日。

人活着总不能离开爱心。你爱他人，他人就会爱你。亲情友情，在灾难面前更见真实珍贵！几天来，我逐一给我在震区的亲友们发去问候短信并得到回复，有一位西安的友人写下了这样一句话："我们还好，你们也多珍重。经历了2008，中国人也经历了真正的灵魂洗礼。"

还有一位朋友写道："哀悼之后的力量，是成熟的力量。汶川，加油！四川，加油！中国，加油！中国是强大的，不可战胜的！"

散说台湾

到达台湾的头一站自然是台北。因为从香港转机到台北中正机场时已是万家灯火了，一出机场，就看到前来接站的人打出热烈欢迎我们的“中国作家访问团”的标语，我们倍感亲切。这种亲切感一直伴随着我们走进陌生的城市，即使是在夜晚的台北，也仍然觉得亲切祥和。当晚，我们在福华大酒店安顿下来。

从宾馆踱出来，夜就已经深了。不过，在夜色中的台北街头漫步，心里边还是蛮踏实的。你大可不必担心你会走失，即便你走失了，也会打听到归路的。因为语言是相通的。

在语言相通的城市是永远不会走失的。

街道与我们北方的城市比较相似。马路很宽，中间是绿色植被的隔离带。灯光清幽纯朴，不似香港那般奢华。夜晚发亮发光的广告也不是很多，路标都是中文繁体字。走在这样的街上，我不禁反问自己：真的是在台湾吗？

想象中的台湾夜晚的那种灯红酒绿，那种过于奢侈糜烂的夜生活，还有妓院红灯区什么的，在哪里掩藏着?就是练歌房什么的也找不见。城市很纯净也很平静，缺少躁动也缺少足够的朝气。而且，沿街的店面也打烊得较早，差不多全都关闭了。

我们在人行道上漫步，类似我们这样漫步的人满大街都找不见一个，车辆也极少，而且车行驶得也沉静，车轮似乎怕惊动了城市宁静的夜色。

需要说明的是，我们到台北的头一天，正是台湾进入冬季的第一天。而冬季到台北我们并没看到雨，却看到了比雨更为精彩的事情。

亲切的茶叶店，热情的台湾人

我们走出去差不多有一公里时，见到一处开着门的店铺，走进去，是一个茶叶专卖店。主人热情地把我们迎进去，坐在桌前，请我们品茶。杯子很小，其品茶的方式与我们的城市相比也没有两样。拇指大的杯子里倒的是乌龙茶。台湾与福建挨近，乌龙茶、铁观音与福州那边的味道相差无几。

店铺很小，里面摆着茶位。房间的装修也是中国传统味道的，古色古香。茶桌也多是硬木家具。白墙上挂有字画，空间感觉与弥散出的味道让你非常熟悉，熟悉得就像身在大陆任何一个城市的茶馆似的。

橱柜上有茶的展品，由于我们刚刚到台湾还未来得及兑换台币，所以，面对主人盛情介绍柜台上摆放的各种高级茶品，只能歉意地微笑相许，却无法购买，但主人听说我们是从大陆来的，还是蛮热情地以茶相待。这种氛围令人可以联想到古人“有朋自远方来，不亦乐乎”的那种精神。

对我们热情的台北人随处可见。出了茶馆， 已是23点40分了。顺来路往回走，所有的店面都已关闭，偶遇一处亮灯的地方，推门往里探头时，竟被里面一位打更的老者发现了，他冲我们热情地打招呼，于是我们就进去与之攀谈起来。

老人姓翁，对我们非常热情，如久别的亲朋。他说他是北京人，却从未去过北京。他是退下来后在这栋公寓里打更的，原先是在一家公司做会计，月薪拿到十万台币，而现在打更，只能拿到两万（台币与人民币的比值差不多四比一）。他有两个孩子，大的已经三十多了，有女朋友，但不结婚，更不生子。他说台湾的年轻人大多奉行同居而不结婚的原则，更少有生孩子的。如果家有老人，比如爷爷那辈人还在的话，就不得不生孩子了，至于父亲这一辈人嘛，翁先生笑着摇摇头，一副无奈状：说不了儿子的，说了人家也不会听的。

翁先生说，在台湾，政府鼓励生孩子，多生一个就会奖励三万台币。（这只是他的一家之言，后来我们见到佛光大学一位女教授，她已经生有三个孩子了，问她得到多少奖金时，她竟摇头说哪有那事呀！）也许这三万元奖励只是空头支票而已。

在谈到传统教育时，翁先生说他的儿子还是蛮孝敬老人的，每月要从工资中抽出两万元给他们。并不是所有台湾儿子都能这样尽孝道的，他说在大儿子头一回往家交工资时，他就给儿子做出了这个规定，让儿子从工资中抽出五分之一上交。头一回儿子也有点儿舍不得，后来也就习惯了，随着工资的增长，这种五分之一的孝敬也由五千涨到一万、两万。台湾老人也与大陆老人差不多，偏向小儿子。小儿子工作不如大儿子，他还得补贴小儿子，他说他能够到这里打工，很大程度上也是为了替小儿子日后成婚赚钱。

台湾的家长也非常注重孩子的早期教育，各种才艺班比比皆是，小孩子打小就得背上画夹、背上琴谱、背上家长的沉重希望，所以，家长们望子成龙的心气与我们大陆的家长毫无二致。

打一折的商店

出了茶叶店，看看寂静的四周到处关门闭店无处可去了，就往回折返。在这样的夜色中行走已没有什么新鲜感了，偶尔经过未关闭的店铺，也懒得往里边探头。

可是，突然有一个牌子让我们眼前一亮：一折店。那个“一”是红颜色的阿拉伯数字。这一折店真够新鲜了。在来台湾之前，听人家说台湾东西太贵，可是，一折的卖价，得有多么便宜呀！想不出究竟会便宜到什么地步，是跳楼价、赴汤蹈火价还是刮骨剜肉痛心疾首价？

我驻足端详，觉得不像是开玩笑。与我同行的是湖北大学的涂教授，他浑身的书卷气使他做什么事情都格外认真，于是，我们就停在那半透明的橱窗前小偷一样朝里面贪婪地探望。

这是一家服装店，各种花色的衣服可以用“琳琅满目”这个词来形容，有男装也有女装。尽管看得不十分清楚，但可以断定这里面有档次不错的服装。而我们就开始讨论了：再好的服装打一折也不会太贵吧？因为人家明明白白写着是一折嘛。就算一件衣服是一千元，那么打到一折也不过百元，一百元台币相当于二十五元人民币，这么一想，还是十分划算的。

我们团里有几位女士特别爱买衣服，我们知道这个一折店对她们来说有着怎样的意义。

果然，第二天，我们将夜晚的重大发现告诉了她们，可她们不相信，一再问我们是不是看错了。

第二天我们到台北市图书馆开会，海峡两岸的文学研讨会就在这里拉开帷幕。台湾人办事非常认真，会议也开得极其认真，一整天下来，晚上两岸作家又要在一起举杯共饮，一忙乎，就已经很晚了，所以，几位女作家也就无法去验证一折店的真伪。

等到第三天傍晚，我才带着她们三位女士去往一折店。顺着头一天走的路线，很快找到了。外表看店面不很宽绰，但进到里面，还是有相当规模的。男装女装分门别类，摆放得很有条理。但一看标价，我们傻眼了：最便宜的衣服也在四百元以上。于是，我们问服务员：为何打一折还这么贵呢？对方回答：对不起，一折的卖完了。再问：既然卖完了何以牌子还这么明晃晃地挂着？答曰：正要摘下还没来得及。我不禁悻悻然，涂教授倒是如释重负般劝我，得亏人家没把牌子拿下来，否则我们的女士们还不得说我们是在虚构呀！

后来，我们终于又在另外一条街上遇到了一折的服装店。还是那种牌子，还是写的红字，当然还可能是没有货了。我不主张进去，可女士们要进去，结果进去一问，人家指着挂在架子上的一大片衣服说，喏，这些都是打一折的。

我眼睛再近视，也还是不必贴上去就能够看得一清二楚，数百元的标价，哪里是什么一折的价格呀，与十折有什么不同？比如说，这件衣服本来就是一百元，可标上一千元，然后再打回到一折，这就是一折？这种一折不就是十折吗？

台湾商店还是比我们大陆商店高明！我们的商店再

打折也只能打到五折吧？如果再低，低到家了也就三折，无论如何我们没有看到过打一折的吧？

男人与女人谁的脸皮更厚

我们是从台北沿着东海岸一路往高雄方向行驶的。佛光人文学院为了让我们能够充分领略台湾自然风光，派了辆专车和专人陪同我们，就这么一路走，一路观光。先是宜兰，再是花莲、台东、台中，即使太鲁阁的奇绝风光，也没有冲淡我们一路上对台湾电视上热炒的政界人士郑余镇与情妇王晓蝉的风流韵事的津津乐道。

事情起由很简单：郑某人与名女子王晓蝉勾搭上了，两人坠入爱河。政界男子系有妇之夫，但为了爱情，他们双双离开台北，跑到美国寻欢去了。女人有美国绿卡，有美金，甘愿奉养男人。政界男子当时信誓旦旦宁要美人而不要江山，不想两个月后，男子回到台北，如蒙大赦般召开了记者新闻发布会。

我们看到了电视中这位政客答记者问的场面。男子一袭浅灰色西装，五十来岁，戴着斯文的眼镜，却出语粗俗，不招人听。他面对那些密不透风的话筒，做出一副十分委屈的样子，说自己如何被那个叫王晓蝉的女子“软禁”了两个多月。他说他非常无奈，后来，终于找到一个逃跑的机会，趁女人洗澡的时候，偷出了车钥匙离开。记者问他：那你当初为什么要跟王晓蝉走呢？他说，当时的想法正如莎士比亚的一首诗说的“生命诚可贵，爱情价更高，若为自由故，两者皆可抛”。

在场记者们没人纠正他把这首诗的作者进行了“裴冠莎戴”，而第二天的几位电视评论员却嘲弄调笑郑余镇，其中一位说，郑余镇竟然将“罗曼·罗兰的诗说成莎士比亚的了”。人们附和他一阵哄笑，却没人纠正这位先生的错误同样贻笑大方。

更可笑的是，外表一派绅士装束的郑先生为了说明他受到情人王晓蝉的虐待，竟然在大庭广众之中撸起裤子，露出大腿上的一块伤疤，说是让王晓蝉给咬的。于是，屏幕上噼里啪啦一阵狂拍狂闪，在郑先生放下裤脚时，有位记者特调皮，他抢上前说他还没有拍到，希望郑余镇再露一次伤疤，结果屏幕内外哄笑一片，真乃精彩的恶作剧。郑先生的威信肯定由此扫地了，他的政治生命应该说“死定了”。

但是，媒体远远不肯罢休，抓住他们两人的隐秘不放，且大做文章，越做越大，其热闹程度远超过克林顿与莱温斯基事件。于是，镜头又对准了风尘女子王晓蝉。

在她出镜之前，给我开车的司机就介绍她是个漂亮的风尘女子，与很多要员有染。果然，出镜的王晓蝉狐媚万分，一派妖娆。她等于是后发制人，说到伤心处以泪洗面，以唤起人们的同情心。大凡女人的眼泪都是可以征服观众的，何况长相好看的女人的眼泪更具说服力。

她摆出了一排与郑先生的亲密合影，用来说明他们相爱得有多么深，多么甜蜜！并且说他们总是在一起洗澡。她说她也不理解郑某人为何这样不顾事实，要伤害她。她已为郑某人怀有身孕了。

当记者说到郑余镇撸起裤腿证明被她咬伤时，还将那段镜头回放给她看。她多少感到了害羞，她说真实情况是郑余镇要回台湾，她不希望他回，郑就抽了她一个耳光，把她打倒在地，她正好倒在郑的大腿旁边，顺势就咬了他一口。

这件绯闻的背景是台湾正在搞选举。台北、高雄等地正在热闹非凡地竞选市长。郑余镇能够冒着“光屁股推磨——转圈丢人”的风险频频闪露镜头，可想而知政治官场对他有着多么大的魔力了。

然而，他是否考虑到他这样做不仅事与愿违，而且是自己在践踏自己的公众形象呢？怪不得当地人评论他时，有人说他是“智障”。

我们这些作家在车上议论他时，几乎众口一词，特别是男作家们，感到他无耻、恶心，但对于王晓蝉，男作家们倒是给予了一定程度的同情。然而，女作家们对王晓蝉的抨击远甚于郑余镇。她们认为王晓蝉是个阴谋家，是个特别阴险的女人。有人还看过她的传记，说她先后将六位政客名流拉下水。并且她们说，怀孕也是早有预谋的陷阱，只不过郑余镇没有发现。至于是郑余镇在热恋时变得弱智了还是所有男人们在热恋时都是这副弱智嘴脸，女作家们还没有定论。但是，显然男女作家的情绪倾向不尽一致，大家主要围绕着郑与王这一对都够丢人现眼的男女在镜头中隐私大暴露时哪个脸皮更厚争论不一。

后来，我们达成共识，这样的节目天天播放很没意思，这样的争论也很无聊。再后来，就见怪不怪了，就像我们眼下的一些小报时常会将某位明星的私生活（谁与谁有了私生子，谁与谁相爱等）曝一下光而进行炒作以引起人们的注意一样，皆属无聊之举。

当然，这种曝光这样无聊的热闹正是媒体期待的效果，有利于收视率增长。但也有聪明人让媒体失望的，比如在王晓蝉与另一位政界人物的隐私曝光后，记者采访那位政客，人家就拒绝采访，而且迅速从政界消失。聪明者绝不像郑余镇一样越描越黑，到头来成了一个小丑，真不知他日后在台北如何做人、如何活着。

王晓蝉的心理承受力肯定要胜于郑，而且她肯定比郑更工于心计。在后来记者淘到了她过去的六桩风流事而且越来越探到深处时，她竟然能够依然在屏幕上挺住——嬉笑怒骂，从容不迫。这要是换了一个良家妇女，那还不得羞死！

所以，我们这几位男作家也不得不表示对王晓蝉“服了”——是呀，她的脸皮可真厚！再想拈花惹草，谁又敢招惹这种女人！

竞选之一二

台湾的城市是平静的，但台湾的竞选却极不平静。就说台北的市长竞选吧，是在现任市长马英九与另一位竞争者李应元之间展开。据说他们都是留洋归来的，而且还是在同一所大学沾的洋荤。马英九是国民党的，而李应元是民进党的。为了台北市市长的竞选，陈水扁可是表现得不够高明，他舞舞扎扎，赤裸裸地替他的同党李应元煽情，不遗余力地要帮他压倒反对党候选人马英九。但是，尽管他是地区领导人，却没有什么号召力，马英九的威信依然很高，人气依然居高不下。

马英九看上去一表人才，素养很高，一颦一笑都很得体。他们都有各自的代言人，马英九的代言人个子高，身穿牛仔，脑后还梳着一条美式长辫，一副艺术家派头；而李应元的代言人则戴着一副白框眼镜，挺奶油的，但说起话来要比对方犀利尖刻。他们两人也如同两位竞选者一样，斗智斗勇斗风度。

听说马英九在台北很有人缘，特别是对那些中年妇人，他简直就是她们的偶像。从外在风度上看，李应元的风度长相要比他逊色得多。他们进入辩论状态时可谓真刀真枪地对垒。李应元咄咄逼人地质问马英九：在你管辖的城市，大白天出现了一桩骑摩托枪杀议员案，难道你还能说你的城市治安好吗？

被逼问的马英九作何回答呢？他很会掌握分寸，先说感到震惊和遗憾，再说自己为此感到深深内疚，然后嘛，就谦逊地以自责的口吻说了台北城市治安还有待于加强等话，最后还没忘掉对被害者家属的安慰。

当年马英九在台北市市长竞选时，就曾战胜过陈水扁，这一回，他等于把陈水扁与李应元一块儿战胜了，他最终能成功吗？陈水扁很怕他成功，因为如果成功了，将会直接威胁下一次的大选，马英九的魅力将直撼他的地区领导人宝座。他已经表现得坐立不安了，从外表看去，阿扁真的不怎么具备大将风度啊！

媒体对竞选的报道如此热闹，而百姓们是如何看待这些事情的呢？

我们在 13 日到达台湾东华大学时，见到一批中青年教授。座谈会后，我们在一起用餐。这次完全是中国式的用餐——围坐一个大圆桌。几位中年教授都显得年轻，他们戴着一样质地和形状的眼镜，脸型也相差无几，冷丁看去，像一个模子刻的，分不清谁是谁。我与他们谈到正在热闹进行的竞选时，他们均不怎么感兴趣。他们说，谁关心政治呀，在台湾只有愚蠢的人才会去关心政治。

我问到电视里出现的各派议员的打斗场面时，他们说，那是带有表演性质的，就是说，政客们像演员一样，一见到记者就会兴奋，而抡起椅子时，也带有明显的夸张性质，好像气势汹汹，其实，不过做做样子，等着拍照。等到记者镜头一收，他们就会颓然而跌坐，要是记者不来，他们一个个就无精打采。

政客其实很像演员，只不过进行的是另外一种演出。就像看他们的竞选，他们扮演的角色是否成功不正如演员出场演技水平的高低吗？

在柏杨家做客

来台湾之前，曾得到过柏杨先生的亲笔签名书《中国人史纲》上、下两卷本。从柏杨的钢笔字迹看，有些颤抖，可想他年事已高。他签名的日期是 2001 年 6 月 15 日。那时候，我没敢想，一年后我也会到台北，也能去他的家中与他促膝交谈。

到达台北的头一天晚上，我是委托陈信元先生给柏杨打的电话。陈信元先生是佛光人文学院的教授，是研究中国当代报告文学的著名专家。第二天，他给我回话说，柏杨夫人张香华代表柏杨先生邀请我明天晚上去他们家吃饭。柏杨夫人没说是去他们家做客，而是用了“吃饭”两个字，这使我感到非常亲切。

柏杨家在台湾的郊外，很远的路途，好像是往凯鲁的方向走。陈信元先生将地址写得再详细不过了，还将我们送到捷运站上。所谓捷运就是地铁，在台北管地铁叫“捷运”。在捷运是看不到收票卖票人的，一切都是机器操作，将硬币投入箱内，够数额了就会出现一张卡式票，然后你就用那个刷卡，挡你的金属杆就会自动在你的腿部移开放你进去。陈信元教授特别细心耐心，他细致入微的示范令人感动。

我是与湖北大学的涂教授一同前往的。大概花了五十元硬币，坐了好久好久，才到了终点站，下车后，又叫上一辆计程车，起价七十元，最后拉到了那个叫作花园新城的地方，计价器显示着一百七十五元。

计程车司机是位并不面善的老女人，她肯定不够友好，没找到我们要去的地方就提前让我们下车了。陈信元教授提醒我们，为了安全起见，最好打电话从租车公司叫计程车，他还给了我们一张要计程车的名片，上面有电话。可是，我们在捷运出站口一眼便看到了这位女司机坐在车内，涂教授就高兴地说，女司机肯定安全，却不承想，带来的麻烦更多。

这个花园新城可太大了，像一座神秘的空城见不到人，即使有门牌号也难以找到。想打听一下，路上只有狗们，三五只狗搅和着纠缠着打闹着，却对我们不闻不问。至少找了半个小时总算找到了那个“揽翠大厦”。

原以为柏杨先生住的是别墅，其实他住的是公寓——

很高的大楼。开门的是一位中年女士，很是热情，我不敢相信这就是张香华女士。

柏杨先生是在我们落座后从里间慢慢地挪腾出来的。他的脚擦着地面移动，戴着一副黑框眼镜，身着蓝色布衣，一头耀眼的白发。张香华女士把我们介绍给他，他伸出手与我们相握。他说他的手很凉，不知什么原因这么凉。他让夫人验证一下。而我倒是没有感觉到他的手怎么凉。

他坐在一个转椅上，没坐沙发，可能是因为沙发太矮，陷进去不易喘息。我正对着他，感觉这是一个非常好的画面，于是我就说想给他拍张照片。哪知他马上站起来了。张香华说，他要去修整一下，他非常注重别人给他拍照时的形象。等他过了一会儿再从里屋出来时，果然头发要比刚才整齐了许多。

柏杨在台湾、在大陆都是一位影响重大的作家。他的一部《丑陋的中国人》曾经深深震撼了我。与他谈到这部书时，他说，他其实写的是在台湾的中国人的丑陋，没想到会在大陆引起那么大的反响。柏杨很健谈，张香华说，他睡了一天，把精神头养足了就是为了接待我们。

他说，出版了《丑陋的中国人》之后，台湾的一些大学在请他讲学时，一听说他讲的内容涉及“丑陋”，便不敢请他讲了。他在台湾无处讲中国人的“丑陋”，在美国却是可以讲的。美国的安华大学很郑重地请他前往。他在讲中国人的丑陋处时讲得非常认真，也极具演讲效果，却不承想把在场的黑压压的听众给讲傻了，讲完后，没有任何人鼓掌，也没有任何议论。他激情澎湃地讲完，就跟没讲一样。或许在场的人从未想到会有中国人这样尖锐地讲中国人的缺点，既没有人赞同，也没有人反对。他进行过无数次的演讲，还从来没有遇到过这样的场面，他至今也弄不明白为什么上千人的会场居然在他讲完之后没有任何动静。

柏杨最具轰动效应的书就是这部《丑陋的中国人》，但是，我觉得最有价值的书是那部百万字的《中国人史纲》。那是他在监狱里写就的。他被蒋介石关入监狱，一关就是九年。他为什么被关入监狱呢？

他曾经担任过台湾一家报社的总编辑。因为他的报纸副刊发表了一个漫画作者的画作，画的是一对父子在一个孤岛上垂钓，岛子是孤独的，父子也是孤独的。正是这样一幅漫画作品激怒了老蒋。老蒋火气也太大了，撤了他的主编还不罢休，硬是把他打入监狱。看来，台湾的文字狱够厉害的！

九年的时间，柏杨潜心研读中国历史，于是写出了令世人称奇的“史纲”。他把枯燥的历史写得滋润生动，这部书的高度是浮躁的作家们无法企及的。

柏杨出狱后，穷困潦倒，没地方住，蜷缩在一个汽车库。就在那时候，爱神光顾了他。美丽善良的张香华因一次偶然聚会与柏杨相识，她天真儒雅，充满女性的同情心，她认识柏杨后，常去他简陋的屋子里帮他做饭、收拾卫生。她与柏杨成婚的最初动因是出于爱情还是出于善良和同情，我不曾问过她。只是在那天晚上，她驾车把我们往住地送时，我问过她现在是否经常外出。她说，哪能总出去呀，家里有着一位老先生，总需要你照顾。我从来没有照顾老人生活的经验。年轻时，她身边没有老人，父母也离去得较早，因此，她与比自己年长二十来岁的柏杨一起生活，无疑是一件并不轻松的事情。

她在送我们时，柏杨还蹀躞着尾随出来，不放心她。后来，门都关上了，柏杨还是出来叫住她，问她是否带手机了。果然，张香华忘了带手机，于是又回屋取手机。

人老了，就像个孩子。在他们这对夫妻的生活中，不知谁扮演孩子的角色多一些。深刻犀利的柏杨，耄耋之年像个孩子了。如果不是他的谈吐依然睿智，仅从他吃饭的感觉看，他真的像个需要人照料的孩子。

他们请了个保姆做饭，保姆类似我们这里的小时工，只管收拾家和做饭，做完饭就走。柏杨还有一位秘书，《柏杨回忆录》这部书就是由柏杨口述、秘书记录下来的。翻开这部书，就看到一个特别抢眼的题目：轰轰烈烈的恋爱。文中记述的是十八岁的开封高中生柏杨，青春期情窦初开，渴望找到有知识有文化的女同学的经过。他打网球将球打到了院墙外的街上，跑去捡球时，引起了女生们的注意并遭到嘲笑，这使他非常满足。有一次他低头捡球，一抬头看到了一个女生的书包上的名字：何玉倩。他就记下了，就激动万分地给这位女生写信，密密麻麻写了五张信纸，这就是他平生写的头一封情书。他坚信这封情书如果是写在作文本上，老师一定会给批个“甲上”。

他小心翼翼投入信筒，“有一天，那一个伟大的日子终于到来，就像看榜一样，从一排信中忽然发现我的名字。”“我的心几乎跳出胸腔，我想，我的心脏病的病根大概就是那个时候种下的。”（摘自《柏杨回忆录》）

结果那是一封什么信呢？是一颗炸弹，差点将他毁灭。信上是这样写的：

“你年纪轻轻，不用功读书，却给女生写信，我已把它公布到我们学校布告栏里，看你以后还敢不敢！”

这就是柏杨叙述的轰轰烈烈的一场恋爱。其实，真正让他感激的还是与张香华的相遇。他说他一生最幸福的事情就是与张香华的结合。他得到张香华的爱，张香华的出现对他来说犹如雪中送炭，这炭一直就温暖着他的心。他一生有过五次婚姻，他对此一点儿也不隐瞒。他的结发妻子还在河南老家。前些年柏杨回大陆还专程去故乡见到了第一个妻子。据说他们抱头大哭，临分手时，柏杨给她留下一笔钱。

张香华非常理解柏杨。她不仅在生活上照顾老先生，她还算得上柏杨的经纪人，与一些出版机构谈论出书的事宜都由她出面。其实，当人们都注意她的生活因柏杨而充满光彩时，却忽略了她自身的魅力。她是个不错的诗人，不错的电视节目主持人。她还将自己的诗搞成配乐朗诵，制作成 CD 送与我们。在台湾《新观念》这本杂志的封面，赫然刊发了张香华的靓照。照片上的她像个真正的浪漫派诗人一样笑容灿烂。

张香华嫁给柏杨时，做教师工作。因为柏杨当时还受情治人员的控制，她受了不少委屈，所以提前退职，从事文学。她当过《草根》诗刊的执行主编、《文星》杂志诗页主编，还主持过警广的《诗的小语》；她发过很多作品（诗和散文），她还翻译过好多作品。她的不懈努力终成正果，她先后获过文艺广播奖、五四文学交流奖、罗马尼亚大学荣誉教授、南斯拉夫杰出文化贡献奖、旧金山国际桂冠诗人协会颁赠桂冠等荣誉。就是说，她并不因丈夫而闪光，她自己也是一个发光体！她实现了一个女性的真正的人生价值！

十天的时间一晃而过。我们由台北到了高雄。本来在台北时已与台湾诗人余光中约好，到了高雄去他家做客，但是，因时间关系，我未能前往，如今想来，不能不为之遗憾。更不好意思的是，行前竟忘记了给余先生打个表达歉意的电话，在此，只能遥遥对余光中先生致歉并祝他晚年幸福快乐。

遥远的海瑞

大凡到海南来的外地人都不愿待在海口，都心急火燎往三亚奔。因为三亚风光是海南的精华所在。至于海口嘛，也着实没有多少好光景可供游览。但由于朋友的盛情，我只能稀里糊涂跟随着在海口转悠，竟转悠到了一个景点：海瑞墓地。

我对朝拜墓地还是很看重的，就像我到欧洲一定要去卢森堡看巴顿墓一样。墓地是人类的真正归宿，是人类的清冷的家园。即便是再高贵再讲究的墓地，也免不了清冷之感。

海瑞墓倒是一点儿都不清冷。它坐落在海口的西侧，在交通发达的海口，这个地方一点儿也不偏僻。正是夕阳西下之时，一点儿风也没有，过于炽热的阳光烤着游人的步子，也把这块格局工整的长条状的陵园烘托得过于热烈，连一丁点儿的感伤哀怨的气氛都没有了。两侧的椰子树一丝不苟地组成一条绿色甬道，这算是整个陵园建筑的中轴线了，很有纵深感。走到头，就是海瑞墓了，算不上高大，上圆下方，说不清是用什么石料砌筑，已经呈黑色了，整个造型像一顶年代久远的头盔，庄严地被弃置在这里。

按照中国人传统的观念，人活着重在留名，“赢得生前身后名”。这一点，海瑞做到了，但他为此所受到的折腾，千古罕见。

准确说，他是在四十八岁时开始了宦海生涯——升任浙江淳安知县。这是个稳重而成熟的年龄，而他却到处惹是生非。此后二十多年的生活，他始终处于各种矛盾和纠纷之中。他可以得罪鄢都院的节使，可以制裁总督胡宗宪的儿子，却怎么可以招惹嘉靖皇上？他岂不是活腻了？他严厉指责皇上是一个虚荣、残忍、自私、多疑和愚蠢的君主。他在奏疏中还把国家出现的官吏贪污、税多役重、盗匪四起等种种劣迹一并说成是皇上本人的直接责任，得出的结论则是“天下之人不直陛下久矣（普天下的人很久以来就认为你是不正确的了）”。

皇上被气疯了，当即把奏折狠狠摔在地上，喊叫着：把这个人抓住，别让他跑了！

旁边一位宦官跪奏：皇上息怒，此人自知必死无疑，所以他在递上奏本前，就买下了一口棺材。

皇上当时并没有惩罚海瑞，却如鲠在喉，情绪坏到了极点。皇上非常矛盾，一会儿把海瑞比作古代忠臣比干，一会儿又痛骂他是“那个咒骂我的畜生”。到头来，皇上还是没有真正“大人不计小人过”，还是于三个月后，即1566年阳历2月底，下令锦衣卫把海瑞逮捕入狱。事实上，嘉靖已经够不错了，他还有三个多月的肚量，他最终还没有把海瑞逼死。而古今被立即逼死的忠良有多少！这是海瑞等人的悲哀还是皇上的悲哀？还是中华民族的悲哀？

海瑞这类人物的下场肯定是不幸的，古今同样。那么，海瑞个人的信念则不能不带有虚妄的理想成分。对于庞大的铁桶一般的封建体制而言，这种成分多出一点儿，对于个体生命便是多出了成倍的不幸。或许正是这种以卵击石般的不幸，催生了他悲天悯人的情结。

七十三岁的老海瑞在南京病故时，当地的老百姓披麻戴孝，痛哭在河畔，为海瑞的灵船送行。古时木制的灵船肯定比现代锃亮的灵车更具悲悯的诗意，一时间长河哭泣，神州呜咽。在海瑞墓的后边建的那座三层圆顶的清风阁中，雕梁画栋间就有一幅画是表现这种场面的。百姓们为失去一位“海青天”“南包公”而悲恸欲绝。

海瑞得罪了贪官，得罪了皇上，却赢得了老百姓。对为官者而言，这是一种人生的高境界的抉择。古往今来，又有多少人愿意进行这种抉择呢？海瑞不会成为同僚们效仿的榜样，相反，只能成为周围官吏们躲避与仇视的对象。海瑞有再大的本事，再强烈的牺牲精神，也不可能使复杂的社会回复到历史的单纯与理想的单纯中。他只能毁灭自我，或者成全自我，如果说这种毁灭是一种对声名的成全的话。

海瑞可以成全声名，老百姓能成全什么？

老百姓的希望其实更带有虚幻色彩。他们将幸福与公平的希望寄托在出个“青天大人”上。且不说这“青天大人”有多么难出，即便出现了，又能解决多少问题？起多大作用？“青天大人”本身就是难以生存、难以适应官场的。而随着社会的发展，人际关系越来越复杂，“青天”就会越来越没有土壤，越来越没有市场。一些本来有着这种清官素质的人也不能不被环境所同化、所改变，否则，就无法生存。所以，“青天”肯定越来越少，而百姓的这种期盼也只能是越来越渺茫。

说到底，百姓的这种期盼是愚昧落后的，是一种真正的盲目。《国际歌》唱得好：“从来就没有什么救世主，也不靠神仙皇帝，要创造人类的幸福，全靠我们自己。”靠人对自己的真正发现，靠民主和法制。

头盔般的墓堆后边，是一尊海瑞的塑像。塑像下边有烟火，但不旺。这使海瑞本来就有点儿清瘦的身形显得更加单薄。瞅着这尊塑像，我想，海瑞如果活到今天，他是不是会一成不变？至少在这么富庶的海南，他死后该不会仅存那么十几两可怜的碎银，连殓葬自己都不够的吧？海瑞真正的不幸还在家庭。他没有温暖的家庭生活可言，他曾先后结过三次婚，第一个老婆给他生了两个女儿，却因与婆婆不和而被休；第二个老婆才与他结婚一个月，也由于婆婆的原因而被逐；第三房给他生了三个儿子，却都夭折了；他的小妾也曾为他生下三个儿子，却也同样地一一夭折了，真是上天不给他留下一个儿子。“不孝有三，无后为大”，对孝子海瑞而言，其痛苦与遗憾可想而知。他的第三个老婆与他的小妾在同一个月内死去，一个死于很可疑的病，一个自缢。难道这就是“报应”？

据说，海瑞死时留下话，他的棺椁抬到实在抬不动的时候，放下了就是安葬地。结果，正好抬到海口西边这块地方，抬夫的杠子断了，海大人就被安葬在此处。也许海瑞希望他的入葬能够为此地增加更多的清廉吧？至少，他不希望在他身后这片土地上有更多的贪官污吏。事实呢？肯定不能让海瑞遂愿。而海瑞大概更不会想到，他无论葬在何处都不会得到真正的安宁。他的清廉清冷的墓地在“文革”中还被掘过，他的名字又一次跟着一位姓吴的先生倒霉，遭到了口诛笔伐。究竟是他连累了吴晗还是吴晗连累了他呢？或许，这就是缘分？那只能是一种无奈的缘分。

海瑞墓在今天的真正意义并不在于唤起多少官员去效仿他，去纠正不正之风，也不在于引发老百姓多少感慨和哀叹，而在于启发人们去真正认识历史，去认识历史的发展规律。

灵 石

全世界最具灵性的石头是通灵宝石，也叫通灵宝玉，说的是经过千万年的造化而成精成灵的石头。在地震后的安县，我看到好多有生命、有感情、有灵性的石头。

那是些成气候的石头，出现在许多重要的场所，虽然大小不等、高低有别，却极挺拔、极庄严，以人立姿态迎接着某种神圣仪式。

在辽宁广场上有块褐色石头，墨迹凝重地刻有 2008 年 5 月 12 日 14 时 28 分这串沉痛的数字，笔画间还有震裂的纹理，将那个惨痛的日子定格在石碑上，就永远留存下来了，这比写在木板上、竹片上或纸上更具永恒性。不知是从什么时候开始，又是什么人最早发现了在石头上刻写的妙用。

从这块黑字石碑一路望开去，我看到了一个石的家族，组成时空交错的文脉。有清代文人李调元的全身立像，有当代作家沙汀先生的半身浮雕，嵌在一块巨大的石壁上。沙汀慈悲而亲切的面孔充满对这片土地的悲悯，他胸前还有一支笔、一副老式眼镜，均做得精致细腻。

处于地震带的安县山脉主要拥有三种石材：深海生物礁石、砾岩、钟乳石。据说亿万年前，这里曾是一片大海，因地球变迁而隆起山脉。

灾区的石碑无非承载着人类的两种感情：悲与喜。悲，用黑色字体记录，选那种褐色岩石，岩页如愁纹且有些疏松，而雨水或山体润湿出的痕迹，像泪槽。喜，则用红色字体，选光鲜的土黄色石头，能折射阳光。黑色字体写就的碑文居多，写于石之背面。有多少石碑就有多少碑文，这些碑文内容大致相似，采用半文半白的文字风格。在《安县抗震救灾纪念碑记》《安县“5·12”特大地震两周年记》等不同碑文中，有着相似的对那一刻大灾难的记载：“转瞬间山崩地裂，城倾家摧，其地毁于一旦。众生伤亡难以计数，满城建筑几近无存。巴山夜雨，但闻悲声；蜀水春澜，唯流咽泣。”

另一类碑文使用红色的文字。在桑枣中学，这所在汶川地震中因无一人伤亡而闻名全国的“最牛学校”新建的校园大门口矗立的石碑，还有敬老院的石碑、晓坝新场镇落成的石碑等，均用红色大字。我印象最深的是安县县医院的那块石碑：博爱碑。《安县县医院博爱纪念碑记》这类碑文很有代表性，旨在书写一种感恩之心：“博爱映苍天，八方急驰援。”“恩情重如山，大义薄云天。”“安昌江水，世代吟唱，辽宁红十字会赈灾贡献。”“千佛山岚，岁岁高歌，人道主义惠风永远承传。”

这块县医院的碑石立于院内，其实就是一块自然的浑朴之石，属于当地最常见的那种砾岩。石头正面刻有两个鲜红大字“博爱”，笔力遒劲，烈日下如飞溅的血迹，却比血迹更令人有灼痛感。它不是石碑，却被当作石碑用了。石碑之石，雕刻打磨的人工痕迹太明显，而这块石头没有经过任何雕琢打磨，甚至两个大红字“博爱”就刻在这凸凹不平之间。石头姿态很像一位在太师椅上抱膝而坐的长老，坚实的底座沉稳扎实，颈部褶子细碎交错，也可以说伤痕累累，遍及全身；头颅部位更具沧桑感，最精彩的是颅顶部位，有一坨野草在旺盛地生长着。石头上长草本来就是一奇，而听到院长邹兴贵讲这块石头来历时，我更感神奇。

这位院长个头不高，穿着白大褂给我们沿院落讲解。他从大院两侧走廊开讲，指点着那些照片介绍地震发生时的情景。一幅幅照片惨不忍睹，真不敢想象当时现场如何。县医院当时的放射科在地震中房倒人伤，那棚顶破碎后飞扬的建筑物碎块真的犹如“放射状”的利器。

院长的声音很平静，说他们的医院当天满院子都是送来的伤员，到处都在流血，而被震倒的医院已经没有一间好房子可用，人只能全部躺在院子里，那时偏偏下起了大雨，连续三天都在下大雨，满院子的雨水和着血水，汪成一片。

院长的声音还是那么平和，他转到这块石头跟前说，这是从周围的山上找到的。他说他去找了好几次，都没发现这块石头。最后一次，突然发现这块巨石，它是从地震后的山顶上滚下来的，就好像专门为他们而下山的。

这是块高居山上的石头，我相信它一直是活着的，不仅它上面的那坨草顽强地体现着它们彼此的生命，仅从它滚下山来到这里的经历也可见它的灵性。石头们的灵性还表现在“文身”或曰“刺青”上。那完全是按人的想法镂刻上去的，有深有浅，有热烈的红色，像在流血，也有沉郁的黑色，蓄满哀伤。读懂了这些石头，是不是就能读懂生命与灾难的关系？

我是相信石头有灵性的，这倒不是因为我喜欢搜集石头。也许走的地方多了，看到的石头多了，便会对那些不凡的奇异的石头产生敬畏之感。比如那一年在福建的清源山突然看到的老君像，一整块巨大的半身人形石头小山一样屹立，恍若老君古身复苏。我惊骇之余趋至近前，发现它一直就是活着的。你看那双眼睛，那么深不可测，一直注视着前方；还有那只抚琴的手，多么富有灵性啊，不用细听，就可感受到山泉淙淙吟咏。

等我上到山半腰时，又遇一块奇异灵石让我驻足，那是弘一大师的灵塔处：山路细瘦如带，转弯处，山壁间横出一块奇石，上面刻有“悲欣交集”四字，是弘一法师的瘦劲字体。这字有种飘动感，不知是石随字动，还是字随石形，很是空灵。石犹如此啊！

南方经验

那是我刚来东莞还不到一周的时候，应朋友所邀，去了石碣。石碣是个小小乡镇，与岭南其他乡镇没有什么区别，酒店比书店多，新房子比旧房子多，新轿车比旧轿车多，看不到耕地，找不到水田，水牛只能凝固在公园的石雕上。

城市化的进程快得惊人，柏油马路越修越宽，越宽车辆就越多。一个镇子的大酒店完全可以跟大城市比美比阔，走进去豪华气派得令人咂舌，不仅有民族风格的雕梁画栋，还有欧陆风劲吹带来的多样化柱式，不定什么时候一眼看去，在哪栋建筑的角落似乎还能瞅见巴洛克或洛可可式的线条。这种仿古仿洋之风，已经在粤地，无论大城市还是小乡镇，张目可及、触手可摸了。以前就曾听人说过广东之富，富到了没有农村，就是说，从城市到乡下，都是一样的繁荣，拥有一样的建筑。

真正置身于石碣这种乡镇，果不其然。从纯个人的意愿出发，如果城市的发展或经济的繁荣是以消灭乡村为代价的话，那么，我宁愿不要这个发展与繁荣。我是顽固地眷恋乡土风情的。

石碣的朋友与岭南其他地方的朋友差不多，总是要向外来的朋友们热情洋溢地介绍一下当地好玩的地方，或者什么有价值有文化的地方。于是，自然就介绍到了一个纪念园。开篇我说了半天也没说出什么名堂，其实，我就是在说我头一次去石碣时对石碣其他地方没有留下任何印象，只有这个袁崇焕纪念园让我记忆深刻。

过去，只听说袁崇焕是东莞人氏，却不承想他就生在石碣这个地方。这里拓展了那么大的一片地盘，为他建了一个纪念园。

记得当时在纪念园大门口那高大巍峨的牌坊下边，我遇到了当地电视台的记者，他将话筒对准了我，让我谈谈头一次到这里来的感想。然而，我面对话筒，竟然说不出话来。

头一次来到这里，感慨肯定是有的，何况，我还是从辽宁而来，从袁崇焕当年建功立业的那片土地上来的。我有着那片土地上的人们对袁崇焕这位大英雄的足够的尊敬，也有着对他的千古奇冤的深切悲叹与感怀。我还有作为一个北方作家的职业敏感，和对天地良心的最起码认知。无论谈古抑或论今，我似乎都应该有话说的。然而，我竟一时语塞。

石碣的朋友在一边不断地提醒我如何如何说。他的意思我已经领会，但是，我还是感觉心里边有种说不出来的涌动，奇怪的是竟像被什么封堵住了似的。

在毫无准备的前提下，我也曾有过面对话筒的时候，但是，我不知道怎么说竟一时语塞的情况却从未发生过。这种场面不免令人难堪。

我摆脱这种难堪的方式，是将头高仰起来，去张望头上方那高高的牌坊横额上的那四个大字：长仰英风。这四个字的笔体纤细了一点儿，但是，笔画间的构架却是结实而遒劲的。题写者是任仲夷先生，我一点儿都不陌生。看到了他的名字，我敏感地意识到，对任仲夷而言，他能够欣然命笔题写这四个大字，绝不仅仅因为他当过广东省委书记，这其中肯定有着辽宁那片地域的原因。任仲夷是从辽宁省委书记的位置上调到广东来的，因而，我想，在他提笔给袁崇焕纪念园题写这几个大字时，肯定会想到宁远大捷的发生地兴城吧？他在辽宁当了好几年书记，他不会没去过袁崇焕建功立业的那个地方。尽管时空不同，然而地域却将人的缘分（如果说这是缘分的话）定格在这里。而我，也是从辽宁那片土地上来到广东的，南北两省遥远的跨度、地理地貌民风之异，还有气候对比的巨大反差，是否一一浸透在这字里行间？

凝眸久了，会有眩晕感的。有少许的白云在飘，这巨大的石牌坊也似乎在跟着飘移。面对在我们那片土地上为朝廷建立卓著功勋的大英雄，我怎能没有感慨，怎能没有话可说呢？

问题是，我真的没有讲出什么有分量的话来。我讲出的都是些支离破碎或轻描淡写的东西，完全不像是从我嘴里飞迸出来的。这种情况还从未有过。

讲不出来，那就写出来吧。那时候，我就是这么对自己说的。然而，几次打开电脑，想写写对南方、对袁崇焕的感受，却始终找不到感觉，不知往上敲什么。呆了半天，显示屏暗如柏油路。

以后，我又多次去过石碣，去过袁崇焕纪念园，也多次与水南村这位有文化眼光的锺书记交谈过，并被他顶着俗世的压力投资亿元巨款，将这片土地建成袁崇焕纪念园的信心与魄力所感动着。

去石碣多了，也就对这个乡镇了解得多了。石碣镇是岭南著名的电子加工业基地，许多造型色泽相似的楼群集装箱般摆满了街头空间。大片的新建筑居然都是厂房。上班的时候，镇上看不到多少行人，而到了下班时，那些打工者不知从哪个“集装箱”里分流出来，汇到繁华街头，便成就了结实的人流，尤其在横穿马路时，有种江河奔泻之势，浩荡场面令人叹为观止。

电子加工业不断地发展，楼群不断地增多增高，而打工人潮也越加汹涌澎湃，弄得石碣镇像城市一样地皮紧缺起来。而在这样拥挤的地方，能够拥有这么一大块空地，不被经济利益所诱，建起了安静的袁崇焕纪念园，这种现象本身就令人赞叹。只不过，当我在博大的纪念园中徜徉时，我仍然有着一种空荡与寂寞之感。尤其当我走到那个桥边，走进了为袁崇焕守墓三百多年的佘义士的后代居住地时，我的心便愈发沉重得透不过气来。

佘家在北京守候着袁崇焕家，代代相守，坚持守了三百多年，令美国学者惊叹无比——美国历史还不到三百年。而到了佘幼芝这一辈，却因北京街区改造，她必须搬走，从而远离与之朝夕相守的袁大将军的墓。这件事情在媒体公开之后，就一直引人关注。最终，我也不知道佘幼芝的忠义精神是否感动了当地政府，而我却知道香港有位编剧将佘家的守墓故事创作成剧本，在香港首映那天，请了佘幼芝到场并讲了话。佘家的守墓精神感天动地。

佘家精神在感动世界的同时，也深深感动了东莞，感动了石碣的水南村。他们与佘家联系，佘幼芝的儿子已经决定到这里为袁崇焕守灵了。然而，命运就在这时候跟这位小伙子开了个大玩笑，让他倒在了半途，永远无法站起来为袁崇焕继续守灵了。

现在，这位一表人才的小伙子的遗像与骨灰就安放在了这栋风格古朴的建筑里。屋子有些阴暗潮湿，墙壁上贴有关于佘家守墓的新闻报道。里间屋放有一张大床，那张大床就是给这个小伙子准备的，蚊帐半遮半掩在那里，似乎透出无尽的惆怅与哀伤。地下有个陈列柜，里面摆着年轻人用过的西装领带，折叠得板板正正，还有他读过的书籍。他还不曾结婚，还不到三十岁的青春，就永远地凝固在这里。他也是外来人，尽管他生前从未涉足过这片南方之地，而他的灵魂却跋山涉水，永远停留在了这里。

这个房间确实很潮湿的，墙体有湿迹，窗户也紧闭着，闷热难耐，令人透不过气来。适应干燥高爽气候的北方人，可能会不习惯这种气候，但是，北方的灵魂是可以超然于自然之上的。在这样的房间里多看上一眼，多待上一会儿，也会陡增哀伤，令人感慨生命之无常、人生之叵测。

其实，每到这里来一次，我便会多一次感伤，总像有个事情在催着自己去做。我早该写一篇文章的，然而就像面对记者的话筒，突然出现了不知所云的窘境。

即使这一次，应东莞作协所邀，又一次来到这里感受这座纪念园的气氛，又一次“长仰英风”，又一次感受佘家后代灵魂的分量，我也仍然有种不知说什么的感觉。不过，有一点是再清楚不过的了，这就是岁月在这个纪念园里所发生的变化。与上一次相比，我仰望“长仰英风”这几个题字有了完全不同的感触，因为这位令我们辽宁人尊敬的前辽宁省委书记，也令广东人敬重的长者，在不久前溘然仙逝，成了故人。瞅着前辈的题字，心里边积蓄的那种莫名郁闷，愈加强烈起来。

郁闷，是一种始终弥漫在我心头无法摆脱的情绪。

我为历史而郁闷，为袁崇焕蒙受的磨难与冤屈而郁闷。他原本是一个文弱书生，会读书会写文章，他的书法神采飞扬，颇有神韵。在这片土地上，至今还有许多人喜欢舞文弄墨，喜欢书法，走进这座城市的任何一家饭店酒店，墙壁上都挂有书法。不管写得好坏，只要是用墨写上去的，就比电脑打的字要亲切。这是当地的一种时尚吧。不知道袁崇焕那个时代是不是也满城都能随处看到书法。

袁崇焕属于脑袋瓜子聪明的人，属于会读书会考试的那种人。他考取了进士。他不仅具有文才，还是个有胆识的人。当江山社稷受到威胁之时，他可以单骑去兴城侦察敌情，也可以豪言壮语，气魄不凡。据载："天启二年正月，朝觐在都，御史侯恂请破格用之，遂擢兵部职方主事。""崇焕即单骑出阅关内外。部中失袁主事，讶之，家人亦莫知所往。已，还朝，具言关上形势，曰：'予我军马钱谷，我一人足守此。'"他甚至可以将个人的安危置之度外。"崇焕始受事，即欲诛毛文龙。文龙者，仁和人。以都司援朝鲜，逗留辽东，辽东失，自海道遁回，乘虚袭杀大清镇江守将，报巡抚王化贞，而不及经略熊廷弼，两人隙始开。"

这段话虽短，却翔实记载了袁崇焕以国家大业为重，爱憎分明，大义凛然，诛杀败将毛文龙，并且因此为自己埋下祸患的经过。封建朝廷的腐败，官场的尔虞我诈、阴晴瞬变、危机四伏，这些对一个真正有血性的汉子，无不构成了陷阱。这种陷阱随时可以吞掉他的，只不过他自己不曾觉察而已。

英雄常常不会保护自己也不能够保护自己。东莞水南村人袁崇焕，具有真正的英雄性格。他在辽宁的古战场上威风八面，横刀立马，胆识过人。宁远大捷使他威名远扬，却也为他带来了杀身之祸。他在那一仗中打败了努尔哈赤。我们辽宁人对努尔哈赤是颇有感情的，民间关于他的传说故事像荒草一样蔓延，人们称他老罕王。关于满族人为何不食狗肉，就是因为传说他被追至一个芦苇荡里，敌兵放起了漫天大火要将他烧死，而这时候有一条义犬冒死在水塘里跳进跳出，用一身水湿的皮毛滚动着压熄了四周的大火，遂救了他一命。于是，满族人从此对狗充满敬意。努尔哈赤这种从未打过败仗的大英雄，居然败在袁崇焕这位身材不高且瘦弱的南方书生的手下，这真是大伤自尊的事情。俗话说“不以成败论英雄”，老罕王与袁崇焕都是大英雄。英雄与英雄不同，他们的命运自然迥异。

据说袁崇焕招致杀身之祸，是因为皇太极施了离间之计。其实，奸计只是一个外因，内因，恐怕更加波诡云谲、险象环生吧，那就是国人的“酱缸文化”太黏稠了。

历史上这种功过倒置的惊天冤案并不乏见，但袁崇焕遭到的凌迟酷刑，却永远令人谈之色变。他比岳飞受的刑罚更惨不忍睹。岳飞是后背被粘住麻而剥掉皮肉的，那肉也是鲜红的，而他却是被一刀一刀地割下肉来，所谓零刀碎剐，最为惨绝人寰，何况，还有那么多软弱而愚昧的观众围观。

时势造英雄，时势也制造冤案；不曾战死沙场，却惨遭如此奇耻大辱。越深思这样的现象，便越会郁闷，越想抱怨什么。历数我们历史上的冤情冤案，构成千古奇冤的不知有多少！与其说“六月飞雪”是关汉卿杜撰的虚构情节，莫不如说是来自生活的更多的真实冤情引发了他的创作冲动。更不用说来自民间的拦轿喊冤情节已经被历代文人运用得落了俗套。

然而，东莞这座城市是不相信抱怨的，就像不相信眼泪。有部苏联电影叫作《莫斯科不相信眼泪》，记得电影中表现的是一个性格刚毅的女工程师和一个软弱男人的故事。这个城市中的女人大多性情温润，肯定没有莫斯科女人那般高大刚毅，犹如女强人一般。这个城市的女子贤惠，虽然她们被统称为靓女，却鲜见长相漂亮的，大多额窄眉低，肤色黑糙。但是，她们十分贤惠能干，热爱并不辞辛苦地经营着自己的家园。她们都属于旺夫相，能够让丈夫事业兴旺，所以，到这个城市来的外地人多以找当地女人做太太为荣、为福，也有人认为当地女人只适合做太太而不适合做情人。

或许因为有了这样的女人，当地男人们才这样脚踏实地、勤恳创业吧。他们做出了多大的功绩也不会夸夸其谈的。而那种好大喜功、吹牛拍马、虚报产值的事，似乎永远与他们无关。

他们的大英雄遭受了历史上最大的误会，其负面效应似乎并没有影响到这个城市。就是说，在这个城市里，人们只相信成功，而从不相信怨天尤人。恐怕这就是我在这座城市中体会到的真正经验吧。

倒是在我的东北故乡，在发生宁远大战的地方，我觉察到城市性格多少受到些袁崇焕冤案的负面影响，比如进取心不强、求胜欲不足等等。工人会抱怨厂长，厂长会抱怨局长，特别是大批下岗工人云集在一起时，面对生存的无助，他们只有抱怨，而不会像广东人这样自己想方设法解脱困境，办公司、搞单干、当老板之类。而在一个家庭中，夫妇互相抱怨也是导致离婚率上升的重要原因。

抱怨情绪的形成并非一个袁崇焕事件使然，而是现实制度和诸多复杂因素造成的。但是，积极投入人生还是消极应付事务，这肯定会影响或决定一个城市的精神质量。这也是出现英雄与豪杰的重要条件。

在东莞这座城里，我见到一些成功人士，就是那种大老板。有一位大老板身材瘦小，个子也不高，是典型的当地人。在我前来见他的时候，我已经听说了他长得一点儿不像大老板，而且为人十分低调，等到见面的时候，却仍然让我暗暗吃惊：他衣着这么朴素？平头，清瘦，缩肩，说话声音小而谨慎。他带我参观工地时，居然被一个保安拦住了，不让他进去。他也不温不火，也不亮出自己的身份。

工地是在湖上的一个乐园工程，取名“可居”。他说要在 7 月份全部完工。他说这话时，声音极平静。瞅着满目乱七八糟、路也没修好、主体建筑也还没有建好的工地，我追问了一句：包括这些路吗？他说对，还包括桥。

我心下里暗暗合计，这是不可能的。因为当年我毕竟在建筑部门做过安全质量工作，我明白工程的进度。只剩不过三个月的时间呀！

为了印证一下他是否说大话，三个月后，我又一次来到了这里，确实完全竣工了，连工程尾巴都收得干净利索。我上到最高的公寓的顶层，放眼望去，楼下是一片景色宜人的湖水，湖面上有激光放映船，这艘船如同新加坡圣淘沙公园里的那种。1997 年我在圣淘沙的夜晚，强烈感受到这种激光以色彩幻化出的万千魅力！船的旁边，是一条情意绵绵的街巷与栅栏，还有各式灯光，令人如同步入仙境。三个月前这里还是一片狼藉，砖石堆砌得杂乱无章。这是奇迹，东莞的奇迹，东城的奇迹。真正创造出奇迹的这位老板却并没有什么得意之感，他又转入了另外一个奇迹的创造中。

他喜欢抽烟，高兴的时候抽，不高兴的时候也抽，只是我很难分清他什么时候高兴，什么时候不高兴，或者说，他为什么高兴，又为什么不高兴。

他生活中有些事情也有着传说的意味。比如，他从来不喜欢运动，更不见他打什么球，却拥有了篮球俱乐部，养了一支篮球队。当这个篮球队在东莞球馆比赛时，他是要到场的，但是，他并不希望自己像领导或大老板那样坐在最显赫的位置上。我曾留心寻找过，却没有找到他坐在哪里，即使那么敏感的电视镜头也不曾捕捉到他的面孔。

我这样去写这位大老板，是因为在他身上体现出一种岭南文化，如同岭南的绵绵细雨，润物细无声，却早已将地皮深深地浸透。我们东北人的豪情万丈、喜欢张扬的性情如同雷暴天气一样，暴雨痛快下过之后，地皮的水存留得并不多，雨过地皮湿，地皮下边却还是干的。人的性格与地域息息相关，正是一方水土养一方人。读懂一个地域，就能够读懂这个地方的人，反之亦然。

这是个可以在平静中创造奇迹的城市。他们可以携来圣淘沙的光芒，可以引入巴厘岛的瑰丽，也可以将大堡礁的水色天光尽现眼前。他们在做这一切时，声音并不高亢嘹亮、惊天动地。

有时候，我在解读东莞这座城市的文化成因和风土人情时，会去仔细回味或思索他这位具有代表性人物的一举一动、一言一行。他以一种超越年龄、超越体重的魄力与智力，生活着，工作着，创造着。看到他蜷缩在汽车座位上的清瘦身子，不知怎么会让我联想到袁崇焕进京做官时的样子，因为他瘦小，腰细，无法穿皇帝要赐给他的官袍，结果，他当晚一梦，神奇般变得腰粗体壮，醒来后穿上肥大的北方官袍正好合体，一副富态相。这个传说在我在石碣袁崇焕纪念园看到的一个雕塑上得到了印证。这是一个传说。

在东莞，传说也有着特殊意味。比如，在我居住的小区对面，便是“星河传说”。“星河传说”是什么意思呢？是一处房地产的开发地。我最感兴趣的是这个名字：星河传说。这些传说不是来自古代神话，而是现代东莞人在不声不响中将传说传扬开了。

比如，有位拄着双拐的老板。他在一个饭桌上出现时只说了一句话，令我印象极深。他说，十年前我给香港老板打工，现在，香港老板给我打工。他还说了一句，中国人厉害呀！说完，他就离席了。他是一拐一拐地走出去的，在长长的廊道里，他的双腿始终无法保持身体的平衡，但是，他钻进奔驰汽车里后，车在沉缓起动时，他与这个世界同时平衡而默契了！人家说，他的成功像传说一样不可思议。

看着他的豪华车，我眼前晃动的是我们城市里那些个单薄简易的残疾人驾驶的三轮车。那种车在风雨中飘摇着，而且经常违章肇事，人们还时常会发现，一些本来不是残疾人的却也冒充残疾人，开上这种车与出租车争饭吃。

再比如，那些勇敢偷渡者的传说。东莞曾经出过好多游泳健将，究其原因，有人分析说，那是因为当时东莞人的生活特别贫穷，他们渴望去香港，而通过正常渠道无法进入，只能偷渡。要想偷渡，就必须练出一身好水性。于是，在东莞的运河里，每天都有大批的年轻人在学游泳。从当年走过来的一位中年人说，那时候，运河的水很是清澈，每天都有人在练习游泳。他们练游泳最大的动力，就是有朝一日，能够从虎门的海上游到香港。要想实现这个胆大妄为的举动，需要具备游出二十华里不歇气的本事，于是，他们便每天从运河的北门大桥那里游到博下桥，来回游，往返两三次。这种游泳是有目的的游泳，而不像现在的少年人在游泳池里嬉水，还要套上个充气救生圈。

水性好、胆子大的人，就完成了游去香港的心愿。这是些幸运者，他们从生死线闯过去，还有什么苦不能吃呢？因而，他们当中大多数人发迹了，成了大老板。也有不幸者溺于水中。我的朋友阿权睁着一双本来就很大很圆的眼睛，给我讲了他所认识的一对兄弟的故事。他们同时偷渡，为兄的已经到达香港海界，而为弟的稍迟几步，就被这边的军队发现喊话，他不听，继续朝希望游去，结果在仅差一步的地方中弹沉没。当那道由浓渐淡的血迹在黄昏的波浪中如同破絮一样起伏之时，那个幸存的兄长会以怎样的心情上岸呢？

不同时代，英雄的含义应该是不同的。不声不响，做出大事业，却低调做人，连穿戴都不讲究，甚至边幅都不修，这种人物深不可测，你敢小觑吗？能够去冒险，去奔向富裕的希望之地，这又是一种人杰。在这两种类型的人身上，我感觉都依然潜伏着三百多年前那位抗清大英雄的坚毅与胆识。

当然，东北土地上曾经出现的那些个杀富济穷的胡子们中，不也有后来成就大业的张作霖大帅吗？很可惜，张大帅的精神对他生活的那个重工业城市的影响并不很大，而且，其中不乏负面影响。当地人一谈起大帅，津津乐道的多半是他找了几个老婆、几个姨太太什么的，还有他的儿子是公子哥，有好几个老婆或情人什么的，还抽过大烟之类的。

在历史的长河中，个体的生命真是微不足道。然而，杰出的生命，却总能够从正负两面影响着后人的行为。我们以往仅仅是强调了某一种影响，比如正面影响，我们也总是用一种影响去进行正面教育。其实，当你一味硬性地去正面教育的同时，负面影响就已经悄然产生了。问题是不同的人群、不同的环境会接受不同的影响，有的接受正面，而有的则吸收了负面。

袁崇焕是个悲剧人物，他对后人产生巨大影响的是冤情还是伟业丰功？毕竟，后人不能够总是替他申冤，替他去抱怨。人们喜欢记住他或崇尚他的，还是他的行伍气魄，他的英雄形象，就像那座花岗岩石雕，迎风而立，把剑仰视长天，尽管面部蓄满悲情，但他的飘飞的胡须与坚毅的眉目，毕竟构成了不同凡响的“擎天一柱”，就像这纪念园的大门，百年千年都不会变形，而“长仰英风”的大字，也会像旗帜一样飘扬百年千年。

我从辽宁来到东莞，一头东北，一头东南，迢迢千万里，两地均有拢聚英雄气脉之所，均可以激发我对历史和英雄的联想与感慨。兴城现在还有古城墙，青砖虽已满布尘土，却在一寸寸加深着那个小城的文化积淀。那里没有为袁崇焕建立纪念馆之类的场所，但那城墙上的每一块青砖，皆可以视作他的不朽丰碑。何况，那里曾涌来一批人，将一门锈迹斑斑的古炮披上大红绸缎，作为礼物赠送给了袁崇焕的家乡。他们为穿红袍的大炮举行了隆重而庄严的仪式。

我的东北老乡们的粗胖体态普遍比水南村的人们高大壮硕。他们很亲密地站在一起，共同昂首，“长仰英风”。这是地域的亲和，也是历史的亲和，更是城市与城市间的亲和。如果早些年靠坐火车从兴城赶来，那至少需要一个礼拜的时间。要是三百多年前，在袁崇焕离家的年代，他从这里走出家门，什么时候才能到达遥远的北方兴城？

北方，是那个时候令他神往并给予他全部希望与前程的地方，因而，即使再遥远，走得再久，他也不会抱怨的。人的抱怨是在没有希望或者希望渺茫的时候才会发生的。

而令人叹息的是，越是条件优越、越是可以一日千里飞到这里的现代人，越不乏抱怨。他们虽然拥有了许多古人不曾拥有的东西，却也失却了古人许多宝贵的东西，比如韧性、耐心与仁爱，还有更为重要的人性元素——袁崇焕的英雄品质。

最好我们能够记住：袁崇焕，字元素，万历四十七年（1619年）进士，死于1630年，享年四十六岁。

还有，我要说的所谓南方经验，便是最简单也最不简单的三个字：不抱怨。

莫扎特的颜色

国庆节的汾阳路面，随处可见硕大的法国梧桐叶片。它们有的飘落在地面，有的还顽强挺立在枝头。秋日的阳光并未嫌弃掉落在地面的叶子，以同样的温柔播撒，于是，这个狭长的空间在接受同样的光照之后，上下天光，呈现一片生动的金黄。

在上海所有的街巷中，汾阳路是我最熟悉的一条。从春到秋，十数年间，我多次从这里走进上海音乐学院的大门。虽然曾经很宽绰的院落日益变得窄小，旧时的富有韵味的小楼也被更高更平滑的新建筑裹挟，显得苍老而无奈，但我更执拗于旧建筑的记忆。

头一次走进这里的时候，我看到的琴房是在半地下室里。小小窗口贴在地面上，还有铁栏杆。这种小窗口给人的感觉如同监舍。就是从这样的小窗口里，传出悦耳的琴声。为了看清里面的情景，我只能半蹲半跪在地面，朝里面探头：一个十几岁的女孩子在靠墙放置的钢琴前弹奏着。墙是苍白的，如同这个女孩子的脸。除了钢琴和一把琴凳之外，屋子里什么也没有。我怕惊动这个弹琴的女孩，结果还是惊动了。她扭头望着我。很普通的一个女孩子，不过十三四岁的样子。

随后，我转到了另外一个窗口。同样的窗口，透过同样的铁护栏朝地下的房间看去，同样是一个在弹琴的女孩。或许那位西方的音乐大师斯特恩就是如我一样看到这些个窗口内的弹琴孩子而萌发冲动，才脱口说出那句广为流传的话吧——“在上海音乐学院，每一个窗口都孕育着一个天才”。

那时候，我就是在这里开始了我的第一本钢琴题材的书《中国钢琴梦》的采访。以后，在撰写《钢琴时代》时，我与这里结下了更深的缘分。

这一次，我是受上海音乐学院国际钢琴中心所邀，专门来参加他们举办的第三届国际钢琴（莫扎特）大师班，简言之，就是为了莫扎特而来的。从 10 月 1 日开始，每天上下午分别开设两个大师班课堂，由两位国际级著名大师担纲授课，这些大师分别是来自香港的黄懿伦、来自法国的瑞切、来自俄罗斯的巴什基洛夫、来自美国的维阿杜、来自加拿大的克迪，还有傅聪、陈宏宽等。这些钢琴大师们在教学和演奏两方面展示着钢琴才华。观众是来自全国各地的钢琴系学生们，也有外地院校的一些钢琴教师。他们可以按照每天的课程表，选择自己喜欢的大师听讲座。到了晚上，热爱音乐的人们便朝贺绿汀音乐厅涌去，聆听一场又一场高水平的音乐盛会。

由于适逢莫扎特诞辰二百五十年，大师班主题选择了莫扎特，因而，大师们演奏的都是以莫扎特为主题的曲目。这种教学与演奏齐头并进的方式，将莫扎特的魅力发挥得淋漓尽致。于是，我这个不大懂莫扎特音乐特质的头脑，等于在七天中被灌满了莫扎特的声音。那声音有着金属质地，也有着天籁般的神奇回响，而且，居然荡进我的梦中。莫扎特那一头浓厚的真假难辨的金发如黄金般伴随了我七整天。这是一个殷实的黄金周——莫扎特黄金周。这样的黄金周将全球性的纪念莫扎特的活动推向了高潮。

一万个人弹莫扎特会有一万个风格。波里尼弹奏的莫扎特版本被吹得神乎其神，但业内人士听过后，不免失望，甚至会有种不屑。有人说，一定要内行才能听得懂莫扎特的。听懂拉赫玛尼诺夫似乎不需要内行，听懂贝多芬也不需要怎么内行，尤其像《英雄交响曲》和《欢乐颂》，谁都能听出好坏来。但是，莫扎特却完全不同。莫扎特的作品历来属于老少咸宜，会弹的和不会弹的都敢弹。冷不丁冒出一个连调都找不准的琴童，就敢在钢琴上弹奏莫扎特；但是，真正的大师，也仍然在弹那个不会找调的琴童弹过的莫扎特，比如霍洛维茨。于是，许多人都说，莫扎特最容易弹也最不容易弹。

巴什基洛夫的音乐天性

热情似火的巴什基洛夫人还未到上海，就出了一个不大不小的笑话：他从马德里起飞至俄罗斯，然后再由俄罗斯飞至上海，结果他将起飞时间当作落地时间通知这边，于是，这边的工作人员便提前一天接站，自然没接来，到了第二天中午，他才姗姗来迟。在酒店的电梯口见到我们时，他热情地迎上来逐一与我们拥抱贴脸。他的贴脸充满真诚，我们还能听到他亲吻的声音。他是一个清瘦的大胡子老人，动作敏捷，举止洒脱，十分活泼健谈，活像一个浑身充满音乐细胞的顽童。在饭桌吃饭时，他拿出一堆照片传阅，记录着他在各地演出讲学时留下的身影，其中有一张是他披着羽毛翅膀，双臂张开扮成欲飞的天使状，逗得大家笑作一团。这张照片令我感觉到，他犹如音乐天使，在世界各地的键盘间飞翔，并将快乐与美妙的声音带到世界各地。

因为他迟来一天，所以先前为他排好的大师课只能错后。他来到上海后，头一件事就是打听钢琴在哪里，他要练琴。他被安置在东湖宾馆，他最满意的就是房间里有钢琴，他可以足不出户地练琴。

演出那天，他与墨西哥乐队的小伙子们一样：一袭黑衣。光秃的充满灵性的头顶，从侧面看去，颇像列宁同志。他弹的曲子是《莫扎特 E 大调第 14 号协奏曲 K449》。这首协奏曲分三个部分：活泼的快板——小行板——不过分的快板。巴什基洛夫在演奏时，给我的感觉是驾轻就熟，挥洒自如。似乎他并不是在这里表演，而是在随意间练琴。那是一种十分自然而又自信的状态，声音醇美，动作洒脱干净。沈阳音乐学院的教授张取明激动地说，听了巴什基洛夫的演奏就没白来，他太像霍洛维茨了，他浑身都是音乐，灵动活泼而又十分可爱。周铿教授激动地说，巴什基洛夫的声音怎么这样美妙？简直不可思议。

在舞台上被鲜花簇拥的巴什基洛夫老人魅力四射，光彩照人。他在行礼时，脑门的核心部位有着一个太阳似的光亮区，被灯光和鲜花映衬得更加光彩夺目。散场后，人们还在热烈谈论着他的演奏风格。我听到人们在议论：你知道他的老师是谁吗？戈登维什。那不是被称为当代的拉赫玛尼诺夫和斯克里亚宾的大师吗？

据说，巴什基洛夫是当代伟大的钢琴家和指挥家巴伦博伊姆的岳父，他们翁婿间经常探讨音乐的奥妙。他对音乐有着执着的追求，从不喜欢人云亦云。当郎朗声名鹊起时，他保持着他的冷静。他认为郎朗的音乐太追求外在奢华，而内蕴不够。他将自己对郎朗的看法告诉了女婿。他知道郎朗一直在跟巴伦博伊姆上课。巴伦博伊姆并不反驳岳父，而是让他听听郎朗最新的演奏。巴什基洛夫抱着怀疑的态度听完之后，竟欣喜若狂，大加赞赏，他认为郎朗是个天才！因为郎朗的迅速进步确实太令他惊异。于是，他逢人就夸赞郎朗。他就是这样一个透明的音乐老人。或许因为他做人通透而纯粹，方能够在七十五岁的高龄时，仍然将莫扎特的音乐品质表现得如此美妙晶莹吧？这是一种音乐境界，一种声音与品质息息相通的境界。

克迪的高妙与超然

在七位应邀的国外钢琴大师中，克迪是最后一个来到上海的。这使人们对他的期盼更殷切。行家们说，克迪是最权威的莫扎特诠释者之一，他的到来，必将为上海第三届国际钢琴（莫扎特）大师班带来纯正的莫扎特声音。

克迪是安静的，他到来时也不像巴什基洛夫那般热情地与人拥抱亲吻。只是中午吃饭时，大家忽然就发现桌上多出一个老外：一头黄里掺灰的蓬松卷发，眼睛安静如同深潭，只有鼻子高挺出尊严。他的演奏排在第六个夜晚。那是一个美妙的晚上，上海的街头风清月朗，街边的灯光祥和而温馨。哦，那天正好是中秋节呀。

克迪弹的头一首曲子是《莫扎特d小调幻想曲K397》。他平实地落座，似乎像在宴会桌前悄然坐下，不事张扬。他没有任何演奏前的夸张表情或故作姿态。他只是将头朝键盘上一低，便开始了他的演奏。他把头最大限度地贴近键盘。这时，你会感觉到他的神态似乎不像弹琴。我从没看过有人会这么贴近键盘！那副专注的神情，就像在精心挑选珠宝。黑白键盘以其珠光宝气在他的指下捻动着，任他挑选。他的耐心是显而易见的。他要挑拣出质地最好的宝石，然后以他自己的方式穿缀成串。他的手指在划动“珠宝”时，发出了那么悦耳的声音，这是一种细腻安静的叙述，在波澜不惊中娓娓道来，将丰富与神奇的层次渗透到你的内心。

这位出生于维也纳的钢琴神童在出生那年就不逢时运。希特勒的反犹排犹迫使他们一家避难来到英国。但战乱年间，这一家人并未在英国找到落脚之地，他的父亲去了美国，而他与母亲则先是去了土耳其，而后经过辗转跋涉，赶在二战爆发前到了美国，一家人这才得以团聚。

克迪从小就显示出过人的音乐天赋。九岁时他便与波士顿乐队成功合作；十九岁那年，他赢得费城乐队比赛奖、全美比赛奖，这使得他有机会与纽约爱乐乐团、克利夫兰交响乐团、底特律交响乐团和匹兹堡交响乐团合作演出。《纽约时报》等许多重要报纸对他争相报道，评价极高。一时间他成了美国的未来之星。

1961 年克迪在加拿大多伦多举办了他的第一场音乐

会，之后，他就长住多伦多了。或许是加拿大的山光水色更适宜他的性情？他一住就是四十年。一个出生在“音乐之国”的钢琴家，一个长年陶然于优美的大自然风光中的演奏家，他的风格不能不受到浸淫吧？或许正是这样的环境，使他在精神品质上更接近莫扎特。他不去刻意追求什么，也没有刻意去表现什么、传达什么，他更不去人为神圣化自己的演奏。他只是安心于平静与恬淡。这风格一如他平素眼睛中透出的神色，总是平易柔和，没有亢奋，也没有不平，即使有点儿忧郁也是在平和的波光下边轻轻掠过，不希望也不可能惊扰任何人，如同“文如其人”一样，“琴如其人”。

与克迪居住在加拿大同一个城市的钢琴家朱贤杰先生曾撰文介绍过克迪的演奏。他认为克迪一向是宁静平和的。他的手势相当简洁，当他的手指在键盘上掠过时，身体的其他部分几乎纹丝不动，而他的不动居然能够将音乐内涵强烈地传递给观众。有一次他在加拿大的小镇帕里桑德新建的音乐厅演出时，大约四百名观众听得聚精会神，当最后一个和弦响起时，观众们激动得居然从座椅上蹦起来叫好。

上海音乐学院的贺绿汀音乐厅大约有五百个席位，都是专业人员在倾听。他们是不容易蹦起来叫好的。连着几个晚上聆听钢琴大师们的音乐，观众们的口味也越来越高了。

第二首是《莫扎特c小调幻想曲K475》。然后，是《莫扎特a小调奏鸣曲K310》，先弹奏鸣曲，然后才弹协奏曲。他的独奏将他超然的高贵的个性品质表现得恰如其分，他的协奏曲是他宽容温暖的人性魅力与陌生乐队的精致合作，从而创造出了舞台的奇迹。

印象最深刻的还是他弹的《莫扎特C大调第25号钢琴协奏曲K503》。对这首协奏曲，不同的人有着不同的理解。这是莫扎特后期创作的最著名的三首协奏曲之一，另外两首是《a大调KV488》和《c小调KV491》。这三首均作于1786年，被后人评价为“集莫扎特钢琴协奏曲之大成，是壮观的交响曲型的协奏曲”。这首C大调曲子有着显著的个人风格，需要娴熟的技术。第一乐章是庄严的快板，强调了明亮与暗淡之间的对比，而音乐总是在大调与小调之间做着巧妙的转换，许多音阶、琶音组合的十六分音符构成了连续跑动的音型。这些颇有难度的技巧，似乎不经意间便从他的指下流淌出了声音的颗粒性。而他将这首乐曲的特点——音乐的神秘性也准确传递给我们。

进入第二乐章，他弹得更加轻松抒情，充分体现了旋律的优美流畅。而乐队的管弦之音与他的琴音缠绵缭绕，相得益彰。到了第三乐章的小快板，他在乐句的连断处理上，更见大师风范。三连音、四连音的快速行进，始终具有方向感和旋律性，犹如大神朱庇特的舞步，高贵典雅，落落大方。

钢琴的声音不仅完全融入了乐队，克迪也将自己完全融入了莫扎特的音乐之中。当他弹完最后一个音符的时候，他的头几乎完全贴到了键盘上。这种贴近式的演奏令我印象极深。我原以为这只不过是他的一种习惯动作，但是，在日后听他的讲座中，我才明白了他为何要以这种贴近的方式演奏。他对学生强调说："你要弹得慢点儿，要真正听到那个声音，才叫享受音乐。"正是这一句他对中国学生说的话，让我明白了他的演奏也是在倾听音乐，倾听自己弹出的声音，享受自己演奏的音乐。这就是克迪。

当他从座位上站起来，向鼓掌的观众行礼时，观众早已疯了。他们拼命鼓掌，希望再一次将他拖入安可，几乎所有人都相信彬彬有礼的克迪还会献出他更好的音乐以满足我们。然而，他一次次返回台上，一次次立于钢琴旁边，一次次行礼，行大礼，完全是一副绅士派头，就是不肯被观众的掌声俘虏，不肯就范。终于，他还是以最有礼貌的温柔方式退场，没有加弹任何一个曲目。观众费解了。这是迄今为止唯一的一位不肯加弹的钢琴大师。

不媚俗，坚持音乐精神，坚持高品质的纯粹的追求，构成了他的独特的音乐品位和精神高度。即使是加弹，他也不肯！他的音乐如同没有污染的高山冰雪，从他恬静的指尖下融化开来，亮晶晶流淌着魅力。这种水滴不仅可以洗濯键盘的灰尘，更能够对我们的俗世心灵起到净化作用。你不能不钦佩克迪的卓尔不群。

英国伦敦《CD 评论》杂志称誉克迪为“本世纪真正伟大的钢琴家”。《号角》杂志则称他为“当下最好的钢琴家”。但是，他自己宁可置身于名利场外，他说：“我想，古典音乐家不需要跟摇滚乐手、流行明星，或者足球、冰球选手们去竞争。”

翻阅 1975 年的《加拿大表演艺术》杂志，可以看到一篇题为《安东·克迪挑战名声》的评论文章。今天，他已经赢得了这种挑战：不管媒体如何冷嘲热讽，他就是不与大牌的唱片公司签约；并且，他宁可在加拿大北方的小型音乐节演奏，也不愿去萨尔茨堡或者英国的逍遥音乐节。他就是如此清高，如此超然而脱俗。

确实，他的我行我素的个性使得他有时到了乖僻的地步。两年以前，在加拿大首都渥太华的演出中，他突然在乐章中间停了下来，离开舞台，再回来的时候，众目睽睽之下，他手里竟拿了一把螺丝刀。他一边抱怨钢琴机芯里一个零件不好，一边旁若无人地将键盘移出来，调整了榔头的位置，再旁若无人地把它装回去。这一切都在几分钟之内完成，让观众观赏了他的机械操作。然后，他才平静坐下，再从方才中断的乐谱处接着演奏下去。

他还有更绝的细节。他常常去一个叫作曼尼托巴的小镇上演出。那个小镇在加拿大最偏远的地区，交通也不便利，也不会有专门的车来拉钢琴。但是，他却宁肯将钢琴装到运货的粗糙大卡车上，在弯曲的山路上一摇一晃，迤逦而行。那个小镇才一千五百人，而出席他的音乐会的仅有七百五十人。他翻山越岭不辞辛苦只为了尊重这七百五十人。他是为音乐、为真音乐而生的。据载，他有一次专程去了一个地方演出，那里是查罗德皇后岛。他去那里演奏仅仅是为了一个人——一个老太太。这个老太太听过他的录音便给他写信，希望他能够来她的小镇演出。老太太以为，他这么知名的钢琴家不会来的，永远不会来的，但是，她想不到，他一接到她的信就真的来了。这令老太太面对他的演奏，很久不敢相信眼前的真实。

克迪已经度过了他的六十八岁生日。一个六十八岁的老人在中秋之夜，如此完美地将莫扎特音乐馈赠给了上海，馈赠给了我们。尽管他没有弹安可，但他留给我们的回味一如那轮高天的明月。音乐会后，来自香港的钢琴家黄懿伦感慨万分地说，她在海外几十年当中听了无数人弹莫扎特，却从未听到过像克迪这么醇美的莫扎特，他弹得太好啦！黄懿伦在道出这个评价时，她那本已沧桑的脸上突然现出少女般的温馨。

傅聪的莫扎特

去过莫扎特故居萨尔茨堡的人肯定是越来越多了。走过那条有着中世纪欧洲味道的小街、那个类似大门洞的街门，然后驻足在一条石板铺陈的街面上，仰头呆看着粉刷成米黄色的小楼，数一数，四层吧。数的时候表情挺呆，而站着留影时，那表情肯定更傻。到了机场时，想买点儿东西回来，满目几乎都是莫扎特。巧克力包装盒、酒瓶子什么的，上面画的全是莫扎特，一个个金粉色的头颅。

当然要将莫扎特买回来的，可是，巧克力吃完了，那个精美的金粉色的莫扎特怎么办呢？扔到垃圾桶里有点儿不舍，何况，他依然在那里闪闪发光。

带回莫扎特，吃了喝了莫扎特，却仍然不懂莫扎特的人也肯定大有人在。顶多听过他的几个小曲子，奏鸣曲之类，还记不住是哪一首，人们让你哼一下旋律，也哼不出来。搞专业的人都能够张口哼出来，而哼不出来的，大多是像我这样的业余爱好者吧。

然而，我终于拥有了一个机缘，一个倾听伟大的陌生的莫扎特的机缘。

克迪的莫扎特充满自然舒畅的天性，轻盈而灵动，平和而淡泊，如同不曾污染的高山冰雪在克迪指间融化，一串串流淌成他的莫扎特版本。而傅聪的莫扎特版本会是什么样子呢？这是我与所有观众最感兴趣的事情。

2006 年 10 月 7 日的晚上，在上海音乐学院的贺绿汀音乐厅，傅聪先生的莫扎特专场音乐会是本次国际钢琴（莫扎特）大师班的压轴演出，前来的观众十分踊跃。

我是头一次聆听傅聪先生的演奏，而且是在第四排的位置。这个位置可以清楚看到演奏家的指骨。他仍然戴着那副手套，呈半截状，黑色的，像黑色蝴蝶在翻飞。

他演奏的是莫扎特的两首协奏曲：《F 大调第 19 号钢琴协奏曲 K459》和《降 B 大调第 27 号钢琴协奏曲 K595》。

在此之前，先安排了室内乐的弦乐合奏，等于为傅聪垫场。傅聪出现时，一派庄严肃穆。他穿着一件黑灰色唐装，头发梳理得光亮而纹丝不乱。他的脸色比平时略显苍白，当舞台上的灯光缓缓暗下去时，亮如一块凸现的岩石，显露出个性的凌厉锋芒。

以前只闻傅聪先生是肖邦最好的诠释者，并不知道他对莫扎特有着怎样的解读，何况还是协奏曲，我更是想象不出先生将会怎样演奏。他对艺术的忘我投入导致了他的咄咄逼人的个性，他将会跟乐队怎样融合？世界上什么样的乐队才会令他满意呢？

说到乐队，那是从墨西哥请来的，叫作圣·路易斯·波多西交响乐团。除了指挥萨丁之外，一色的小伙子，他们清一色的黑衣裤，显得格外精神。这个乐队曾先后在意大利、法国等地演出，也在维也纳金色大厅演奏过。去年，这个乐团第二次在欧洲演出，获得了意大利公众与评论家的一致认可。然而，这样一个乐队却在排练时被傅聪大师挑出了好多毛病，简直难以合作。

好在，真正演出时，他与乐队的合作没有出现人们担心的问题。

乐队声音奏起时，傅大师端坐琴前。他的琴凳与别人不同，他选择了一把带靠背的椅子。坐在上面时，他表现出了一种令人刻骨铭心的朝圣仪态。

当他第一次触键时，我就发现他的面部表情瞬间苍老起来。随着节奏加快，力度速度同时如五彩绽放，这个老人便在这种热烈绽放中开始了紧张的驾驭。他像竭尽全力在拼搏，在追赶。头，居然也在帮着手指剧烈运动，剧烈摇摆。本来纹丝不乱的头发，瞬间迸散开来，披垂而下，像浪花被礁盘撞出一片破碎的璀璨。那头颅仍然在撞击，十分顽强，仿佛头颅也要去触撞礁盘直到将其撞碎。这是一种不顾一切的演奏，我长这么大还从来没有见到过有人这样投入地弹琴，不仅仅是专注，也不仅仅是投入，这是朝圣、是殉道。这就是七十岁的傅聪，在疯魔般摇摆头颅的同时，也在残酷地折磨着他的双手。

那是两个黑色的精灵，黑色的是手套。他戴着手套弹琴已经令观众司空见惯了，不同的是，黑色手套包裹下的十指只有前半截指骨露出来，于是，这半截指骨在键盘上跳动闪烁得如同鸡啄米一般，手指比头颅晃得更厉害，直到在视线中模糊一团。

黄永玉曾形容霍洛维茨弹琴时，十个指头像十只被优美放牧的羊羔，而傅聪的这十只羊羔却如同陷入了沼泽地，在挣扎着，挣脱着，喘息着，当然是在和着节奏恰到好处地喘息，喘息出一种生命的韧度、深度，还有力度。

有人哭泣了。不知道是什么真正打动了这位观众，是傅聪还是莫扎特。傅聪一次次在音乐间歇时将飞溅的散发拢回耳际，可是，他的平素柔顺的头发这一次彻底背叛了他。他只好一次次地回拢，一次次地无奈。

关于莫扎特 K595 我不曾查过任何资料，我只是在倾听傅聪演奏的后半部时，突然感受到了一种巨大的冲击力，这种冲击令我在憋闷已久之后，骤然得以释放。随后，我感受到来自观众席上的巨大激动，如惊涛拍岸，卷起千堆掌声，如惊雷裂帛。傅聪苍白的脸上终于泛起松弛的笑意。他在掌声与鲜花簇拥中，一次次往返于舞台上，却就是不肯弹安可。这一点，他与克迪有着惊人的相似。

一周的七个晚上，七场音乐会，只有克迪和傅聪两人没有弹安可，而观众给予他们二人的掌声却是最热烈的。掌声是那样不情愿地淡化而至消隐，像一泓旺盛激越的清泉没入沙层，再无声息。贺绿汀音乐厅随着离席的观众退潮，如同收藏泉水的沙床。

尤大淳先生是上海交响乐团的资深钢琴演奏家，他非常钦佩傅聪先生。他在听完 K595 最后一个音符之后，激动地站起来长久鼓掌。他向傅聪先生祝贺时说，五十年前他听傅先生弹这首曲子时，有个地方连音弹得和这一次有变化。他用手指弹动着，演示上一次与这一次的区别。半个世纪，他居然有着如此精细的区分判别。

钢琴家演出结束后，好多人都要涌到后台去祝贺其演出成功，古今如此，已成惯例。只不过有的人是出于礼貌与客气，有的人则是因为激动。

巴什基洛夫是个真正的性情中人，他的祝贺带有他的音乐顽童的可爱天性。他在傅聪弹完后赶到后台时，激动地一把搂抱住傅聪。他说他仿佛又听到了五十年前的演出。那是 1956 年傅聪在莫斯科的成功演出，那一次他弹的也是这首 K595。当时，年轻的傅聪以其天才的音乐感受赢得了年轻的巴什基洛夫的热烈称赞，他们即时成为好朋友。一晃半个世纪过去，同样苍老的他们又仿佛回到了半个世纪以前。这就是音乐的魅力！

上海音乐学院著名钢琴教育家李民铎说，他在五十年前也听到过傅聪演奏这首莫扎特协奏曲。他说他还记得傅聪的手指也是这样在键盘上飞快弹动。那时候是在上海的兰心剧场。

傅聪头一次演奏莫扎特是在1955年的华沙，就是这首K595。当时深陷在浪漫主义作品中的傅聪对莫扎特还没有什么感觉，让他每天激情亢奋的都是那种大起大落大开大合的抒情篇章，哪敢弹什么莫扎特。当时一听要弹莫扎特，他就吓坏了，畏惧着，不敢触摸。后来，他终于斗胆开始接近莫扎特了，却不想一下子就被迷住了。

那是一种饥渴。他对上海音乐学院的学生们说，你们要想弹好莫扎特，一定要带着一种饥渴的感觉，要像饥饿的人扑向面包一样，扑向莫扎特。当年在华沙，满城买不到莫扎特的谱子，总谱也没有的。没办法，他写信求助于父亲。傅雷先生以翻译家的关系，给香港的一位叫作朱琦的朋友写信，那位朋友在香港也买不到总谱，但是，他对傅雷先生的委托十分重视，马上求助于英国一家著名书店的老板。于是，由英国那边的老板将总谱寄至华沙，这才到了傅聪手里。

年轻的傅聪捧到了总谱，简直如获至宝，这哪里是面包呀，肯定是比面包更香更珍贵的东西。这个年轻人就是这样，将总谱上的协奏曲弹奏下来。当时在华沙的乐队都希望跟他合作，都希望能够看到他的谱子。他的这本华沙唯一的莫扎特总谱便在各大乐队中传抄开来。有的协奏曲傅聪自己还没有来得及弹，乐队就先号下了，他们先将总谱上的分谱抄下来，先各自排练，等傅聪抽出时间索回谱子练熟后再与乐队合。当时傅聪在华沙相当受欢迎，受欢迎的原因很大程度上来自他对莫扎特的演奏。

他与莫扎特似乎有着奇缘，仿佛能够接通莫扎特来自天国的灵魂，这使他弹一首就火一首。当年，在对莫扎特还是一片陌生的华沙，只因有了傅聪这位中国人的才华横溢的诠释，莫扎特的音乐形象才得以树立起来。傅聪说，他第一次在华沙演奏的莫扎特的曲子就是协奏曲 K595，头一次演出就引起了华沙的轰动，三年后，他离开华沙去英国时，就已经将莫扎特的全部协奏曲弹遍了，也将莫扎特深深嵌入了心底。

转过年来，也就是 1956 年，是莫扎特诞辰二百年纪念，全世界对莫扎特的研究掀起了高潮。二百年，一个整数，可想而知莫扎特的热度了。

从头一次弹莫扎特到现在，恍然已半个世纪，而莫扎特只活了三十五岁，弹过半个世纪莫扎特的傅聪，在描述莫扎特的音乐时，他的感触是什么呢？

他说，莫扎特音乐是性格音乐，有性格发展的，一听莫扎特的音乐就知道是他的。莫扎特的协奏曲像歌剧，有人物，有人物的对话，也有人物的心理活动。莫扎特是个心理学大师。他像曹雪芹似的，《红楼梦》里那么多人物个个性格鲜明，一张口就能分清是哪个人物说的话。

木管乐器在莫扎特音乐中举足轻重，木管在协奏曲里是要与钢琴对话的，像说话一样，都是有内容的。莫扎特的协奏曲本身就是一个专门的学问。

他说，世界上的钢琴比赛总要安排一首莫扎特协奏曲，但很少有人能够弹好，俄国人一看莫扎特协奏曲就害怕。说到为何作曲家创作的曲子令演奏家苦苦探索，演奏家与作曲家究竟是一种怎样的关系，他说这是个颇有意思的话题，就像绘画，比如黄宾虹的画。他说自己家中就挂有黄宾虹的画。他突然问我到他家去过没，我说没有。“那到我家去吧。”

于是，我便去了他的家。前年，就听说他要在上海买房子。现在，他已经在上海买下房子，有了自己的住处。

房间刚装修完不久，白色为主，风格典雅。沙发是藤条编织的，还有藤椅式躺椅。墙上挂着几幅画，都是黄宾虹的，有中年时的，也有晚年时的。据说黄宾虹与他父亲傅雷是好友，因而傅雷藏有不少黄宾虹的山水画。

由音乐而画，由画又回到音乐。他说，音乐是可以成长的。他的所谓成长，就是说音乐可以不断被人们开掘和发现。他说他年轻时弹莫扎特发现一些东西，年老时又发现了一些东西，不过昨天发现的东西与今天发现的东西不同，不断否定之否定。只要每次能够发现一点儿，就是蛮欢喜蛮快活的事情。

我说，那么多曲子，你岂不是永远也弹不完吗？永无止境呀！说到这个，他不免也有些迷茫。他说，是呀，弹一些算一些吧，多弹一点儿就多一点儿好嘛！

克迪与傅聪是两个不同风格的大师，他们对莫扎特同样挚爱，同样下功夫演奏，不同的是他们对莫扎特的理解。他们一庄一谐，一轻一重，都让我们看到了莫扎特音乐的巍峨高峰。他们二人的对比是如此鲜明生动，给我们留下无尽的回味。

事后，我想，音乐家在作曲时，并不一定如此高深莫测，也许不过是凭一股激情而已，就如同作家写作，其实想得并不那么深远，而经评论家一分析，就玄天玄地了。评论家说的与作家的写作初衷不完全是一回事，评论家会把简单的东西弄得人为复杂化了。而演奏家会不会也像评论家那般将作曲家的作品复杂化呢？再进一步说，傅大师的晚年是否也会陷入这样一种人为复杂化的状态中呢？

他每天要练十几个小时的琴，一位七十二岁的老人，他怎么吃得消呢？他是不是练疯了？他究竟为了什么？我曾问过他为何这般苦苦练琴，他苦笑着说，他想拿出点儿好东西，没办法，不练是肯定拿不出好东西的。仅仅为了拿出好东西，他不惜苦挣苦熬。他跟自己过不去。他是苦吟派的诗人，也是苦行苦修的僧人，他对自己相当苛刻。他心性高远莫测，而他的手指又如同日薄西山，不可遏止地僵硬生涩下去，以至于无法达到他希望达到的灵敏柔韧。于是，他唯一的可能便是永无休止地与他的十指搏斗、拼命，是明知不可为而为之，其悲情令人动容。我感觉到他在竭尽全力进行一种宗教般的攀升。他像希腊神话中那个著名的推着石头上山的西绪福斯。他推着的石头越来越沉重，他也越来越力不从心。但是，他肯定抱定了将巨石推上山巅的信念。

一个为信念而活着、一个被信念所折磨而痛苦的老人。

绕梁的琴音还有会倾听的落叶

七天的音乐会、七天的听课，感受之多之深是无法在一篇文章中写清楚的。即使我认真写了我在音乐会上的感觉，也不免漏掉了一些重要的感受。比如，贝尔曼的演奏，典雅而文静，他弹奏最棒的曲目是普罗科菲耶夫。那是原汁原味的俄罗斯的音乐，博大而精深。令人称奇的是这些音乐仿佛早已存蓄在他坚实的躯体内，只需双臂轻轻架到钢琴上，就会启动神秘的开关，他的弹奏只不过是认真按动了开关而已。他演奏的音乐令人难忘，他的舞台形象更是颇有意味。每次受到欢迎时，他总是显得不温不火。他行礼最有意思了，也给我留下最深的印象。他个子高大，脑袋总喜欢朝一边倾斜，这种习惯式的倾斜显得脖子有些歪。而行礼时，略偏的脖子便不够灵活，有些僵硬，这种僵硬使得他的行礼感人至深。在观众一再的不顾一切的掌声中，他的僵硬的脖子不免显出了几分难为情来。他态度真好，不仅朝观众多的正面行礼，也朝观众少的侧面行礼，居然还朝没有人的台侧行礼。只是不知道他抬起头时，能否发现他行礼的地方不见了观众。

我一向对俄罗斯文学艺术充满神往。巴什基洛夫、贝尔曼都是流淌着俄罗斯文化血脉的钢琴家，无论他们走到哪里，俄罗斯艺术都会在他们的体内发酵。前来的钢琴大师中还有一位与他们血统一样的人——维阿杜。伏莱德米尔·维阿杜本身就是一首荡气回肠的优美乐章。他对艺术的执着、对坎坷命运的抗争勇气，早已飞出了他的出生地——那片连绵起伏的高加索山区。十四岁时，他在莫斯科开始了音乐生涯。他先是征服了莫斯科，继而又征服了巴黎。他不仅获得了法国著名的玛格丽特·朗最高奖，他还在1973年获得了美国范·克莱本国际钢琴大赛的金奖。这可是颇有含金量的奖项，他被称为“站在音乐之巅的人”。就在这时，命运之神与他开了个天大的玩笑：因为政治原因，他的出国签证被无端吊销了，从此被禁锢在苏联长达十四年之久，直到80年代初，他举家迁居新泽西，才开始了他的第二音乐青春期。他被美国得州北得大学聘为常任艺术家，他的演奏足迹遍及诸多北美洲及欧洲城市，也到过亚洲、中美洲和南美洲的城市，是个享誉世界的钢琴大师。他还是美国鲍德温钢琴公司的形象代言人。这次演奏的钢琴大师们都使用日本钢琴演奏，只有他在上台时，将日本的雅马哈让人推走，换上来一台更强壮的鲍德温九尺半钢琴。他那天弹奏鲍德温钢琴如同抚摸一具身材修长的女性躯体，他抚摸得耐心细致且精确无比，赢得了台下观众不断的掌声。他不会拒绝，只要鼓掌他就加弹安可。维阿杜那晚没有弹莫扎特。他将一串串小品式的李斯特、舒伯特等作曲家的作品闪闪发光地抛给了观众。他的娴熟、他的自信、他的美妙的独具风格的指法，均给人们留下深刻印象，他也因此深深受到拥戴。他弹的最后一首曲子是舒伯特的《小夜曲》。人人会哼唱的《小夜曲》被他弹得千回百转、荡气回肠。上海的夜晚，从那天开始，便不时地会听到有人哼起这段耳熟能详的旋律。

大师班结束的时候，上海的汾阳路上飘满落叶。那些法国梧桐的宽大叶片是以一种成熟的方式飘下来，然后，它们虔诚地匍匐于地面，凝然不动，似乎，它们仍然没有忘记倾听。不知道这些叶片能否听得懂音乐，我却能够感知到它们对这片空间有着深切的眷恋。

难忘上海的夜晚，那被美妙的音乐旋律涨满的夜晚；难忘上海的白天，即使繁杂的汾阳路路面，也铺陈着片片梧桐落叶，阳光洒上去的色彩，呈一片深沉的金黄。

第四辑

置身于爱丽舍田园大街，每走一步都充满辉煌。

接吻巴黎

置身于爱丽舍田园大街，每走一步都充满辉煌。这条大街与协和广场相会，犹如一条喧嚣的大河与一汪深沉的湖泊相融，对整个城市而言，这汪湖泊好似一个巨大的心脏，它的每一下搏动都荡起一个强有力的旋涡，将巴黎的魅力蓄存起来又输送出去，大开大合，无今无古。

巴黎有辉煌的宫殿，辉煌的剧院，辉煌的雕塑。我在广场正中的那块陡立的条形石碑底下仰视。这是块高达二十三米的整块石料，上边烙下了稀奇古怪的图案，是神谕还是暗示？

这是块锐耸的方尖碑，是拿破仑从埃及掠来的卢克索神庙的宝贝。有人说它像一柄直刺天际的利剑，凝聚着法兰西的锐气和拿破仑的锋芒。在我看来，它像一根充满灵性的时针，无论什么时候都在执拗地将巴黎的历史指向一个辉煌的顶端。它处在广场最中心的位置，这个位置曾经安放着路易十五穿着皇帝礼服、跨着骏马的青铜雕像，法国大革命时，被打翻在地，虽然没有被再踏上一只脚，却也再没能够爬将起来。

从这个重要的位置望开去，一眼就能看到雄狮凯旋门、埃菲尔铁塔、巴黎议会大厦；还有一些重要的建筑都环绕附近：荣军院、巴黎圣母院、罗浮宫等。研究一下巴黎的历史就能知道，越是重要的建筑就经历过越多的磨难。由此可以说，巴黎的辉煌是一种磨难的辉煌。

如果我的文章如此写下去的话，未免沉重古板。沉重古板只应属于历史，而不该属于今天。今天的巴黎，有着另外一种人文景观，它无处不在，生动鲜活地构成了一组组当代雕塑。

对巴黎的雕塑我不敢妄加评断，因为那是一部部深奥的皇皇巨著。我曾试图从思想者那低垂的沉甸甸的额头上寻找过灵感，也曾从拿破仑宽大的帽檐上端体味着崇高，但是，所得甚少。我也曾从残损的胜利女神和断臂维纳斯的女性线条处感受激情，如今一想到那天通体大汗地穿梭于罗浮宫那迷宫般的展厅去朝拜胜利女神和断臂维纳斯的情景，还觉得周身有种燥热感（因为导游告诉我，找不到这两件作品就等于白来了一趟罗浮宫）。那位胜利女神没有脑袋，那位维纳斯没有胳膊，这是两个残疾女神。懂艺术的人都对她们的残疾进行盛赞，溢美之词远胜过对那些不残疾的神们。我也像个艺术的行家似的立于她们面前，一点儿都不敢有世俗的杂念，就连汗水渍痛了眼睛我也没有马上去擦抹。但是，我没有唤起那份想象中的激情。我在问着自己，是因为那天心情过于仓促进入不了意境，还是我先天就缺乏对雕塑艺术的悟性？它们毕竟年代太久远了，很难使我拉近与它们的距离，倒是另外一种雕塑一旦撞入我的视线，便唤起我的诸多感慨。

我不知道把我所见到并且要记录下来的接吻镜头说成是当代雕塑是否合适。我这样比喻是因为那种接吻的造型不仅有着流畅的线条，而且还很持久。有意味的是，就在一对接吻男女的旁边立着一座雕塑，由于距离远，猛地看上去我以为那是两座雕塑。渐渐挨近时，我才分清了雕塑与真人的区别。雕塑无疑是很有文化和历史感的，接吻的男女没有这个，但是，在温暖的阳光中你可以从他们那里感受到一种激情。这使我想到女诗人舒婷写神女峰的那首诗中的句子：“与其在悬崖上展览千年，不如在爱人肩头痛哭一晚。”

我在巴黎拍了好多照片，有一张就是拍的接吻。朋友看到这张照片无不赞叹一番。拍摄时用的是广角镜头，整个画面只取了拉德芳斯回字形的大门下边绵长的台阶。台阶很宽也很密，每一磴在照片上就是一道岁月的横线。台阶是洁白的，像刚清洗过，纯净度很高。一对穿着深色衣服的男女坐在正中接吻。镜头拉得较远，不会惊动他们的吻，也没有任何游人在拍摄时闯入画面。偌大的空间完全属于这对恋人，而他们绝不愧对空间，吻出一种美感、一种味道，在台阶的线条间流淌……我在这张照片的背面题写道：吻的诗意。

试想一下，如果他们不是选择这种场地接吻，而是选择在一个杂乱的建筑工地，会是一种什么效果？巴黎人接吻是讲究环境的，就像他们的建筑讲究环境一样。相比之下，我们在国内看到的公开之吻大多没有环境意识，在建筑工地，在拆迁的废墟，在一条污浊的水沟边，这种糟糕的环境把接吻这项活动弄得庸俗化了。有责任心的话，国人不妨像在一些旮旯写上“此处不许大小便”一样写上“此处不宜接吻”等字样。

拿巴黎的吻与我们的吻相比较，我还发现了更耐人寻味的东西。

那是在登埃菲尔铁塔的时候，我们排队依次进入了电梯。电梯里边不算宽敞，一次只能容纳十多个人。靠边的地方有一个长条椅，谁先进来谁就坐下。我见有个空位，我就坐下了。电梯上升时，人们可以从四周透明的玻璃往外边看。我想看看天空，可是，我的天空被站在我面前的人遮挡住了。这是一对年轻男女，男的个头和女的个头一般高，他们挨得特别近，他们都有一个又高又尖的鼻子，当电梯开动时，这两个尖鼻子就磁石一样越吸越近，刚碰到一起，两个鼻子尖就往上仰，于是，双方的嘴唇就自然贴上了。我的眼前为之一亮：可真会选择接吻的地方，比选择雕塑旁、选择拉德芳斯大台阶更有味道。这不仅有意义且充满刺激。这是巴黎最具高度的地方，能够登上来就很有纪念意义，而能够上来接吻，那就更值得永远纪念了。这可是最有浪漫色彩的接吻。无怪乎巴黎是浪漫的，接吻都接到埃菲尔铁塔上了。这是有着想象力和创造力的接吻，一下子就达到了卓尔不群的境地，令人刮目。记得西方有位作家叫洛奇的写过一部长篇小说《小世界》，那里边写到了一批学者文人成立了一个奇特的俱乐部——里高俱乐部。所谓“里高”就是指男女要在飞机飞行到一万米以上的高空做爱。这也许是作家的幽默，现实生活不会是这样，再寻求刺激似乎也不该是这个方法。但是，眼前这种高空接吻倒是令人充满新鲜感的。

距离太近了，伸手可及，我看得再清楚不过了，就连那个男士脖子上的皮肤纹路都一清二楚。他的面色有点儿苍白，嘴唇很薄，伸缩性能极好，且富于弹性，就像专为接吻准备的。它轻轻地与另一副嘴唇贴在一起，又灵性地疏离开来。他们不断如此这般地重复着，很沉静也很安详。我觉得他们这是在操着一种语言，进行只有他们两人才明白的交流。

需要说明的是，我坐的位置和角度使我用不着特意去盯着他们，只需微微把头向后一靠，两眼眯缝，十分自然地就可以把一切尽收眼底。我尽量摆出一副漫不经心的样子，这就没有一点儿尴尬感了。对方也不会知道我是在细致地瞅他们，像欣赏一种表演，他们更不会知道我将会把他们写进文章。

受西方文化的影响，或者确切地说是受一些传播媒介的影响，在我们的城市里也经常可以看到一对对男女在大天白日里学外国人相拥相吻。其勇气固然可嘉，但我总觉得有失雅观。通常是男方过于主动，这种主动带有点儿霸气，不那么懂得尊重女方；也有另一种男人，胆小怕事，想吻又怕被熟人瞧见，就显得卑怯了。女的也有问题，大多属于半推半就，忸怩作态；有些是那种带有张扬性质的，却又失之浪荡，简直就不像我们那片土地上的女人。我们总说东方女性以含蓄为美，好像西方女性就一点儿含蓄没有了，其实，我在巴黎所见到的女性都像东方女性一样含蓄，相反在国内见过一些女性倒是一点儿也没有含蓄之美。从接吻上就可以看出我们对西方东西的接受上缺少必要的消化过程。不可小看了接吻，尤其要想到公众场合去从事这项活动，不仅需要勇气，更需要素质，搞好了，能够为城市增加风采，搞不好就会损伤城市形象。东西方接吻的差异恐怕不仅在于外部环境上，更重要的还在于文化心理上。当我们下功夫搞好城市卫生、兴建卫生城时，我们也不该忽略对接吻的品位与档次的提高。也许我们中国的男女到了巴黎到了埃菲尔铁塔上边接吻就会变粗俗为高雅，就像我们在国内改不掉随地吐痰的恶习而到了国外就自动改变了，也未可知。

埃菲尔铁塔高三百二十点七米，电梯上升得平稳而舒缓，这使他们有足够的时间完成吻。他们吻得很有特色，很耐心，很儒雅，循序渐进，周围的环境也非常好，没有一点儿嘈杂干扰他们。在巴黎的任何公共场合都这般安静，连交头接耳的人也没有。他们的接吻实际上就是在进行一种对话，彼此在表达内心最深层次的语言。这种谈情说爱的方式是耐人寻味的。他们进入了属于他们自己的世界。

从他们的表情看，没有那种热恋的冲动、那种不顾一切，他们的眼神一直对视着，面部平静如初。他们为什么不兴奋不热烈呢？我有足够的时间去想象这对恋人的故事。他们绝不像是初恋，初恋是不会这般冷静的，而且，他们吻的熟练度也不是初恋可以具备的。说不清为什么，我在瞬间突然闪过一个可怕的念头，他们会不会是在进行最后的吻别呢？然后就双双告别人世间？我听说过，每年都有人到埃菲尔铁塔顶上往下跳，特别是那些殉情男女，为此法国政府做了防护措施。这两个人会不会选取在埃菲尔铁塔顶端为他们的爱情画上一个灿烂的句号？

这么一想，我就有点儿替洋人担忧了。事实证明我的担心是可笑的。这对情人走出电梯鸟瞰辽阔的巴黎市区时，他们身上焕发了激情。他们相亲相依，融入观光的人流中。他们不会放弃对生活的爱的，再说，他们即便想在这上面轻生也是不可能的。因为铁塔上边可供观光处分三层：第一层距地面五十米，第二层距地面一百一十五米，第三层距地面一百七十四米，这三层都有铁网拦挡，尤其是最高一层，是用玻璃封闭的，比我们封阳台还严实。

登上埃菲尔铁塔俯视巴黎的感觉是令人难忘的。居高临下，巴黎城尽收眼底，这时候忽然就涌出一种大感觉了，再去寻找那条让我迷恋的米歇尔大街、那些破费了我许多激情和文字的民宅，就找不到了，至于那个阿兰德咖啡馆就更是渺茫得如沧海一粟，就连那些伟岸的大建筑也失去了高傲的气派。塞纳河细若游丝，它没有缀连巴黎的力量；雄狮凯旋门充其量是个骑马钉，钉不住那一大摊散乱的书籍状的建筑群落；还有蒙马特高地上的那座洁白而壮美的圣心大教堂，也只能像一个袖珍小摆设；再看拿破仑从埃及掠来的功德碑，渺小得还不如一个小拇指。巴黎的历史文化之浩大之深邃可以让一切都显得微不足道。一种历史的沧桑感油然而生，我便想起了中国的古人陈子昂：

前不见古人，
后不见来者。
念天地之悠悠，
独怆然而涕下。

古教堂的音色

从郊外的机场一路驶向城市，树是新的绿的，海是新的绿的，唯有建筑是灰的旧的。绿缎般簸荡的海面，泊着白的红的船只，白的圣洁，红的热烈。岸边的那个残破的古堡在烈日的曝晒下，丝毫无法掩饰满身的伤痕与破败，像一艘沉到海底的破船，不知被哪个世纪打捞上来了。那种灰了吧唧的色泽让你无法辨清究竟是什么建筑材料，是水泥、白灰，抑或是什么石灰岩。

再看街上的行人，随处可见比残垣更炽白的银发。他们健硕地行进着，头发让他们过早进入老年，而骨架肌腱却是壮年的。土耳其人是不染发的，就像他们不装饰苍老的宫殿或古旧的废墟一样，任帝国的斜阳，一并裸照着他们和他们的城市。

如果与我们“日新月异”的城市相比，这里确实难见一栋玻璃钢架的摩天大楼。城市的制高点，是海岸凸起的小山丘，那里挤满蘑菇状的房屋，而但凡有密集房屋的地方，总会看到清真寺的光塔，像削得过于锐利的笔，直刺天际。第一眼看到的令我震撼的建筑便是海边的苏莱曼清真寺，五座光塔奇妙地摆布着，让整个城市空间充满灵性。不知为何有的清真寺前立着两根光塔，有的立着四根，而城市最重要的那座驰名世界的圣索菲亚教堂周围竟立起了六根！蓝色清真寺也立着六根。光塔构成城市独特的天际线，这是世界上任何城市都无法比拟的。

凌晨时分，从光塔中传出阿訇的摄魂荡魄的召唤和诵经声，压过马尔马拉海的涛声，在整个城市上空滚过的同时，让人心旌摇荡。

在帕慕克的笔下，伊斯坦布尔就是一座废墟的城市："在我记忆中不过就是窗裂楼塌的砖块废墟……她对我而言一直是个废墟之城，充满帝国的斜阳的忧伤。"读文字远不如置身城市去体验废墟的特质，诚如阿麦特•拉西姆所言："美景之美，在其忧伤。"

面对这座有历史、有神灵、有文化、有艺术、有生活的城市，知识储备常让人窘迫，好在我们还知道那个获诺贝尔文学奖的帕慕克，他按照自己的小说建了一座同名的"纯真博物馆"。我在塔克辛广场四周转悠着，来到伊斯提克拉尔大街，我尽其所能地向过往行人打听是否知道帕慕克和他的博物馆。但所有白发中年人都一脸困惑，他们喃喃着："帕慕克莱？那在一千里之外啊！"

帕慕克不仅有废墟情结，还有博物馆情结。在他的记忆中，伊斯坦布尔家庭的"客厅不是让你坐得舒服的地方，它是为某位假想中的访客展现这是一户西化家庭而布置的小型博物馆”。

博物馆可说是这座城市的另一大特色。伊斯坦布尔考古博物馆、土耳其及伊斯兰艺术博物馆、格雷特宫殿镶嵌画博物馆、圣索菲亚博物馆……谁能说得清城市有多少大大小小的博物馆？那是城市的宝藏，是真正值得自豪的地方。在诸多博物馆中，托普卡匹宫博物馆最富丽堂皇了！这里藏有奥斯曼帝国国库的全部财富。走出满眼珠光宝气的廊壁，走出“黄金路”，来到旁边的圣伊瑞奈大教堂时，简直反差太大了！

我曾见过无数欧洲的教堂，它们皆因华丽炫目而著名，却从未见过有这样一个空间，一个岩洞式的半地下门厅倾斜着，以古旧而神秘的方式透出诱惑。进入第二道古堡般的大门后，狭隘变为宽阔。一根原色的石柱顶天立地迎向你，这石柱裸着土黄色的石质，方形的柱座也不见任何雕饰。由此看去，巨大的空间不仅有锈迹斑驳的墙体，墙体砖缝或石缝间更有层层叠叠的伤痕，毫无遮掩，犹如被剥了一层皮，赤裸着建筑材料的古旧本色，完全地素面朝天。那高阔的穹顶，横向与竖向交错着巨大的弧形，以粗拙与素朴显出更加古老的凝重和摄魄的力度。毕竟，我此前看到的教堂都是富丽堂皇的，绝无这样的不加任何色彩点缀也不见丝毫装饰的巨大空间。

据载，这座教堂建于4世纪初，是君士坦丁大帝在罗马时期的神庙废墟上修建起来的，它是城里唯一保留原始门厅的拜占庭教堂。在查士丁尼一世时期，教堂装修豪华，还有镀金的地面，壁画更是丰盈耀眼。然而，岁月竟然将这一切如浮云般刮走，整个墙体从头到脚都刮得干干净净，剩下的这些色彩的枯骨，给后人留下了无色的震撼！我至今想不明白的是，邀请方何以将深圳交响乐团的首场演出安排在这里。

经常会有中国乐团跨洋过海去参加西方的某个音乐节，而媒体的报道总是喜欢用如何圆满成功、如何受到空前欢迎等溢美的套词。听音乐重要的在于声音，或曰音色。一个交响乐团的品质说到底是声音的品质，是音色的质地。柏林爱乐乐团的声音据说是从富特文格勒时代开始发生变化，更神奇一点儿说是在某一个下午，当富特文格勒在光线迷离的排练厅门口出现时，他那孤傲的下巴极富灵性地往斜上方一翘，霎时，整个乐队的声音发生了惊人的改变，音色无比美妙。后来的乐评者说，富特文格勒只要在排练厅门口将尖细下巴一翘，乐队的音色立刻美妙起来，他简直可以说是用下巴指挥。在我看来还有更神奇的指挥——居然有人可以用鞋尖指挥，他就是是曾在维也纳金色大厅摇曳着优美舞姿的指挥家卡洛斯·克莱伯。

一个交响乐团的音色改变确与指挥密不可分。当深圳交响乐团在黄贝路那个简陋的排练厅排练柴可夫斯基

《第六交响曲》时，一个从柏林空降而来的白发指挥一跃而上台，将指挥棒一立，面前这支年轻而充满朝气的乐队立刻发生了变化。那是我亲历的场景，爱华德刚刚从柏林飞来，连衣服都未及更换，T恤背部还有一团洇湿。

三年前，我亲眼看见这位德国教授如何将德国的音色带到了深圳，而今，我又凝视他将深圳交响乐团的声音带到了土耳其。在伊斯坦布尔这个巨大的神圣之堂，他挥洒自如，像捏着一把开启美妙音色的钥匙，从乐队的各个声部间将音色的奥妙层层剥开，让当地的观众迷醉。

这些日子，在土耳其各大城市街头均能看到一个蓝色的广告牌，上面有维也纳交响乐团和柏林交响乐团的介绍，而深圳交响乐团就夹在他们之间。此番深圳交响乐团能够与这种世界顶尖级交响乐团在土耳其获得演出机会，实在难能可贵，而更可贵的还是这支年轻队伍所经受的锻炼与提升。首场演出就在伊斯坦布尔这座伟大的托普卡匹皇宫内的圣伊瑞奈大教堂。

舞台上，几盏灯光由低而高照射着凸凹不平的青砖古墙，这是唯一的装点。乐队在舞台上排列的队形与以往相同，而队员的表情则大有不同，他们面对这样巨大而高阔的上空，呈现出一片圣洁的素面。

相形之下，即使已长大了的张昊辰成熟地端坐在钢琴前，依然显得那般单薄。然而，他一经触键就像接通了雷电，将“柴一”的恢宏旋律灌满了古老的教堂。我曾为其写过一篇文章《张昊辰的键盘轰炸》。他清瘦的肩头可以轻盈地“掀动”那架巨大的钢琴，内力令我惊叹不已，他少年老成的严谨与进入音乐的汪洋恣肆，有着不可思议的艺术冲击力。

这座教堂早已被改为博物馆了，但这里却没有任何展品。我缓步上楼，在更加浑朴的袖廊间穿行，在更接近穹顶处感受这个空间的力量。这里更加接近神的居所，宗教的境界与音乐相融。那一瞬间我意识到，还有什么地方比这里更适合展示音乐的力量与辉煌呢？

下半场陈萨的“拉三”充分展现了她的成熟与自信。差不多有两年没有听过她的演奏了，她驾驭着这样的大曲子如同跟随浩大的乐队一同出海，乘坐着豪华游轮。她触键极有温润感，颗粒饱满，节奏随心掌控，很快进入状态。在自我的微醺般的摇曳间，她潜入自己的音色世界。她非常享受，而在这种不可多见的享受之中，有种崇高而辉煌之感从键盘漫溢开来，环绕而上，整个素面大厅变得辉煌起来。乐队给予了这位女钢琴家充分的信任与默契，他们共同完成了用最好的音色“装饰”这座古老而素朴的教堂的使命。

如果说两位年轻钢琴家与“深交”联袂在这里进行了一次辉煌的“音乐装修”，那么在伊兹密尔的艾哈迈德·阿德南·萨依昆文化中心的演出，便是一次更加成功的“绘画展览”。那是色彩的魅力，是东方线条与西方釉彩的奇妙融汇。曲目颇具匠心，中国音乐与外国古典音乐穿插进行，《良宵》与《乡村骑士》同样在感染着观众，而《茉莉花》的柔情摇曳之后是瓦格纳的《纽伦堡序曲》，节奏的激昂变化，让爱华德抚摸中国绸缎的阴柔手势瞬间热血豪迈，如在急流之中劈波斩浪。线条的清秀与音色的豪迈狂放相互对比，轻盈与浑厚互为反差，静与动彼此交错，为土耳其的观众带来意想不到的盛宴，令他们狂喜不已！

十多天的土耳其之旅，我倾听了“深交”在伊斯坦布尔、伊兹密尔、博德鲁姆、安卡拉的四场音乐会，几个不同地点的演出中，观众的热烈情绪真是一浪高过一浪！总体感受土耳其的城市，颇觉得像个崇尚欧洲文明的大筐，它们把古的今的土的洋的一并装满，装不下了也不舍得丢掉。它们是真正的具有包容力的城市，而居民们每天给予你的笑脸热情着、饱满着。即使在烈日曝晒下垂钓半天钓不到一条鱼，他们仍然美滋滋地享受着这个空钓的过程。这个国家的人似乎生活在从前，在慢慢悠悠地行走着，如同《乡村骑士》，旋律不仅优美，且有着绵长的回响，有多长的怀旧就有多长的绵延，从金角湾直伸展至一千五百六十米长的连接欧亚大陆的博斯普鲁斯大桥。

在土耳其语中，“博斯普鲁斯”跟“咽喉”乃同一个词。

与韩国老头儿打乒乓球

我在健身房里有许多打乒乓球的球友，之所以称之为球友，不仅因为大家常常在一起打乒乓球，而且因为彼此水平比较接近，打起来能够较上劲儿。这种较劲儿（也可以说成叫板）特别有意思，就和爱赌的人有赌瘾、爱酒的人有酒瘾差不多，而且还可以互相吹牛，互相斗嘴。你想想，完全陌生的人，走到了这张小小乒乓球台前形成对峙局面，在斗嘴斗球中互相激发着精神、激发着斗志，一下子就可以驱散陌生和客气，这是多么耐人寻味呀。常在一起较劲儿的球友有小钱、老孟、李放等人。这些球友中，最爱打情绪球的人就是小钱。他要是一赢，那张嘴可不得了了，会让你无地自容。但你最好的方式是不与他计较，咬住劲儿，下一局打败他就是了。他败了以后，那张嘴是不关自闭的。

打球是打性格，能打出人的原本性情。那份率真，那份裸露，那份无忧无虑、无所顾忌，统统令你难忘，令你过瘾万分。我的这些球友们各有特点，这些特点每每在打球时暴露无遗。如果将每一个人写成文章，都是可以独立成篇的，然而，我觉得最值得一写的还是一位老人，一位七十余岁的韩国老人。

得请读者原谅，至今我也不清楚他的尊姓大名，也不知道他来中国多少年了，还要待多久，只偶尔听说他的家人都在首尔，他是在给一家日本公司做事情。做什么事情也不知道，反正也没必要知道。

这位小老头儿什么时候出现的我真的不知道。但是，他一出现，就给我留下了极深的印象。他拿着一个长方形的球拍，是那种日本和韩国专业选手喜欢用的拍子，红色的反胶。我们称他小老头儿仅仅是出于对他的外形的描绘，他瘦小机灵，如果打个对他不敬的比方，他在接你非常强烈的攻击球时，那份灵活简直赛过猴子，都是灵长类嘛！

他第一次在台子对面与我对峙时，背对窗户，选择了一个光线甚好的位置，而我是面对窗户，显然光线有点儿刺眼。在刺眼的光线里看他，只是一个暗的轮廓。他本来就瘦小，轮廓更是显不出气派，倒是让你感觉与这样的老年人打球有些无所适从。如果你打赢了，人家会说你不尊老爱幼；如果你输了，你将更被动，人家围观的人还会由此嘲笑你连个瘦老头儿都打不过，就无地自容吧，你！

我原本是不想与他打比赛的，就哄着他玩玩练习就得了，可他练了十几个回合之后，就把球放在台面上，跟我比画着，那意思是说打五局三胜，而且一丝不苟要按划拳的方式决出谁先发球。我表示让他先开球，但打球的人都知道先开球并不有利。到了最后的发球局时，因为你先开球，关键性的发球局就是对方的了，这样对己是不利的。老头儿倒也没再推让，示意我站好，就将直握的拍子往胸前一横，发了个很一般的球。我不那么经意地挡了过去，球稍稍高出网，没想到他突然起板，球速很快，角度极刁，我连球毛都没碰到就先失一分。接下去，他以同样的方式又一次起拍，又一次打中同样的位置：二比零。我马上振作起来。自然，我的实力还是在他之上的，只要我认真起来，注意力集中起来，他是占不到什么便宜的。果然，第一局，我还是比较轻松地拿下。

第二局开始，我先开球。因为有了第一局的探索摸底过程，彼此球路打法多少有些熟悉了，该不该起板，发什么样的球，都按着自己的路子走，因此，我们的比分交错上升。他打得极其认真，也极其顽强。起初我是以守为主，因为面对一位长者，而且人家瘦小枯干，你不能像对待年轻人那般大抡板斧，而斯文地防守却不得不节节溃退。因此在这一局结束前，我就撕去斯文外衣，频频利用发球抢攻，连连奏效，这才将比分拉开。而到了第三局，他倒逐渐适应了我的抢攻，居然能够封堵住我的球的落点，我连续三拍下去都打不死他，结果还出现了失误。老头儿的灵活赢得了看热闹的观众的好评，这使老头儿精神倍增，越打越神了。

他几乎起板就有，而我防守较差，极少能回过去。这使他得意不已。他得意时一派天真。他会把两手高举起来朝观众致意，只可惜这时候观众太少了，寥寥无几。而且论感染力的话，还不如说他失败时的痛苦表情更具感人的力量。比如，处理一个明明应该打中的球，由于起板过急或者拍子压得太低，他的球沮丧地落入网下时，他那种表情纹路在瞬间痛苦纠结，会像一尊雕塑般令人难忘。因意外的原因没有打好应该打好的球，特别是关键性球，谁都会有惋惜得痛不欲生的表情，但是，那么多打球人中，谁的痛苦惋惜也不如他表现得到位！他不仅是痛苦惋惜，他会在这时给你一个手势，让你停一小会儿，他再默默思考一会儿，然后，精神一抖，再投入比赛。而每每他的这种停顿式思考都会奏效，重新开始时，他会及时调整自己的心态，使他的表现出现新的起色。这是个很爱动脑筋也很会动脑筋的老人。他不像一般的老头儿，打球嘛，只不过是消遣，是玩，是消磨时间，他绝不是，他是把打球当成了非常认真的事情。他输了，他会输得刻骨铭心、痛苦沮丧，而他要是赢了，他会快乐得如同赢了房子、赢了地、赢了职称！我的另一位球友孟大哥也是位老人，他打球与韩国老头儿状态完全相反，他每当看到那老头儿这股过分认真劲儿时，就会揶揄地说，打球嘛，不赢房子不赢地，那么认真干吗？

韩国老头儿的认真是发自内心的。与我打球的头一天，他是六比一输给我的。在这一个月里，经过多次交手之后，我们已经可以打得难解难分时，他仍然不忘头一次输给我的情景，他表情有些凄哀地说，他输得很惨。

也许看韩国人打球、踢球多了，我对韩国人与生俱来的那么一股子劲头印象极深。这股劲头在球场上体现了一个民族的精神。而我们的足球运动员与韩国屡战屡败，其原因当然是多方面的，众说不一，但是，对两国运动员的意志品格上的差异的评论则是众口一词的。

老头儿上了年纪，尽管他一次次输掉比赛，但临走时总要说“明天”。他说“明天”时信誓旦旦，而且还孩子气地晃着拳头，但是，到了“明天”，他仍然还是在总比分上输多赢少。终于有一天，他以一局的优势赢了我时，他不打了，他高兴地对一位正在练器械的中国壮汉做了个把我踩在脚下的动作，然后，他笑得像个顽童。

其实，我是可以操纵他的情绪的。比如，看他总是因为丢掉一个球而痛苦沮丧时，我会不失人道主义地让他几个球；看到他故意夸张的胜利表情时，我也会有不舒服之感，继而以更猛烈的抽杀打击他。但是，这一次，他做出将我踩在脚底下的动作时，我真的没有谦让他。

我是在笑着瞅他的。这位浑身汗水的韩国老头儿快走到门口时，转向我说：明天……

飞翔的方式

我曾在巴黎街头看到过很多老年人驾车，最老的差不多有九十岁。九十岁的驾驶员在行驶中看不出高龄来，但在下车时，却显得极其老迈，推开车门后，得蠕动半天才能从里边挣扎出来。据说，现在我们的交通法规也将驾龄延长到了七十岁，即便这样，我也很少能见到七十岁或者快到七十岁的人驾车上路。有位挺有名气的作家朋友曾感慨地说，要是他再年轻十岁，他一定买一辆车自己开。他说这话时，也不过六十啷当岁。

说这话都是前些年，现在则大不同了。在我熟悉的朋友当中，就有一位七十有五的摄影家仍然开着车上高速呢。有一回他居然跟我说，他在高速公路上开车，有一次竟然睡着了。

自叹老迈与不服老，是两种完全不同的生活态度。在我们北方的冰场上，你不妨去看一下子，你肯定会感到惊讶的，穿上寒光闪闪的“冰箭”在冰上飞翔的耄耋老人大有人在。这可比法国开车的老人浪漫多了。开车只是出于一种代步的需要，而滑冰却并不为了代步，那么是为了什么呢?

年少时，我十分渴望滑冰，因家境贫寒，买不起冰鞋，只好自己制作冰板。把一块平整的木板截成与脚长度相等，再用一条八号铁线从木板底面正中穿过，两头弯曲到木板上边捆绑固定住，就成了一个冰滑子。八号铁线相当于冰刀的刃，靠此在冰上滑行。滑行方法是：一只脚踩稳在冰板上，另一只脚蹬冰，在不断蹬冰中起到助滑作用，速度达到一定程度时，将蹬冰的脚抬起来，凭借一只冰滑子在冰上奔驰。那时候，我曾经看到有人穿着冰鞋，那种顿生的羡慕，令我几十年都不能忘记。或许因为这个不能忘记的情结所致，我在快到知天命之年时突然想到了滑冰，而且这个愿望强烈单纯得甚于少年时代。

说起来，我能够走向冰场还得感谢女儿。那一天，在大学读书的女儿要闯过体育课的滑冰这一关，缠着我去买冰鞋，买了冰鞋后我们到了一处露天滑冰场。冰场在一个大冰湖的中间，一圈能有三百米。我看到有许多人在冰上自由滑行，他们穿着那种滑冰连体服，红蓝两色，很是艳丽。阳光下的冰面，镜面般映着他们矫健的身姿：九十度弯腰，有的背着手，有的一只胳膊摆动，那份自由自在的感觉好似飞翔，让我羡慕不已。我觉得他们都是年轻人，而只有年轻人才能有这份矫健的体形和飞翔的轻盈。然而，当我接近他们时，我发现他们居然是些老年人：满脸无法遮掩的褶子与滑冰帽下露出的耀眼白发令我惊诧。这是滑冰呀，老腿老胳膊的，稍有不慎，一旦摔倒，筋断骨折可不是小事呀，弄不好还会有生命危险！但是，我从他们笑呵呵的神态中似乎根本看不到其间蕴藏的危险因素。他们以不同的姿态你追我赶，像一队翩飞的大雁排成队形，以同样的节奏和身体倾斜度低空掠过，那份轻盈是在向我展示着什么，也可以说是在演示着什么。这是极有感染力的滑行，他们随心所欲地创造着优美轻盈的旋律，创造着一道亮丽的风景线。这些个古稀老人中最大的一位八十二岁。

在老人们的飞速滑动中，你能感觉到他们似乎在追撵着什么，追撵岁月还是在追撵青春？他们在矫健的飞翔中一定忘记了他们的年纪。他们可能回到了少年时代，回到了大学时光，他们的前方可能会晃动着自己心目中的恋人的倩影吧。真不知他们在美妙滑翔的瞬间是不是有着这样的浪漫情怀。

冰场上的老人也并不都是能够滑得这么好的，有的老人是陪孙子孙女们来的，他们只能站在一边观望着，他们当中大多性格开朗，有的年轻时下过冰场，几十年没滑冰了，也有从未上过冰场的，看到人家滑冰也受到感染从而唤起了童心，居然也敢套上冰鞋。有位老人在家人搀扶下，硬是踏上冰场，但是，他没有滑起来便险些跌倒。他不甘心坐下来，尽管女儿们劝他，不让他滑了，他也仍然不肯脱下脚上的冰鞋。他颇为感慨地告诉我，他有五十年未登冰场了。他说当年他是会滑冰的！

老人在说这话时，充满着对往日的憧憬。我问他，你既然那么多年没滑冰了，为什么现在一定要滑冰呢？

他不假思索地笑笑说，也说不好为什么，就是想试巴试巴。他是位倔强的老人，他后来不顾孩子们的劝阻，又一次稳稳地站起来。他努力地挺直腰杆站在冰上，站稳了之后，才缓缓地开始左右移动。他的冰鞋好像与他记忆中的往事一同缓慢地复苏了。终于，他找回了五十年前的感觉：可以自由滑行了。

就是从这一刻起，我真正受到了感染，我也买了双名牌冰鞋，也冒着严寒加入了速滑者的队列。

学滑冰与儿时学走路相比，既有相同处也有不同处。小儿学走路虽然哆哆嗦嗦怕跌跤，但是，却不怕被人笑话，而老大个人在冰场上众目睽睽之下，一旦没站稳，扑通一跤，会招致很多人的讪笑的。这是极难为情的。何况，小儿学走路重心低，即使摔倒了也摔不坏，而老腿老胳膊就不同了。我当时的紧张不是因为怕摔坏，而是怕被人笑话。

战战兢兢中挪动，战战兢兢中拉开步子，几天过去，我总算可以滑行了。

能够自由滑行，那是一种相当美妙的感觉。这种感觉与跑步不一样，与驾车也不一样。这是一种征服的快感，是一种战胜自己、超越自己的享受。在冰上立稳保持平衡，这是最初的要求；而你能够单足立住滑行，这是第二步；第三个境界是自如掌握身子左右倾斜的重力，并且，借助这种重力倾斜移位飞速滑行。滑冰，是一项颇具难度的运动，特别是对上了年纪的人，不仅需要勇气而且需要力量——踝骨的力量、腰部的力量，但更难的是培养全身的协调性。正是靠着这种协调性才能掌握和产生技巧，而技巧掌握了就进入了艺术境界。滑冰与跑步不同、与开车不同的原因就在这种境界的差异上，滑冰是能够令人产生艺术享受的，滑冰更能够令人亢奋、令人自信、令人焕发生命的最佳状态。

自此，我几乎天天坚持滑冰。可惜冬天太短暂了，滑了十几次冰面就开化了，这令我沮丧。一个漫长的冬天，说过去就过去了。春节一过，天气再冷也是冻人不冻地了，而冰场上的冰一旦融化，就不可挽回了。

不管怎样，我心中还是欣慰的，毕竟我已基本掌握滑冰的技巧，可以像当初我所羡慕的那些老人们一样像模像样地滑行了，而且，弯道的上步动作也能够灵巧地做出来了。

当阳光洒满冰场的时候，我的情绪格外饱满。弯道上的冰面在阳光中闪着诱人的光亮，我以最快的速度经过弯道时，身子呈自然的倾斜，利用向心力往左边倾斜，重心这时移到了左脚上，左脚的冰刀利用外刃滑动时，我抬右脚交错上步，这时候，我感觉我的身子轻盈极了，那是一种超然的感觉、一种飞翔的感觉。顿时，我有了一种真正的成就感，这种成就感让我摆脱了尘世的烦恼，恍若回到少年时代的美妙憧憬之中。

只有在这种时候，我才会进入佳境，我才能够感受到为什么这么多老人喜欢到冰场来一展身手。他们不仅是寻梦，更是寻找一种久违的享受。

人生是不可能真正摆脱沉重的，但是，人们的所有努力都是在试图摆脱。生命太沉重了便难以承受。就像建筑，当年古希腊、古埃及的建筑材料就是以沉重见长，那种巨大的石块见证了人们征服地球引力的自豪。但是，现代人的建筑不再以征服沉重为自豪了，他们追求的是轻盈，是飞翔。你看摩天大楼的构成，犹如飞毯般飘然而立，有种飘逸的造型之美。而飞机作为交通工具已大量取代轮船，特别是载人飞船的上天，更是将人们的生存感觉托举到了一个梦想的境地。有位教授对我说，他时常做飞翔的梦，梦中他飞翔的姿势特别讲究，胳膊伸得很开很直，而每当醒来回到地面上时，他都会感觉遗憾，他便试着像梦里那般将胳膊一伸一展，却怎么也飞不起来了。

人在年轻的时候能跑能飞，人上了年纪时，只能将飞翔装入梦中。但是，能够到冰上来的这些老人，他们无疑是幸运的，因为他们毕竟找到了在现实生活中飞翔的方式。

文学甲子

——回忆范程先生

有些日子是永远不能忘记的，比如2010年1月18日。就是这一天，我被噩耗击中。

19日一早，我从北京赶回沈阳，找到城中花园，走进多年不曾来过的范程老师家。

因为是冬天，门窗紧闭，屋子里虽然暖和，却令人感觉到一种难言的压抑。我被让到沙发上，田姨和他们的女儿们坐在我的对面。

田姨说，范老患的是肺癌，我们对外一直保密，所以作协的人也不知道。1月12日晚上9点，范老突然发病，被送往医院抢救。医生都想不到他会奇迹般地生还。他是为了再看一眼外孙们。二女儿的儿子从上海赶来，小六的孩子在二中住校，平日里不回来，此时也赶到了外公的病床前。田姨说范老醒过来时，头脑非常清醒。一大家子老少三代人守在他的床前，他感到非常温馨。他摸着外孙女的脸说，你亲亲姥爷吧。外孙女扑上前亲了姥爷。

我在想，他那苍白瘦削的脸上一定堆满了幸福的笑容。那是最后的笑容。最后的笑容都非常单纯。

他嘱咐外孙，要好好工作，现在能找到工作已是不容易了。他满意地对四个女儿说，你们要互相关照。他的声音盈颤着幸福的满足感。

田姨含悲忍泪地对我复述了这个过程："他说，我女儿都好，女婿也都好，老伴你也好！我这一辈子没有什么财产，动迁的房子，你留一半，我留一半，你那半的钱存好别动，留着你自己用，我那半的钱，给四个孩子吧。他们还小，有的还没毕业，升学需要钱的。开始我以为是要给四个女儿，后来才听明白是要给下一辈的外孙们。当时在场的人都感动得哭了……"

1月15日中午，范老永远地闭上了眼睛。

二女儿范薇对我说，17日那天是礼拜天，是父亲出殡的日子。天气突然转暖，冬日里从未有过那么温暖的天气。悲伤的日子里，亲人对天气的变化是极其敏感的，哪怕最细微之处，也具有神秘色彩。范老这样的慈祥老人，人人都认可的大好人，一生都会替别人着想的人，即使是在人们前来为他进行最后送别的时分，他也会选择一个最温暖的天气的。这个我绝对相信，天亦有情。

由范老联想到我两个月前去世的父亲，他们对待下一辈人的态度十分相像。父亲在弥留之际，见到从北京和大连等地赶来的孙子、孙女和外孙们，一整天都不睁的眼睛突然睁开并放出亮光。他老人家连连说：满足了，很满足了！

父亲属龙，范老长我父亲一岁，属兔。他们有着那一代人许多共同的特点。他们之间最大的相同之处就是都是好人，也都是容易满足的人，因而，他们都是幸福之人。

范老患病期间，也正是我父亲病重住院的时候，从检查出来肝癌住院到过世，只有五十八天。平日里我很少回去看望父亲，更谈不到照料。他的故去带给我的是无法言说的悲伤，想不到的是，自己到了这般年纪还会这般脆弱。我将自己封闭起来，不希望将父亲病故的消息告诉别人，不希望将自己的伤悲传染给他人，这就是为何我听说范老住院而没能及时赶去探望他的原因。想不到的是，范老竟这么快地离开了，再也见不到他了。

我强烈地感受到室内的哀伤氛围，一转头，竟看到了电视柜旁范老的照片（完全不像遗像），彩色的，跟他平时的表情一模一样。他在微笑，在对着每一位前来的人微笑，当然也在对我微笑，是那种眯缝眼睛的微笑，再加上他眉心上的那颗痣，显得那么慈祥善良……

头一次见到老范，是在 1974 年。当时我作为一个业余作者，接到大连市文联邵雪梅同志的电话，她让我去大连宾馆见《辽宁文艺》的范程同志。她说范程同志到大连来很想见见大连的业余作者。

大连宾馆是当时大连最好的宾馆，是日本建筑师太田毅和吉田宗太郎设计的，原名大和旅馆，是新古典主义的建筑风格。记忆中的1974年，这个宾馆铺有地毯，地毯是红色的，走廊很窄，很幽深，我小心翼翼地走进去，像走进一个古巷道，按照门牌号敲开那扇油漆很厚很暗的木头门时，心里有种莫名的激动与惶悚。

范程老师穿着白色短衫，笑容可掬地给我让座，给我倒茶。他喜欢抽烟，吸得很深，吐得却轻柔。算一下，那时他也不过四十六七岁，然而，他已经谢顶。在弥散着古老气息的宾馆房间里，他给我的印象就是一位极具长者风度的老人。那时候，人们都管他叫老范。邵默夏叫他老范，吴滨也称他老范。大连老字辈的艺术家们都称他老范。在我看来，虽然他的样子很温和，却显得尊贵，令人敬畏。加上他说话的声音很小，慢条斯理，柔声细气，坐在他的对面，要屏息静听才勉强可以听到。哦，大编辑说话都是这样的啊！

他当时是《辽宁文艺》的小说组长，他对辽宁地区的小说作者非常熟悉，尤其对大连地区的作者可以说是如数家珍。那是个重视工农兵业余作者的年代。我当时算初出茅庐吧，能够有这样的机会聆听省刊大编辑的谈话，倍感神圣。他当时问我在写什么，鼓励我往《辽宁文艺》投稿。我当时真的不敢往省级大刊物投稿，自从与他见面之后，生出了文学的“野心”，竟试着往省刊投稿了。我直接寄给他，每次，他都给我写回信。他的信是用毛笔写的，竖排，字体清秀舒展，很好辨认。他对稿子提出很详尽的意见，说完意见，总是要不吝笔墨地鼓励我一番。他的回信每次都要两页以上，这要浪费他多少时间啊！

第二次见面，是转过年在新金县的貔子窝海边，参加《辽宁文艺》的笔会。笔会上，主要参加人员都是大连地区的作者，有大连造船厂的韩纯义、大连机床厂的刘景奇、大连石油七厂的鞠峰等，这是些赫赫有名的业余作者啊。当时造船厂来了三位作者，他们三个人合写一篇小说，署名从三个的名字中各取出一个字。那个年代，还多少受到集体创作署名的影响，我那次就是与诗人张崇谦合作写出了反映知青问题的小说《同志之间》，此篇算是我第一次登陆省刊，发在1975年第五期《辽宁文艺》的头题位置。那次笔会给我印象极深，也是我真正迈向文学道路的驿站。《辽宁文艺》改名《鸭绿江》是在1977年下半年。上半年的《辽宁文艺》第三期的头题刊发了我的小说《我和老师》，下半年第八期《鸭绿江》刊发了我的小说《选择》，也是头题。第六期是改名《鸭绿江》的头一期，头题刊发的是刘心武的小说《面对祖国大地》。

在貔子窝的那次笔会上，我有了很大收获。不仅得到了范程老师耳提面命的写作指导，也有幸得到了作协领导思基同志的关心与扶植。最难忘的是，思基老师晚饭后喜欢下军棋，先是范程老师陪他下，后来不知为什么，范程老师把我叫过去，对我说，思基老头儿挺喜欢我的，希望我跟他下军棋。我有点儿紧张，我说我下不好，他笑眯眯地鼓励我，说年轻人脑袋灵活，没问题的。于是，我就不客气地坐下来，与思基老师对弈，也是那种边翻边下，一半靠运气，一半靠技巧，不需要裁判，倒也其乐融融。思基老头儿特别和蔼，他剪着那种板寸头，头发已经花白。他跟范程当时在我眼睛里都是老人，都是好老头儿，与后来看到他们的感觉，也没有多大变化。思基老师说话更不容易听懂，不过，听不懂也没有关系，他给人的感觉特别和善。他对基层业余作者的关怀是由衷的，那份亲切感让我们这些作者（包括金河、达理、熙高、胡清和等）也都感念不忘。

思基是代表作协参加刊物笔会的。那时候，作协领导极其重视刊物，刊物的主编一律由作协副主席兼任，而在以后的刊物笔会中，作协总是要有副主席参加并指导笔会，如 80 年代初的海洋岛笔会、大连金石滩笔会，都是沿袭了这样的传统。思基、方冰、慕柯夫、谢挺宇、陈屿等那一代前辈，都亲临过《鸭绿江》的笔会，并给我留下过难忘的印象。范程差不多总是在笔会快要结束时莅临的，作者差不多都在这时交了作业，能否过关，关键要看老范的意见了。这个时候，作者眼中的范老师即使再温和慈祥，也是令人生畏的。而且，他跟你谈意见时，声音总是那么小，你要格外认真去听，而你的心跳也会影响你的听力。于是，范主编等于不怒自威。他颇有大编辑的气度，颇具大主编的风范。

其实，他担当主编重任还是80年代之后。那时候，我已经由一位业余作者破格调入省作家协会。原本打算让我当专业作家的，只因我那时太年轻，作协党组认为趁年轻应该到编辑部多锻炼锻炼，于是，我就到了《鸭绿江》文学月刊社当起了小说编辑。

当编辑之后，每天都能见到范程，我们之间的关系也由编辑与作者的关系转为上下级的工作关系了。这无形之中对我产生了一种压力。老范对工作要求非常严格。他经常会把我叫到他的办公室。他会不动声色地问我最近怎么样、对编辑工作还有什么想法之类，看似漫不经心随便问问，但我已经意识到，他是在认真地指点我，帮助我尽快适应编辑工作。他说，你搞创作我并不反对，但是，你现在已经是位编辑了，你一定要摆正编辑工作与搞创作的关系。

是啊，我一直苦恼着如何摆正当编辑和搞创作之间的关系，老范对我不乏耳提面命。回想一下在《鸭绿江》工作的这二十三年，我能够一步步成长、一个台阶一个台阶地进取上升，与他的谆谆教诲是分不开的。

那时的编辑工作非常繁忙，尤其身负重任的老范，简直没有上下班的概念。编辑部每天的自然来稿要用多条麻袋装。除了编辑们提交给他的稿子之外，又不知有多少人直接将稿子寄给他。他是有稿必看，看后必复。上班时，他戴着花镜在看稿，下班时，他也是以那副神态埋首稿件中。那时候他住在大帅府的三楼，家里就是办公室。我也住在三楼。我经常会听到他老伴田姨对他的唠叨，无非是抱怨他总是忙得只顾看稿子、不注意身体云云。

那是一个文学爆炸的时代，也是一个文学期刊大繁荣的时代。那时候，文学期刊的编辑是令人羡慕的职业。当时，老范是主持工作的副主编，主编仍然是由作协领导兼任。《鸭绿江》每期发行印数都在上涨，发过李克灵的《省委第一书记》，发过祖慰的《来函照登》……《鸭绿江》以思想解放、胆子大而引起文坛的瞩目，印数由几万、十几万一直上升到最高峰的三十九点七万份。那时候范程惊呼，这一期又涨了，纸张不够，库存全用上了也不够，怎么办？他火速令张学臣去想法买纸。那是《鸭绿江》历史上最好的日子，也是《鸭绿江》的主要负责人范程同志人生与事业最辉煌的时代。记得在一次编辑部普通的会议上，我们提出，作协领导兼任刊物主编的制度已经不适合刊物的运行，希望能够跟作协领导提出来，如果作协领导愿意兼刊物主编，就应该真正坐到编辑部来指导工作，否则，就不应该兼任。这个纯粹来自编辑部同仁的意见当时汇报给了作协，于是，作协方面负责人同意不再兼任《鸭绿江》主编。就这样，《鸭绿江》进入了自己的期刊时代。而老范，也就终于成为名副其实的主编。

那时候，《鸭绿江》收入颇丰，作协的人都很羡慕《鸭绿江》。《鸭绿江》不仅在全国林立的刊物中占据领先地位，而且，还创办了函授创作中心，后来还创办了《文学大观》。那是《鸭绿江》最具活力的时期、最具想象力的时期，而那时候，一贯谨慎行事的范主编，却像一个诗人。

记得他那年去南京参加一个期刊会议，他意气风发，谈吐滔滔，回来给我们编辑部传达时，他的激情深深感染了我们。那时候，全国几家重要刊物以《雨花》《延河》《作品》再加上《鸭绿江》作为核心，组织全国刊物在南京开会，会上提议再创办一份《小说选刊》式的刊物，以打破《小说月报》的独家垄断。当时还没有《小说选刊》。这样的会议真是鼓舞人心。

然而，顾尔潭与范程等那一代主编们的激情并未得到上面的认可。他们构想得那么好的每期由不同省级刊物主编的“民间选刊”并未获准创办，他们的一腔激情只能束之高阁。虽然选刊没有办成，但南京会议却在中国期刊界产生了重大影响，事实上，也等于催生了后来的《小说选刊》。

那时候《鸭绿江》确实引人关注，不仅刊物发行量大，而且在全国第一个创办了“函授创作中心”，仅第一期报名的学员就有八万之多，而且，这些学员中后来成为文坛著名作家或各省市作协领导的也大有人在。范主编以他的黄土高原般厚实的人品，宽容与包容兼备，以黄河奔腾般的诗人的激情与魄力，跟阿红、单复等精英同仁们一道，为文学事业做出了巨大贡献，值得骄傲和自豪！在范老他们那一代编辑身上，我看到了许多优秀品质，这些都给了我潜移默化的影响。

从那个时代走过来，亲历了文学的盛与衰，无论时代发生了怎样的变化，但在范老的身上，有两个特点始终未变。一点是他对文学事业的热爱，比如，他在生命的最后日子里，还挥笔为作协的刊物写下激情文章，为辽西的一家报纸写怀念文章。另一点，就是他那慈父般对亲人友人的关爱。即使在大帅府居住期间少有的闲暇之时，我也被老范与小女儿在一起的陶醉时光所感动。

范主编瞅着小六的时候，像陶醉在一幅优美的图画中。那是真正的慈父的目光。这位操着陕西富平县口音的老汉当时五十多岁，还没到退休年龄，他膝下有四个女儿，没有一个儿子。他对四个女儿宠爱有加，从不厌倦，尤其是那个小女儿，论排行应该叫小四，不知为何他管这个小女儿叫小六。我想，一定是他还嫌四个女儿少，希望再增加两千金吧。现在，我的年纪也到了范主编当年的年岁，我也如他一样喜欢跟女儿在一起，更相似的是，我也经常喜欢以他那样的目光去瞅女儿。这个时候，女儿会撒娇的，老婆在一旁看得清楚，她认为我这样瞅女儿，那眼神，很像范老。

是啊，人都要一年年地老下去，或许只有老到一定的时候，才会对曾经的生活和工作产生更深的体验与认知吧。

一代人与另一代人是有区别的，就像一个时代与另一个时代彼此不同。《鸭绿江》的命运与中国当代文学的命运一样，盛极而速衰。范程之后，经历了三任新主编的更替，主编重担历史地落在了我的肩上。算下来，我好像是《鸭绿江》的第十八任主编。不当主编不知道困难，就像不当家不知柴米贵，真正到了这个位置上，我更加理解了范老。

这个时候，老范已经真正成了范老。他很少到编辑部来，除了开工资之外，后来，开工资都通过银行打入存折，他就更少来了，每逢年节，才会见到他。他拄着拐棍，每次都是一脸慈祥。如果有机会，他还是要关心我的写作，更多的时候，他是问候我的家人，特别是我的女儿。女儿刚满周岁时，他还管我索要了一张女儿在床上爬的照片。他对我的关心，是一种纯粹的老年人的关心。这种关心，让我感觉好像又回到了从前，回到了我当业余作者的时候。这种感觉真好。

范老是个公认的好人，不论年轻年老，也不论是作协内部的人还是外面的作者，凡是与他打过交道的人，无不称他为好人。好人的概念通常是与人为善，绵和而平易，厚道而宽容，凡事替别人着想、成全别人，至于有无作为、作为大小，并无多大关系。然而，范老这个好人，除了符合上述好人要素之外，他还是一位有作为的好人、好主编。他在那个时代，将《鸭绿江》推向了辉煌。他从不吹嘘自我，他总是平易谦逊，低调做人。当遇到困难和问题时，他也从不推卸责任，从不抱怨别人。他会责怪自己，会在没有人责备他的时候而自责，这是一种高尚的品质。如今，当这种品质越来越稀缺的时候，范老给我们留下的记忆就弥足珍贵。范老代表着一个时代，那是一个文学的时代，更是一个文学期刊的时代。

这些日子，我不断经受着亲人离去的打击，父亲去世之后月余，我的两位直系亲属又相继离世，还有一位几十年的老朋友身患肺癌，在死亡线上挣扎。这一年不知道怎么了，春节的时候一个人闭门哀思，想到亲友们一个个离去，尤其想到不是亲人却胜似亲人的范老的离去，我便更加哀伤。有时候是白日的冥想中，有时候竟是夜晚的梦境中，过去的许多事情搅在了一起。

如今梳理一下对范老的记忆，才发觉这种记忆深深融入了我人生的各个阶段。无论是在我当业余作者的时候，还是在我当编辑的时候，还是在我当主编的时候，还是在我当专业作家的时候，即使在五年前辽宁作家协会第八次代表会议上我当选了作协副主席的时候，范老依然以慈祥的目光注视着我，语重心长地说，不要骄傲，要谦虚谨慎，要好好写出力作，你能有今天不容易啊！

这年头，还有多少这样的好老头儿会在你沮丧的时候鼓励你，给你打气；在你得意的时候，提醒你，批评你，始终将你当成一个年轻人，当成一个需要耳提面命的孩子看待。

我从他们这一代人的身上，确实学到很多东西，回想起来，很多往事历历在目。虽然几年甚至十几年难能见上一面，但一旦见面，彼此仍会感觉那样亲切，没有隔阂。单复九十岁了，阿红也过八旬了，见到他们，怎能不让我恍若回到当年的大帅府、当年的编辑部啊。在作协主席团会和理事会期间，我在友谊宾馆见到了他们，还有韶华先生。

九十岁的单复，老得糊涂了还是老得清醒了呢？他仍然一派孩子气。小江揭露他：从家里出来只带了两支香烟，不多带一支，就自己抽。好烟，他舍不得带出来给别人抽。就像齐白石，家里摆着点心，每次来客人他都是将盘子端给你。有经验的人知道，千万不可吃，点心就这么着摆了好几年，早就长满了虫子，成了虫子们的乐园了。能吃和不能吃，给不给你好烟抽，这似乎都已不重要了，人老到令人宽容这些细节的时候，便是老到了可爱的境界。

陆地也来了。他与范老关系非同一般，除了他们多年的文学交往之外，陆地的儿子与范老的二女婿安波瞬是同学也是好朋友。陆地身板挺拔，还是那个样子，黑肤色，敦实而健康的样子，性情还是那么豪爽。三十年前感觉他就是这样的，几乎就没有什么变化，真是奇迹，如果硬要细心找寻的话，就是他的头发白得更纯粹了。与他挨着的阿红，比以前明显驼背了。再看过去，还有李敬信，这位当年因写《生命》而轰动、挨批的作家，也是白发赫然。挨在他旁边的是单复、韶华。这些白发老人站成一道耀眼的白线，那是一道令人肃然起敬的皑皑雪峰，山脊处蜿蜒出岁月的光芒。在与会者的仰视中，他们接受着中国作协的奖励：从事文学创作六十年奖。六十年啊，这是一个怎样的大奖。

本来，这个受奖的队伍中应该有范老的，他是在病床上得到这一殊荣的，可惜，他没有能够坚持到出席颁奖礼的这一天。

韶华在代表获奖者发言时，还专门提到了他为范程写的挽联。

我在范程老师的微笑的遗像前，看到了这副挽联，墨迹很重，而且，这种深重的墨迹，一直延续着范老仙逝后的悲伤气氛。我对着灵堂，深深地磕头。

我感觉到，范老那双慈祥的眼睛，像从枯井深处闪出的光芒，那么长久地明亮着……

芝麻陈了而谷子不烂

希望你的父亲不要受到太多病痛的折磨，无论怎样，他都会为有你这样的儿子而骄傲。久违了，那遥远的南山公园，我儿时的乐园。

新浪网友：艾米

时间：2009-09-10 07:25:10

不知道这位来我博客走访的网友是谁，但他的这段留言却唤起了我对故乡的遥远记忆。显然他也是普兰店人，那个他儿时的乐园——南山公园，也是我没齿不忘的地方。那时还没有公园的迹象，没有台阶，没有石板铺路，更没有花坛和草坪。树木也是单调的品种，高的是槐树，矮的便是柞树。到了冬天，漫山的枯枝败叶，大片的槐树不见一丝生机。寒风萧瑟，残雪斑驳，完全的荒郊秃岭。山的北面是县城，南面是叫作南荒的乡村。当时我就读的十一中学就坐落在山南，这让我有了天天爬山越岭的机会。

下山后还要走上一段长路。那是伴着牛车伴着泥泞伴着烈日下被碾轧出深深车辙、像铸铁模子一样的沟坎路面，晴天踩在上面硌脚，雨天则一脚烂泥。经常是远远望见那个红砖小楼时，操场上就响起了广播声，那是上早操的时间到了，于是，我就撒丫子一顿狂奔。

那时跟我摽在一起的是同班同学刘鹏。他的父母均为教师，尤其他的父亲多才多艺，会拉一手动听的小提琴。他平时不苟言笑，苦瓜脸，高鼻梁上架着一副金丝边眼镜，令人印象最深的是眉宇间总是有几道深深的沟纹。因为他患有肺结核，每天一大早就能听到他在院子里的咳嗽声。当咳嗽声被琴声取代时，曙光便溢满了小小庭院。

刘鹏长相酷似父亲，白净斯文，也戴副眼镜，只不过他戴的是白色眼镜，而且有时戴有时不戴，他在上课时戴，跑步时就不戴了。我是受他的影响，每天一大早爬起来进行晨练。

冬天跑步是很苦的，迎着凛冽寒风的那种滋味儿，现在一想就有种上不来气的感觉。风像刀子割在脸上，人会冻木的，尤其耳朵，都有被冻掉的。据说冻掉耳朵一点儿不疼，只是感觉麻酥酥的，不经意间用手一碰，就啪嗒一声，掉地上了。跑步会很快出汗，因此又不能戴棉帽子，幸亏有那种耳套，毛线织的。我们是天不亮就从家门口的大道边起跑，沿着公路一直向东，跑到四海沟那个大坡上，再折返跑。四海沟原名叫死孩子沟，那年月医疗条件差，经常有死孩子被扔进路旁的深沟里，成了野狗们的美餐，后来为了让名字好听点儿改叫四海沟了。我们全程跑下来，差不多有六公里。可惜刘鹏不知怎么得了气胸，中辍了跑步，而我则一直坚持下来，这让我日后在田径场上大出风头。

刘鹏不跑步了更显斯文。他学习极好，是班级的尖子。他尤擅数理化，是物理课代表。我是语文课代表。他的语文也不错。有一次他的作文居然是满分，而我自以为平生最得意的一篇作文，仿鲁迅先生《一件小事》写的《小粉笔头》，却被一位认为我有骄傲情绪的语文老师打压成刚刚及格。他说，那还是给我面子了。我很沮丧，但刘鹏却没有表现出得意来，他可能顾及了我的心情。

他在我每天写作时便在院子里拉小提琴。我们住在前后院。他当时练得最多的是那首《山丹丹开花红艳艳》。他父亲是他的提琴老师。他的琴声常常飘进我家，渗透着我那艰涩的构思。我常常会去分辨，哪首曲子是他父亲拉的，哪首是他拉的。

我们那时候的年级叫连，班级叫排，学校叫团，完全的部队编制，而我们也都在那个年代里喜欢戴真假军帽，而且军帽里面还用口罩手绢什么的将帽檐前端支棱起来，显得帅一些、威武一些。我们学校的团干部就是红卫兵团的干部，我那时候担任红卫兵团的常委，年级的副连长。连长姓艾，高大威猛，一脸严肃，像真连长似的。指导员叫辛明栋，很亲和的乡下孩子，据说他父亲是党支部书记。红卫兵团的团长叫高桂山，口才极佳，地包天的下颌，有种天然翘动的灵性。但他字写得很差，跟团长不大相称。

学校有“两荣”最出名，两个女生一高一矮，都姓王，名字又都有一“荣”字。她们两个人都不是漂亮型的，矮个儿的名声更响，是学校树的典型。她家境贫寒，每天穿着油渍麻花的衣服上学，老师经常表扬她。我曾不服气地偷偷在日记中写道：“她胸前的油斑被当成英雄勋章了呀！”

将她树起来的是一位仪表高贵的戴金丝边眼镜的女校长，她是从大连“走五七道路”下放来的。她口才特棒，脑子颇灵，即使现在让她当任何重点中学的校长，相信她都会胜任的。她可以将死马说成活马，因为她的表扬与提倡，许多女同学都不敢穿干净漂亮的衣服了，甚至有人还弄得泥里糊虾的（当然这是傻妞）。而我却无法引起女校长的注意，即使她的光芒刺眼的金丝边眼镜都不肯刺我一下。

某一天，她在全校大会上又一次表扬矮个儿荣同学，像发现新大陆般语气惊喜：说她写了那么多日记，而且写得那么好，并且要为她的日记搞一个大型展览。我却大不以为然地说话了。我说，我比她写得日记字数还多。女校长头一次如此认真地盯视了我一眼。她说你说什么？我说我写的日记比二十万字还多。她的眼睛在镜片后疾速地变换着情绪，我这才发现她的眼睛并不是很大。她让我将日记送给她看。其实，我并不想送，是管我们班的工宣队曹师傅帮我送去的，整整五大本子。她看完后说，她没有想到我会写这么多日记，不过，她认为我的日记写得不够革命，里面还写了一些乱七八糟的东西，那些东西是资产阶级的，比如一些《林海雪原》《烈火金刚》《清江壮歌》《红岩》之类小说的读后感，还有我写下的那些爱情片断等。她告诉曹师傅说，这个小子挺有才，但要注意改造好世界观。

进驻学校的工宣队是复州湾黏土矿的，给我印象最深的是曹师傅，名正盛。他是个高大健壮黝黑的中年汉子。他文化程度不够高，但他特别喜欢能写能读书的学生。有一次他在监堂时，全班同学都在写作文，只有我一个人在玩。他过来问我为何不写，我说写完了。他不信，让我拿给他看，他一看，我当真写完了，就惊讶地连连夸奖。他表达对你的赞佩时一点儿不吝啬，绝不像那个金丝边眼镜的“知识女人”，她会遮掩对你的真实感觉，还要努力挑剔些什么。用现在话说，那是一种“装”。当然了，现在这种“装”的人司空见惯，倒是像曹师傅这样的毫无保留盛赞别人的人，太稀少了！

曹师傅对我的印象就是从这里开始升温的。随后，全校开始了对毛泽东丰功伟绩的大颂扬活动。我的一位同学叫马力达，他是我家邻居，他妈是县医院著名的医生。他们家里有一本专写毛泽东的书，其实是一本大杂志。我从他那里借来看，因为老师要求第二天全班同学都要讲毛主席的丰功伟绩，马力达叮咛我只能借我一个晚上，明天必须还他。我是个讲信用的人，当晚就开始了阅读。我也没有想到，这一读就读进去了，而且全然不知道那一夜有多长，到了第二天，照旧翻过南山，去十一中上学。记得是早操过后，头一节课是数学课，第二节是语文课。我们从语文课开始颂扬毛主席丰功伟绩。说不清怎么回事，工宣队第一个点名让我来讲。他们想让我到前面讲坛上发言，而我坚持在座位上站着讲。我的腿开始打摽了，我扶着桌盖，勉力支持。我自己也想不到，从脱口而出的第一句“1893 年 12 月 26 日，一轮红日从湖南湘潭韶山冲冉冉升起”，我就口若悬河了，就像有另外一个人操纵了我的语言，居然整整一节课四十五分钟全被我占据了。等到下课铃声响起时，我才猛地收住。工宣队队长姓王，他比曹师傅更显激动，他带头为我鼓掌。此后，想不到的事情接踵而来。全校开大会，让我到全校的舞台正中对着麦克风颂扬伟大领袖的丰功伟绩，像痛说自己的家史一般。随后，我被周围的公社请去讲。公社在那年头搞忆苦思甜教育，拉练式的，方法极其简单，早上吃忆苦饭，中午吃思甜饭。而忆苦饭是一大早四点半起来吃。全是糠团苦菜，然后开始到地里干活儿。等到把我请来，乡亲们已经累弯了腰。他们坐在那里听着伟大领袖的丰功伟绩，忆苦思甜，灵魂深处爆发革命。到了吃思甜饭时，人们个个幸福满面。而我跟这些纯朴的农民一道陷入了愚昧的幸福中。

不过，真正使我扬名的，还远不是这种大颂扬。记得从前我写过，我在《辽宁日报》上发了一篇写我姑姑的小说《半边天》。这篇小说是该报纸有史以来首次以“中学生”的名义发表的，因此，一发出来就很抢眼。在我们学校我已经成了名人，但名出得还不够，是县教育局一位姓郭的局长在一次全县大批判会上的发言让我出了名。在批判林彪“今不如昔”的论调时，他操着那个年代特有的批判语调，嗓子沙哑着，还顶着头顶的烈日。那时候的大批判会大都是在露天场地，就是在现在的普兰店体育场，我们当时管那里叫“南山体育场”。这个体育场很受限，因周边有部队的炮兵训练场地而无法扩建。

最初的场地面积只够画出三百米的跑道，而三百米的跑道场地开起全县大批判会也足够用了。郭局长进行批判时，我们学生也都在台下接受着太阳的曝晒。我听见他是这样提到我的：“我们新金县中学生刘元举能够在省级报纸上发表小说，一发一大版，这在过去是从未有过的。怎么能说是今不如昔呢？这是对林彪的荒谬论调的有力批判！”他的发言赢来一片掌声，而我的脸在发热，血更热。

我跟这个体育场确实有缘。或者可以这样说，这个体育场让我大显身手是在1972年以后。那一年全县开了田径运动会，当时叫“新金县第二届田径军事运动大会”。我是代表普兰店镇的，由我们十一中和二中两所学校联合成立了一支田径代表队。由于参加了十公里负重急行军，这个项目太吃力了，我坚持到终点后中暑了，所以，影响了我个人的长项——四百米跑。不过，我在男子四乘四百米接力时获得了第一名，至今我还保留着盖有“第一名”红色印章的小本子做纪念。后来，我去了新金县建筑公司，在我们交通建设局召开的田径大会上，我在四百米决赛时戴着一顶帽子，因为我剃了个光头。结果在最后直道冲刺阶段，我的帽子被一股莫名的风一下子掀掉了，我下意识地回手捞了一把没抓到，全场观众爆发了大哗。就是从那以后，我在田径场上出名了，我走在大街上经常会被人戳戳点点：“就这个马蛋子，兔子腿！”我们家乡管剃光头的叫“马蛋子”，管跑得快的人称“兔子腿”。人们并不知道我那时为什么剃光头，我是对自己被分配到建筑工地不满，是以自己的方式进行抗争，绝不像现在，光头让明星搞得成了一种时髦。

我在田径场上的风光为我带来的好处是，可以一个月不用去建筑工地劳作了，集中训练参加全县运动会，有饭吃还有补贴还照开工资。还要接受局长大人的接见并训话，照例是“你们代表交通建设局，要为我们局争光”之类。我当时的工作已经分配到了新金县建筑公司，具体工作是到下边施工队当力工，这是建筑公司最苦最累的活儿。在工地上管我干活儿的组长大夏，一米九的个头，一根小指头就能勾起三百斤的重量。他见我被抽走一个月练跑，有感而发：“你小子行啊，腿摆弄得明白。”等不久后《辽宁文艺》（即《鸭绿江》）杂志在新金县貔子窝办小说笔会时，我有幸前往参加。当时主编是思基先生，他喜欢下军棋。范程当时是编辑部主任，他总让我跟老人家下，他说思基老头儿很喜欢我，夸我聪明有才气。那个小说创作班只办了十五天，散会时我恋恋不舍，想到还要回到建筑工地出苦力，便心情怅然。等我回到工地后，大夏笑眯着小眼睛又感慨道：“你小子行啊，不光腿摆弄得明白，你手也摆弄得明白啊。看来，你不是干活儿的人。”那时候，我偶尔会像个大人物似的在内心大声喊出这样的句子：“自信人生二百年，会当水击三千里。”

噢，对了，那个被我们家乡官场称为“铁嘴子”的郭局，虽然有张铁嘴，却在官场并不得意，成亦铁嘴败亦铁嘴。当官是需要有好口才，但是，真正在官场上的作为却与口才不成正比，相反，口才越好越能讲，反倒越容易失误，越升不上去。从一位姓邵的县委书记当政之后，好像整个县里领导都不大喜欢夸夸其谈了，大家都缄口不语，少说为佳。这个时候，铁嘴局长在县里混得不够好，到了交通建设局。有意思的是他在局机关也没呆住，又屈尊到了我所在的建筑工程公司当副经理了。他依然能讲愿讲，所不同的是，他的话零碎了、絮叨了。平时他一开口就有亢奋感，讲到更加亢奋时嘴角会溢出白沫，这时候，第一排听众会悄悄闪躲开，实在躲不过去时，也一副被折磨的苦相。有的人干脆不给他面子，将他一个人晒在那里。他吧嗒吧嗒嘴，一脸的惘然。他挪动脚步时，步伐啰唆，小碎步。老人都喜欢迈碎步的，其实，那时候他还不老，离退休还有好几年呢。

写到我的建筑公司，我的脑海中就闪现出一片熟人。那是一些异彩纷呈的人物，他们形象鲜明地排着队，等着我来描绘。他们有的过早离世，比如长相沾了普希金的神韵、留有一撮墨漆如炭的小胡子、长着一张神经质的敏感的苍白的长条脸、极具艺术家气质的何连川先生。他死于癌症，正值盛年。他借给我好多外国小说看，比如杰克·伦敦的《白牙》、普希金的《上尉的女儿》等书。我们建筑公司最有影响力的人物是副经理陈洪明。关于他有着“二鼻子管司令”的说法，就是说他本来是副经理，相当于扑克牌里的“二”，但他可以管一把手“大王”。他当时跟一把手关永富常常在权力问题上发生争执。相对而言，技术员出身、年轻又性格偏软的关书记，却像个长者似的宽容而谦让。对陈副经理我们叫他陈老总，他也确实长得有陈毅老总的派头，他倒是得寸进尺，绝不放松对一把手的抗争。不过，陈老总也是爱才的，他喜欢有文才的人。那个年头，他代表我们几千人的大建筑公司的形象，也就是能够骑上一辆崭新的永久牌自行车，这让许多人眼红。

我一生最牛最值得夸耀的事情，就是这位骑着崭新的永久牌自行车的陈老总居然到距县城很远的建筑工地——紧固件厂工地去把我接回机关。

那时候，我是一名建筑力工，浑身都被汗水湿透。他到工地上找到我时，头一句话是这样说的："都说你是个秀才，我倒是要看看你究竟是个秀才还是个蠢材！"随后，他把车子一搬掉过头，说："上车吧！"他骗腿儿跨上去了。我斗胆坐在后座上，他就"开车"了。我感觉到他的坐骑在夕阳下闪闪发光，更感觉到所有的工地上的同胞们，都将目光集中，像集束手榴弹一样投掷过来。他们看到我这个瘦弱的小力工居然英雄般豪迈地离开了苦苦挣扎的工地，一溜烟地奔向美妙前程了。

我走出好远，回头一望，还有一些年轻工人吊在楼体的脚手架上，远远地朝我挥着什么，好像是汗湿的毛巾，看上去却像面白旗。

回到机关后，开全体大会。我们当时的大礼堂是抗大风格，还不如王家坪的那个军人大会堂，那里面至少还是一色的木制长条凳，可我们那时候是用废弃的预制板当长条椅子，坐在那上面天冷时冰屁股，肯定会平添诸多痔疮患者。

我坐得极不舒服，不时动弹一下，而身后却有个人捅我，回头一看，是一个平时非常趾高气扬的家伙。他有时戴着眼镜，有时不戴，也不知道他是为了什么，反正戴眼镜时更让人不舒服。他叫张家刚，他对我说了一句让我能够记住的话，他说："你是一步登天啊！"他也是从工地上抽调上来的，不过他是进了二级机关，就是施工队的办公室。而我是从工地直接进到了公司机关的生产股。这在他看来，就是登天了。

那个将我的命运用自行车驮来、驮出一片哗然的陈老总后来对我大失所望。他认为我不安心工作，每天看小说和写作。他语重心长地找我谈话："你有成名成家的思想啊。"我居然说："成名成家不好吗？"说得他一愣一愣的："那怎么能好呢？那是资产阶级啊！"

我没有再顶撞他。可是，我就那么固执地坚持资产阶级了。结果，我写的材料他一点儿不满意，我认为自己不适合在他的门下了，便顺理成章地调到了政工股，而我的股长李广田那时候正是风华正茂的年龄，他们那一批人都是从部队大熔炉炼出来的，没有回农村直接进了城市，分到建筑公司。他们当时都喜欢穿军装，六七个穿军装的人聚在一起很是热闹。其中更活跃的还有王振贵、姜发国。他们这些人下班后经常在公司大院里聚会，在露天喝酒，那种场面生动无比。他们为公司大院增添了令人难忘的光彩，涌动的激情像奔腾的黄河之水，常常在我面前涌流飞湍。

李广田是我的政工股长。他在这些人中显得最斯文。我刚到政工股时广田带领我们一块儿下工地。我们当时的政工股人才济济，不仅有德才兼备的小门，还有大名鼎鼎的李雪峰的女婿王玉良，他嗓音极好，喜欢唱男低音，唱美国黑人歌曲《老人河》什么的，他还当过篮球解说。我们这帮才子到了工地，跟工人们比力气，简直就是一场擂台赛。我们将红砖在地面上叠起来，看谁搬得多，从二十块起，两边各出一人。到了广田出场时，他搬了二十八块。一位建筑工人搬了二十九块。那个搬起二十九块砖的工人乐不可支，他以为已经胜券在握，已经战胜了我们这些书呆子。可是，李股长却把期许的目光投向我。我咬牙上去了。我又加了两块，三十一块砖。一块砖足有五斤分量，三十一块乘五，算算吧，那就是我要搬起的重量。这种搬，是从地面上搬起，要蹲下来，主要的难度在于要彻底弯下腰，然后，靠腰部肌肉将腰拔直起来。这样的比赛其实是带有摧残性的，弄不好会伤了腰的。而当时我很年轻，用我们建筑工地的粗话说，“生蛋帮子”一个。所谓的“生蛋帮子”的意思，就是没结婚的愣头小子，腰有力气嘛。我在围了一圈起哄的人中，一猛劲儿，居然真的拔起腰了，就像举重运动员一样，拔起腰就好办了，我等于搬起了一座砌好的烟囱。我把这个凝聚着我和我们广田股长的政工股的荣誉的烟囱搬着还走了几步。那个壮汉力工见此仍然不肯败下阵来，他又上前去试巴，结果他猛吼一声往起一搬时，却没有搬起来。他一屁股坐在地上，好半天没有起来。

我们哄笑着，我成了英雄。不知道那个工人后来是否腰部受损。

年轻啊，年轻时候的好斗好胜的性格，不知道会不会影响到我后来的写作，反正我的一部重要的中篇小说《黑马白马》就是从我的田径生活中提炼出来的，获了第二届《作家》杂志中篇小说一等奖。我这部中篇的场景，就是南山体育场。我从发令枪一响开始了万米比赛，从第一圈跑到最后一圈，三万字的小说结束了。我多次外出办小说笔会什么的，幸亏有广田的支持，我一直心存感激。在他离开建筑公司去市政公司办一个艺术馆时，我满足了他的要求，将积攒了好多年的名家字画放到他那里展出。结果，他收为已有，一直未还给我。即使字画行情一直在涨时，他也没还我，我也没好意思跟他索要。

然而，没想到，就在我的老父亲罹患重病时，我得知他竟不幸离开了这个世界。他患的是肺癌。我是听发国说的。他们是战友。他们朝气蓬勃地在一起喝大酒的年月一去不复返了。其间，他们这些战友也多有不愉快的事情发生，因此，也都互为路人了。贫富差距，是造成这种战友关系疏远的最直接原因。

发国提及广田去世，是因为他谈到了自己的病情。小门告诉我发国患病了，我还没当回事，我只以为是去年他的心脏做了搭桥手术。可是，小门说，他是得了食道癌，让我惊悚。我去见发国时，他还是像以前那么笑眯着眼睛朝我走过来，迎着傍晚的霞光。他瘦成一个窄条了，尽管他原来就不胖，但时下更瘦了。他直接走进他的豪华酒店的大厅。他再细瘦，站在这里他也显得非常精神，只见脑门光秃着锃亮，喔，一个地地道道的清瘦小老头儿了。

他没把自己的病当回事，说到自己患病如同在说别人。没想到那次见发国是最后的诀别。他当时关心我的父亲，还专门在酒店为我父亲装了一饭盒龙虾让我带给父亲。可惜，再好的美味，父亲已经吞咽不下了。

故乡让我难以忘怀的人物太多了。县公路段的孙新祖先生，他对我有着父亲般的关怀，在我得知他患肝癌去世之后，我来到他的家门口，那时他的家人已经离开普兰店去四川了。我看到院门紧闭，小院里一切还是那么熟悉时，禁不住悲从中来。我惊动了楼上一位邻居，她居然认出是我。她对我说，他们家的钥匙放在她那里，他们家人交代过了，如果我要是来，就给我开门，请我进屋。就好像他们猜到了我一定会来。

我开门进屋之后，看到墙上的照片，看到年轻时的帅气军人孙新祖，看到他的三个儿女。老大燕妮，书读得最好，到美国留学了。他的三个孩子个个读书好，他一辈子就喜欢读书好的孩子，因此，他的孩子都给他争光争气，都让他欣慰。他在县公路段搞摄影，家庭成分不好，要不，凭他的人品和水平早就干上去了。后来，他也当了公路段的领导，可惜阳寿不长，没过上几天好日子。他总是鼓励我好好写作。我写完那篇成名作《我和老师》时，第一稿就是在他们家读给他们一家人听的。我坐在土炕边上，高出来的炕沿还硌屁股。他的小儿子坐在炕里面，听着听着，小家伙被情节感动得在炕上打滚。于是，老孙说我的小说成功了。

这篇小说刊于1977年的《辽宁文艺》头题。两年前，他的大女儿燕妮从美国打来电话跟我倾诉这些年的人生感触时，她还提到了我当年是如何在她家读的小说，如何影响了她的写作。

还有一个必须提及的人：陈锡川。他曾是二中的语文教师，一贯微笑着玩世不恭。赶上知识分子当官的年代，他竟当上了县长。他幽默极了，有很多的笑料。那年要参加我的婚礼，他居然没有裤子，现让夫人把一条新裤子缝完，晚到了一个小时。他夫人是全县赫赫有名的语文老师，不仅人漂亮出众，而且教学水平也有口皆碑。陈先生是我成长中的重要引路人。我原本考取了大学，但是，我没有去读，这其中主要原因就是受了陈先生的影响。他告诉我，上大学是没有用的，你如果想当作家千万不要上大学，于是，我在几经犹豫彷徨之后，毅然在他家门口那片光秃广阔的操场上做出了最后的决定，把一份录取表格退回去了，令招生办赵老师大惑不解。

陈先生家后窗对着实验学校的操场，每次图方便，我都是从他家的后窗户跟他见面聊天的。他有三个儿子，小三最调皮。这小子继承了父亲的幽默，最有趣的是，他有一次见到我，郑重其事地说要告诉我一段悄悄话。我凑上去时，他的父亲先笑开了，随后，他们全家人都笑。这一笑，把我笑毛了。小三却憋着笑，附到我的耳朵上郑重其事地说，他今天早上拉完屎时，刚要擦屁股，却猛一下发现报纸上有我的名字，原来是我的文章在报纸上，他当即腚下留情，宁肯不擦屁股，也不能玷污“刘元举”三个大字。这个故事当场把我笑翻。

许多年过去了，许多人与事情都淡了甚至忘了，但是，小三这个腚下留情的仁义之举，竟让我常忆常新。真想知道现在的小三在做什么。他们一家人迁居大连后，我们再也没有了联系。

还要提到一个人：县委宣传部的老毕，毕文高。他原名毕云高，因为与一个计划生育的药物谐音，怕遭到取笑，就将“云”改作“文”。某天，太阳特别灿烂，我突然接到了他的电话，让我到他家去一趟。这是从未有过的事情，我想，一定有什么好消息。我风一样刮到他家，他笑着将《大连日报》通讯员学习材料递给我。我久久地盯视着文章的署名。此前，我最担心的是，我的文章发表后，名字会不会印倒或印错。

老毕当时住在南山的南面，一间半的瓦屋。我在他去世后为他写了一篇怀念文章《小城忆老毕》，刊于《辽宁日报》。我写道：“他一生都在围绕着这座县城的小山转悠，他从山南面搬迁到山西边，不过数百米的距离，而他却用了几十年时间，于是，一生结束了。”悲叹他的英年早逝。

还有县文化馆的于吉有老先生，也是个乐于帮助年轻人的老师，令人怀念。前些天，我陪父亲坐在家门前那个银行大门口空地的树荫下聊天。我往日曾隔路望着这块老人常聚在树荫下聊天的地方，而父亲就夹在他们中间。我曾在父亲病重时想过，从此父亲将在这里消失，这个地方便会让我多次以泪洗面。跟我父亲常常坐在一起聊天的老头儿中，有一个姓初的老人，他当年也是宣传部的，后来去了文化馆。他每次见到我父亲，都要打听我是否回来。我父亲最开心的事情就是不断地有人打听我何时回来。随着时光逝去，那些喜欢打听我何时回来的老人也一个个相继离世，这让父亲越来越感受到寂寞的滋味儿。初先生那次见到我很是高兴，他很关心我的稿费问题，还跟我回忆了当年在县文化馆的经历，以及张崇谦、张琼、殷焕章、冷述聪、贾其华、刘廷英等人。当然，也说到了于吉有。我们只有对故去的人唏嘘叹息。那次以后，我就再也没有见到老初，直到父亲过世，也没见到他。愿他平安无恙。

我在写下这些文字时，姑姑打来电话，告诉我她要去普兰店看望我住院的老父亲。我想，他们见面后，姑姑一定会流泪的。我记得那一年我带着父亲去大连探望他生病的二姐也就是我的二姑时，姐弟俩一见面就像两个小孩子，拉起手就不肯放开了，他们都在哭呀、哭呀，怎么就那么多的眼泪啊，好像憋了那么多年，就等着这一时刻开闸。那份伤心和委屈令我蚀骨难忘。这是诀别的泪水，果然不久，二姑仙逝。如此看来，老年人见到久别的亲人时，哭得越厉害，越说明他们距离另一个世界太近太近了。

对我而言，这些说不完道不尽的琐屑不是一地鸡毛，而是一地槐花，如雪飘香。

薛苏里现象

薛苏里虽然不像有的巨星级演奏家那么声名显赫，但他也是一路荣耀地走过来的。这与他能够在人生重要转折时刻果断把握机遇有关。他也是少年成名，在黑龙江歌舞团担任独奏演员。但是，为了报考上海音乐学院，他破釜沉舟般辞去了令人羡慕的职位。而他从上海音乐学院学成之后，又荣幸地进了中国交响乐团，成为最年轻的乐队首席和独奏演员。就在他前程似锦、深得李德伦赏识时，他又以全额奖学金考入美国加州大学音乐学院，在国际著名小提琴教授爱丽丝·勋菲尔德门下深造。此后，命运之神朝他频频微笑：他相继获得“杰出艺术成就奖”“优秀学业成就奖”，并顺利考取圣地亚哥交响乐团。

1992年，他又一次抓住了机会：在世界著名的洛杉矶爱乐交响乐团面对来自欧美各地一百多人的竞争中，他脱颖而出，考取了唯一的小提琴演奏员的位置，并从此成为该乐团的终身演奏家。不久，他又受聘于南加州大学音乐学院，成为该校第一位亚裔小提琴教授和博士生导师。

既要成为一个好的演奏家，又要成为一名好的音乐教育家，这是薛苏里的毕生追求。

薛苏里在国内最受欢迎的演出是在2006年。他在北京音乐厅与中国交响乐团合作，演奏了肖斯塔科维奇的《a小调第一小提琴协奏曲》。这是部难以驾驭的大作品，对薛苏里而言，此曲竟有“托孤”的意义。二十多年前，他在踏上西方“取经”之路跟李德伦辞别时，李德伦紧握着他的手，建议他去拉老肖这个作品。当时李大师并未详述原因，但薛苏里在日后的成长感悟中，渐渐解读出这是李德伦那一代老艺术家们的情结，他们是留苏的，深受俄苏音乐的影响，而且，李老现场看过奥伊斯特拉赫演奏这首协奏曲，在李老的心目中，这是一支里程碑式的曲子，拉好它，就是攀登上了一级更高的标志性的台阶。

面对上一代人的“托孤”之作，薛苏里不敢有丝毫怠慢。他下了很多功夫，因此，在回国演奏时，他将肖斯塔科维奇a小调拉出了一种淋漓的大美，极具张力，既有奥伊斯特拉赫的味道，又不失他自己的追求。尤其是第三乐章“帕萨卡里亚”，他将这一古老的曲式谱写的最美旋律演绎得如泣如诉、妙不可言，让观众既惊叹老肖能写出如此大美的抒情旋律，也惊叹薛苏里深情的舞台感染力。

舞台上下的薛苏里判若两人，台上他高贵而霸气，台下他谦和而随性。他也喝酒，也谈天说地，但一切皆有分寸。

对年过半百的小提琴演奏家而言，随着年龄增长，手指机能方面难免退化，这是不可抗拒的规律。如果不每天勤奋练琴，手指便会因僵硬黏连而痛失灵光。然而，薛苏里在不久前与深圳交响乐团合作的老柴《D 大调小提琴协奏曲》却技惊四座，再难的乐句，他都举重若轻，一派洒脱状。他的弓法有种打动人心的“涩”。我曾与之探讨过，这是他长期修炼出来的“薛式”弓法，是弓和弦的巧妙结合而产生出来的独特音质，其方法只可意会、不可言传，其“遒媚劲涩”之感，有如书法运笔。这也是他常年教学和舞台演奏实践摸索的结果。

到了这般年纪，许多同行已经回国谋取了一个好的位子，以舒适享乐的姿态笑傲江湖了，这些人曾经的舞台英名早已成为过去。前些年回国的一些海归演奏家，他们刚回国时候的演奏与十几年或几十年后的演奏，简直有天壤之别。为何那么熠熠闪烁的星级人物，且在国际舞台上也如旭日冉冉上升，却在回国之后迅速被阴霾所覆所蚀，再难展现演奏家的风采与人性的魅力了呢?

也许因为他们从小练琴太苦了，既然有了幸福生活，便选择了享乐，从而放弃了艺术的苦练。这便成了一种现象：有些在国外打拼多年的功成名就者，一旦回国之后，便迅速荒疏舞台，疏离了艺术追求，这是一种腐化。

这种腐化正在向更多的海归们招手。我所担心的是，类似薛苏里这样的纯粹艺术家，如何保住自己的艺术生涯。

其实，这不仅是演奏家的艺术追求问题，而是一个人的意志品质问题，如果要像古代圣贤那样不坠“青云之志”，就要不断地学习，不断地修炼，不断地给自己提出更高的要求。

演奏家的品格魅力，一定是建立在最纯朴的基点之上的，这与喧哗躁动毫无关系。凡是对古典音乐有着精准诠释的演奏大师，一定要融贯东西方文化，而且，一定要对中国文化、中国人性有着深入骨髓的理解与体验，除此之外，更重要的是要真正热爱艺术。只有对艺术真正热爱，才会不离不弃，才会将自己提升到一个相对高的人生境界。

大提琴演奏家秦立巍也是如此。他的经历与薛苏里有着异曲同工之妙。他是英国皇家北方音乐学院有史以来最年轻的终身教授，在演奏方面被誉为“新一代的马友友”。但他似乎并不感兴趣这样的评价，他不希望像别人，更希望做好有个性的自己。我曾两次听过他的演奏，印象最深的是第二次，他演奏的德沃夏克Op104是一次超水平的发挥，已经呈现出大感觉、大抒情、大境界。

他们俩一个小提琴一个大提琴，都是中国孩子学习这两种乐器最好的样本，而他们的教学能力与成果也与他们自己的演奏一样，正处于艺术的辉煌阶段。

中国的古典音乐人才，最杰出的有很多在海外，包括那些将归未归者，比如郎朗、王健、秦立巍、薛苏里等人。然而，他们什么时候归来呢？他们归来之后，会不会也像先前归来的某些天分很高、才华横溢的演奏家们那样，因醉心于娱乐至上的生活方式、疏于练琴而在舞台上销声匿迹了呢？这是笔者的一种深切担忧。就像中国足球曾经的健力宝青年队，多么伟大的少年复兴，多少英雄豪杰的瞬间传奇，然而，随着他们的长大，随着他们的回国效力，这些队员却渐渐英雄气短了，竟至早衰。

有才华的艺术家，究竟如何更长久地保持艺术青春、更恒定地保持人格魅力呢？中国不缺明星，缺的是恒星。

目前国内的演出市场风起云涌，中外演奏家犹如奔赴擂台，而媒体的乐评，要么一边倒地追捧，要么轻描淡写地浅尝辄止于某一场演出或某一个曲子的诠释，鲜有对演奏家人格与成长环境的剖析，或者对某种大的思潮与现象的综述。笔者才疏学浅，尤其于小提琴也并非专项，只想从某些所见所闻的现象中说出自己多年想说的话，并知道这仅仅是块砖，旨在抛出来引玉，引出类似和田玉的那种玉来。

最近传来消息，担任洛杉矶爱乐交响乐团终身职位演奏家、美国南加州大学小提琴教授和博士生导师的薛苏里先生，又在拓宽他的音乐领域，他担任了勋菲尔德国际弦乐比赛艺术总监、香港国际音乐节艺术总监、勋菲尔德国际音乐协会主席、美国青年音乐家基金会艺术顾问等职，不仅成了音乐活动家，更令人震惊的是他以出色的技巧，荣获 2014 年美国全球音乐奖大赛器乐独奏金奖，他的专辑《金色旋律》也荣获金奖。他是双料金奖啊，为他击节！

平安夜与傅聪谈艺论道

在这样一个夜晚与傅聪先生聚会，真令人回味无穷。为了坐得亲近一点儿，周铿将订下的大圆桌临时更换成了一个小桌子。灯光不是很亮，却足够柔和。外面充满圣诞味道，好像我们不是在上海，而是在国外。

我们先到了二十分钟之后，傅聪来了。

他上身穿着深蓝色唐装，古典味道极浓，质地是丝绸的，很光鲜。这种面料在灯光下有着微弱的光感效果。他的头发如同照片上一样，梳理得一丝不苟。面部最突出的是两道长寿眉，黑白相间，悬空披垂，颇具神韵。

他落座时，没有任何多余的应酬话语，也不见丝毫笑意。这使他面部皮肤显出了老年人的干涩与松弛。啊，傅聪真的老了。而在我的印象中，他还是定格在《傅雷家书》中的那个需要父亲循循诱导的年轻钢琴家。

头一次目睹傅聪，是在两天前的上海音乐学院的小音乐厅。他在台上讲课。台上并排安放着两台斯坦威，他与一位戴眼镜的学生坐在各自的琴前。学生按照他的要求时断时续地弹奏着肖邦《第四号叙事曲》。灯光下，只见他活跃异常，不仅手臂挥洒得淋漓尽致，比指挥还像指挥，而且他的两脚不时地跺着台面，犹似舞蹈，跺出一片激情。这使气氛相当活跃。

这样的讲课对傅聪而言，一定是很过瘾的。他简直不像在讲课，而像在游泳，他在姿态万千地变换着不同泳姿，那份酣畅、那份自如、那份投入完全达到了忘我境地。

我当时绝不相信这么富有弹性和活力的躯体属于一位七十岁的老人！就像现在，我同样惊异于他离开舞台就座于餐桌前时，他的脸色怎么会如此沧桑和黯然，甚至还有几份冷峻。细瞅，他的皮肤像一张并未折叠好的纸张，并且不小心溅上了斑渍。

完全两个人，音乐的傅聪与生活的傅聪。离开音乐，莫非他就像鱼离开了水，跳到岸上便失去了生动和鲜活？从国外回来的一位钢琴家曾事先提醒我：傅聪的脾气蛮大的，他让我见面时要谨慎一些。或许因为这个，我们陌生地围坐在一起，一时都没有找到适当的话题，不免有些冷场了。

“傅老师，你在上大师课的时候，我看你的样子顶多像三十岁。”我还是鼓足勇气抛出了这么一句话。不想他突然正视我道：“三十岁？我像十七岁的呀！我跟好多人都这么说。”

一句话，让那个生动的音乐的傅聪又活脱开来。

几乎所有与傅聪初次见面的中国人，都要提到那部《傅雷家书》。他说："人家好像老是问我家书的事情，好像我还是小孩子似的。不过，我自己感觉我还是像个小孩子似的。"

有一次聚会之后，他颇有感慨地跟一位朋友说："不知为什么，在场的人都比我年轻，可是我觉得他们都比我年纪大，我的感觉永远是这样，不知道为什么。"说话时，他笑得很纯粹，一扫满脸的沧桑与冷峻。

对中国读者来说，《傅雷家书》的意义已经远不止"家书"，毕竟那是影响了中国几代知识分子的一本必读书。但是，傅聪说："'家书'其实我从来都不看，我不敢看，每一次看都太激动，整天就没办法工作了，太动感情了，不敢看。我觉得'家书'的意义最简单来说，就是我父亲追求的是一种精神价值，就是这个东西，人活着就是为了一个精神的东西。这个精神价值包含了很多东西，东方的、西方的，是一个很博大的精神价值，可是绝对不属于物欲横流的世界。有时候我对这个世界感到很悲观，我父亲其实也是，你们看'家书'可以看出这点来。可是，只要我还活一天，就知其不可为而为之，还是干下去，坚持我的这种理想，坚持我的追求，坚持我的精神价值。"

这部"家书"似乎是一把我们走进傅聪世界的钥匙。傅聪对此显然有着超越时空的敏感。一位年轻钢琴家在国外见到他时也提到过这部书，并且说很感动。但是，他认为这位年轻钢琴家肯定没被感动过。因为，“家书”的基本精神就是艺术的献身精神而不是追求功利，所以，他认为一切热衷于功利的人，是不可能真正去读“家书”并且读懂“家书”的。

从“家书”可以读出一位高境界的父亲的杜鹃啼血，也可以感受到一条清晰的父子间的传承文脉。

傅雷有两个儿子，傅聪和傅敏。傅聪也有两个儿子，大儿子叫凌霄，是爷爷给取的名，因为属龙嘛；小儿子叫凌云，傅聪自己取的。他说这名字挺俗的，但没有办法，九霄之下不就是云了嘛！我说，你父亲心存高远，希望你成功也希望你儿子成功，他非常敏感地回敬一句：“不是成功，是希望有成就，成功与成就是不一样的。”

他说他对儿子完全不似父亲对他那样。他说：“我不管他，我根本就不管。因为我自己都忙不过来，怎么有能力去管他们？再说了，我与父亲同处于一个时代背景下，虽然我们是两代人，却都是‘五四’那一代的人。我们都是追求理想的人，秉承同一种文化、同一种教育。可我儿子生在英国，世界完全不一样了。他管我叫‘怪东西’。有一次我弹琴正弹得来劲儿，无意间发现他站在我身后窃笑。他感觉非常奇怪，他不能理解我练琴练得这么苦，为什么还天天坚持练。”

他与儿子发生过剧烈的冲突，那是因为巴以冲突时，以色列的军队开进巴勒斯坦进行大屠杀，这使他很长一段时间心情特别坏。他认为西方世界发生的很多事情不人道，他们口头上讲人道主义，实际上做的一套是对说的一套的彻底否定，一切都是假的。他在家里生气，小儿子不理解，就为这个，他与小儿子发生了激烈冲突，差点儿没把儿子赶出家门，父子关系也差点儿决裂。他认为年轻一代玩世不恭是很不应该的。他说他这一点很像父亲。当年，甘地被刺杀的消息传来时，傅雷把自己关闭在房间里，痛苦至极，整整一个星期未出来见人。他认为人类怎么会这样恶呢，他认为甘地这样的善良人都会遭到刺杀，这个世界还会有希望吗？

他说，父亲把他的理想传给了我，我背负着沉重的包袱来到欧洲就已经够难受了，儿子要是再背上不是更难受吗？我在想，我有没有这个权力，把我的先入之见加在他们身上呢？

接着他又说，其实，遗传的东西是不可抗拒的。这种东西儿子身上也不能没有。他在大儿子身上就看到这种类似使命的东西。因而，他认为大儿子活得照样不轻松。

傅聪始终戴着一副黑手套，只有半截指头露出，这是因为练琴把手练坏了。他两年前回国时，他的手上缠着绷带，现在，他无论弹琴时还是吃饭时，都是戴着这样一副手套。黑色的手套格外醒目。与他见面握手时，我感受到这个手套的隔离感。我注意到他在吃饭时，戴手套的手夹菜很费力，一块虾段没夹住掉在桌面上，他就横过筷子顽强地去夹。汤蓓华女士劝他别夹了，已经埋汰了，但是，他倔强地说：我就不信夹不起来。他硬是夹了三次，到底夹起来了。

傅聪常说他十七岁之后才正儿八经弹琴，童子功没练好，他十分羡慕现在的孩子们，童子功好得不得了。为了进行后天的弥补，即使现在，他每天差不多也要练上八个小时的琴。他已经是七十岁的人了呀！他认为："就钢琴家纯粹机械性的这个方面来说，到我这样的年龄，要达到一定的水平，得加倍甚至加四五倍的精力才行。这几年我的手老是受伤，这是一个不可解决的矛盾。从弹钢琴的纯粹机械性来说，所有钢琴比赛的选手、所有音乐学院里的学生都比我强，真的是这样！可是，讲到追求一种精神境界，讲到声音的变化，讲到音乐里头的'言之有物'，那他们还是有很大差距！"

谈到他的生活现状时，他不无感慨地说："他们有时候都看到我活得相当苦，所谓苦，也包括痛苦，或者艰辛，两者都有。"一位叫马育弟的老朋友在长途电话里对他说："哎呀！傅聪啊！你是不是也可以过一些正常人的生活了！"但是，当他听到我的音乐会后说："听了音乐会，你不能歇，还得继续，不能过正常人的日子，你有责任还得干下去！"

傅聪听了老朋友的话很感动，他说："就是说我命里注定还得辛劳。唉，不过我的手老出毛病。恐怕只有等我的手真的坏到不能弹的时候，才会停，才会有时间到处看看，到那时，恐怕我都走不动了！哎呀，人生真的太有限了。"

"我没有办法去学所有的音乐，到现在为止，我不过对几个作曲家的作品，比较集中地学习过，基本上是全部的肖邦、全部的德彪西、大部分的莫扎特，舒伯特的差不多也全弹了，只剩后期六个大奏鸣曲中的最后一个，我现在还在下功夫，争取尽快拿出来。对我来讲，永远有压力。音乐是一门很高深的学问，我永远在那儿追求，并不是舞台或观众给我的压力。这是高山仰止，一门大学问，事实上是给自己出难题，我一辈子都在学新东西。"

"学艺术一定要出于对精神境界的追求，要有一颗'大爱之心'。我父亲说过：'知其不可为而为之，这是一种精神。'"

无疑，他是音乐的苦行僧。他与自己过不去，他折磨着自己的双手，也折磨着自己的灵魂。看到他的黑手套在饭桌上舞动，犹似一只滞重的受伤的黑蝴蝶，不禁令我联想到凡·高的耳朵还有燃烧的向日葵。艺术的殉道，殉道的艺术家啊。

听说诺贝尔文学奖得主赫尔曼·黑塞无意间听到傅

聪演奏的肖邦，激动得不得了，遂有感而发写了一篇激情洋溢的文章。令我惊喜的是，在傅聪最近出版的《傅聪，望七了！》这部书中，就收录了这篇文章。我跟傅聪提起此事，他显然非常高兴。他说黑塞不仅是大作家，也是大音乐家，他非常懂音乐。还有罗曼·罗兰。他们音乐嗅觉极其敏锐，能够从一首曲子中感知到一片一片叶子如何飘摇着坠落于地。

他父亲翻译的《约翰·克利斯朵夫》也是他最喜欢的书。傅聪认为真正的作家是与音乐家有着相同的人生、艺术境界的，在这种境界上，他们是完全可以沟通、可以感知彼此的。

黑塞是他的知音，也是我的知音。十多年前我去闯黄河源时，就背着他的一部《荒原狼》。我对傅聪还说到黑塞的《纳尔齐斯与歌尔德蒙》，这部写对精神与物欲极致追求的书，他频频点头，他说，还有一部是这类的书，叫什么……他一时想不起来，我说《席特哈尔塔》吗？写婆罗门教徒的。他说不是。他想了想，还是没有想起书名。那一定是《悉达多》了。显然，黑塞这位将笔触探入人生极致之中的作家引起了傅聪内心的撼动。可惜的是，黑塞在世时，傅聪并不知道他写过《致一位音乐家》的文章。许多年之后，金圣华翻译了此文，并在译后记中感慨道：“当年的黑塞，聆听傅聪而领悟肖邦的音乐，未晤傅聪而了解傅聪的情怀。艺术到了最高的境界，原是不分畛域、心神相融的。文学大家以笔写胸中逸气，音乐大师以琴抒发心中灵思，两人因而成为灵性上的同道中人、素未谋面的莫逆之交。”

我对他说，我感觉你是个符号，是一个风吹不散的很坚实的符号，也是不可取代的符号。至少有种承袭的意义。他打趣道：“你说我是符号是说我不是人呀？”

我们都被他逗得哈哈大笑。

其实，我所说的符号的意义，就在于他所强调并执着追求的精神层面的东西。他的父亲傅雷对今天的世界，其意义不也相当于一个符号吗？

他说：“我父亲在很多地方都是个先知，我说过他是一个文艺复兴式的人物。”一个文艺复兴式的人物——一个符号。

《新民晚报》的编辑跟傅聪介绍我写过关于郎朗的书（《爸爸的心就这么高——钢琴天才郎朗和他的父亲》），而我在书中也写到了傅聪对音乐的诠释。因而，我们的话题自然而然转到了郎朗身上。

傅聪说头一次听郎朗弹琴时，激动得不得了。郎朗的父亲也曾告诉我，傅聪感动得落泪了。我问傅聪是不是落泪了，他说，落泪倒没有，但是非常感动。他认为郎朗的天才是公认的。不过，傅聪接下来就尖锐地指出郎朗趣味不高，甚至有点儿民间艺人的感觉。他担心郎朗在美国那个趣味不高的国度里会影响精神境界的升华。他说郎朗什么都具备，他又那么聪明，学什么东西都会很快的，所以，他希望郎朗能够从巴伦博伊姆等趣味高雅的老师们身上学到更好的东西。他认为郎朗身上有很多先天的东西，是很充分的，趣味是可以后天培养的，所以，他对郎朗依然充满希望。

这时，《新民晚报》的编辑插话："郎朗在国际上的成功是不是有些奇怪？"傅聪认为不奇怪。接着我们又问他，中国那么多弹琴的孩子，再过五年十年，会是什么样子。傅聪回答得非常精彩，他说："一批光彩的手指。"

傅聪对琴艺有着高远的追求，他像中国古典文人，非常强调趣味。在他的书中，对趣味有这样的解释："我们中国人很讲究趣味，趣味的东西，怎么说呢？比如中国人讲绘画，讲什么'能、妙、神、逸'——逸品，飘逸的逸；这种品格我想很难具体说出来，但就是有这么一种气质，我想可能是潜移默化的自然的流露。"

傅聪并不欣赏霍洛维茨。说到美国与欧洲的品位时，他当然是欣赏并适应欧洲的贵族气氛的。我问他："假如欧洲的高贵趣味在美国被冷落，美国市场不认可，那么这种高贵趣味的实际意义有多大呢？"

傅聪没有马上回答，而是无奈地笑了笑说："我也无法回答呀。"

我感觉到傅聪有许多无奈，特别是对媚俗的无奈。

于是，我问他是不是越上了年纪越感觉无奈？他回答道：“我一直都生活在无奈之中。怎么办？也不去管他了，弹琴吧。”

我说：“你得亏还能弹琴，将自己沉在音乐之中。”

他认可。贝多芬曾有一句名言，说音乐是他最后的避难所。这话对傅聪亦然。

傅聪说，有个十五岁的初中生写过关于他的一篇文章，题目叫《文人的傲骨与生命的悲情》，他说他认为这个孩子很理解他，因而他将这篇文章收录到《傅聪，望七了！》一书中。

丹纳说过：“在这个世界上，只有一件事最有价值，那就是揭示你为之奉献一切的、笃信不疑的事业的真谛。”其实，读《傅雷家书》、读《傅聪，望七了！》，还有当面聆听傅聪谈论艺术人生，我所有的感觉都汇聚到丹纳这句话上了。

傅雷是为高贵的艺术而存在的，傅聪亦然。他们父子都是属于上个世纪的人了。他们能否适应这个世纪？或者说这个世纪能否接纳他们？

想想傅聪说过的话：“现在不光是演奏家缺少精神境界，观众也越来越缺少精神境界，整个商业化到这种程度——唱片公司要销售唱片，已经不是以演奏艺术本身为准，而是先考虑人的美貌，封面上印什么半裸体照片，非常恐怖！所以我很担忧……”傅聪担忧的东西很特别，他活到七十了，还是这般忧国忧民忧艺术，他却独独不为自己的晚年生活担忧。这就让我们不能不去为他担忧了：

还会有一个这样的中国人吗？古稀之年跟自己过不去，拼命折磨自己，将自己的手弹得一片狼藉，连吃饭都不顺利了。还有一个人会这样吗？为巴勒斯坦人的苦难而迁怒于家庭，甚至视儿子对此事件的态度为大逆不道，差点儿断绝了父子关系；也是因为巴以矛盾，他与好朋友巴伦博伊姆之间关系中断了好多年。还会有一个这样的人吗？问他什么就说什么，不管想法怎么尖锐怎么得罪人怎么不中听，他都是真实地和盘托出。正如他自己所说的，在他周围的人怎么会都比他年纪小，而他却偏偏感觉这些人都比他年纪大呢。他所说的比他年纪大是指比他更世故吧。他的内心永远是个孩子！那么正直着、纯粹着，为了音乐，似乎只为音乐！

他不喜欢摆样子，即使照张相片也不喜欢摆。我让他摆出碰杯的样子拍照，他突然不悦了，说这个摆得不自然了，便将杯子放于桌面。

沧桑严峻的是他，天真可爱的也是他，那得看他在什么时候、什么状态下。他情绪的丰富变化，一如对音乐的复杂多层面的理解与陈述。无疑，这是一个丰富的人，一个我从未见过的如此丰富的人：如此自信，如此从容，如此真诚！

与傅聪会面的第二天，上海一位建筑界的朋友请我在金茂大厦五十四层用餐。居高临下看脚下的黄浦江，看浦东浦西，看冬日里雾气迷蒙的大上海，我有种强烈的感觉：上海真的很大，很高，很浮华。而在这样的越来越国际化的大都市里，似乎还缺少点儿什么。就像傅聪给那个学生上大师课时，认为他弹肖邦都弹对了，但是，还是缺点儿什么。我的理解是，缺点儿肖邦最本质的精神，那就是文化与艺术的最本质的东西。

上海真的需要有傅聪这样的艺术与精神的符号，听说他要在上海买房子，看来，他需要上海，上海也需要他。

《斯卡拉蒂 d 小调奏鸣曲第 32 号》太深情了，无限的情愫深藏其间。那种琶音间具有无法言说的内涵，是无法梳理的岁月在黏稠着演奏者的手指和心灵。我的文章就是在音响中播放的傅聪先生演奏的这首乐曲中，画上了句号。

跨越千年的神圣

有一句老话将建筑形容为石头的史书，不知这是否是从流传的角度而言。我非常尊重那些得以流传下来的建筑，在我看来，既然能够流传下来，就是幸运的，就是宝贵的，但是，这并不一定就是说凡是能流传下来的就一定是当时最好的建筑，就像在战场上安然无恙的人未必就一定是英雄豪杰，其间，也不能不带有些侥幸的宿命色彩。

流传的建筑更重要的意义在于其经典性。能够成为经典的建筑，是需要经得住时间考验的。有的经典建筑在开始建造的时候却并不怎么被看好，甚至会招致人们的讥笑或辱骂，但是，骂着骂着，不知怎么就被赞美起来了，而且，还会被人们一而再、再而三地模仿、照抄或克隆。

如果我们历数一下就会发现，后来被人们看好、被一再复制或克隆的建筑，当初建造之时常常不被看好，甚至惹来了非议。比如，悉尼歌剧院。当时，著名建筑师沙里宁在众多设计方案中筛选时，为没有一个令他满意的方案而一筹莫展，实在没有办法，他才将已经被初选淘汰出局的方案翻找出来，重新挑，居然发现了一张草图。色彩鲜艳的效果图都每每被人忽略，何况一幅出自无名小辈的草图呢！然而，大师级人物恰恰就能够独具慧眼，硬是从这张草图上看到了悉尼歌剧院的无尽的魅力。如果我没有记错的话，那个制作草图的天才年轻人名叫伍重。尽管他这张“异想天开”的草图为结构建筑师在实际操作中带来了难以想象的困难与苦恼，但毕竟建造出来了，从结构力学上说，那是一个奇迹。

事实上，数十年来，这个白鹤晾翅般的白帆组合，或者说这片神奇而圣洁的盛开的贝壳“组雕”，在蔚蓝海水的抚摸亲吻下，在无以数计的世界各地游人的簇拥崇尚之中，一直不失其独特魅力。它太受宠，也太娇媚了。到澳洲来，如果不到这里来留个影，无论怎么说都是遗憾。这个建筑已经成了一个城市或一个国度的标志性建筑。

有意味的是，这个建筑的复制品却在我们这片土地上时常可见。不仅在某城市的广场上我见到过，而且，在一个县城的公路边我居然也见到了“悉尼歌剧院”——加油站。那是一个比较粗糙的克隆版本，也许没有海水和游人的拥戴呵护，这白亮圣洁的鹤翅已被尘土蒙面，而地面上的油渍更让她失去了尊严，看上一眼，就不免为之痛心，就像心痛一只跌落到愚昧者的枪口下的白天鹅。

不过，我尽量善意地去揣摩设计者的意图，他是否想要让人们加足了油，快些到悉尼看歌剧院呀？

再看另外一处建筑：玻璃金字塔。这是出自贝聿铭先生之手的作品。之所以做成玻璃的，是因为那里是罗浮宫的入口，走进去显得亮堂，最起码也是出自采光的考虑。那么，将造型弄成埃及金字塔状，是为了什么呢？是出于对古建筑的足够尊敬还是为了封堵那些反对者之口？金字塔本来是安静肃穆的，在古埃及那个空旷的地方，大漠黄沙更衬出远古死亡的寂寞。把坟墓制作成金字塔形，是对人类平淡空间的崇高叙述。而这种叙述越是在荒芜寂寞间就越是具有震撼力。然而，不幸的是，它一经贝先生之手，转移到了巴黎，便失去了安宁。

贝先生这一作品当时就招致了人们的反对，浪漫而保守的巴黎人认为他的这个玻璃匣子对罗浮宫是不能容忍的轻薄，不伦不类。在巴黎城，一个建筑遭到反对并不一定是坏事。比如埃菲尔铁塔，就曾招致了巨大的持续性的反对。有人视它为怪物，认为它伤风败俗。越是出新出格的东西就越是容易招致诋毁。正是在这种铺天盖地的诋毁声中，埃菲尔铁塔完成了自身的“造化”，成为整个巴黎城的标志性建筑。而贝先生的玻璃金字塔也正是在这种铺天盖地的非议诋毁之中，增加了巨大的知名度。

如今，全世界去罗浮宫的人完全接受了它，特别是当你从这个入口下去之后，你到了大厅正中，仰头往上一看，那一片玻璃的通透天窗，让你享受到来自天空的灵性的光照，有种通体的轻盈舒畅之感。无论从欣赏性还是从功能性上，我们都可以领略到贝聿铭先生的智慧。

然而，可能令贝先生始料不及的是，他选择的玻璃材料还是太容易被污染，正所谓“皎皎者易污”。如果他在我们的城市看到一处蒙满灰土脏兮兮的玻璃金字塔是一个地下商场杂乱的入口时，他会是什么心情？如果他看到一个垃圾箱是缩小的玻璃金字塔时，他又会做何感想？要是他有足够的幽默感的话，他可能会将它们看作玩具。

将建筑视作玩具，倒不失为一种智性。在维也纳看到的百水先生的“怪屋”便是一例。这个“怪屋”花花绿绿，远看，就像一个涂料过多过浓的花被单，蒙盖在一个略微倾斜的山坡上；近看，从那些曲线的迂回中，便不难寻觅到西班牙建筑大师高迪的神韵。高迪的格尔公园里的那些仿动物建筑，简直构成了一个妙不可言的童话世界。

当然，童话式建筑也是一派。早些年我就在一本建筑书上看到了“童话建筑”，那是一座桥梁，而整个造型便是一条巨大的卷叶虫，色彩造型颇具仿真质感，妙不可言。还有美国的某座城市的火车站，像一个外星人，高大地不可一世地叉开双腿站立着。

再回来说百水先生的怪屋。它成了维也纳的一绝，成为外来游人必看的一处风景。其实，怪屋不怪，倒是它的厕所有点儿怪，这种怪还是被女导游渲染的，她鼓动你到厕所去看看，她说得很含蓄，这便越发引起你的好奇。而我，真的走进去了，结果真正的怪并非与厕所建筑有关，而是怪在收费上：欧元五角，相当于人民币五元钱。你会合计：会不会给导游提成？

百水先生的建筑与高迪的建筑颇有相似之处，至少，应该算是模仿吧。不过，我没有去查对他们的生卒年月，还说不准谁在先、谁在后呢。但是，不管怎么说，我仍然认为百水先生的作品远不及高迪的怪诞。

说到高迪的建筑，我最早与之接触还是通过我国的建筑师马国馨先生。他在 1992 年的时候到西班牙去参观体育建筑，那时候，我们要搞亚运村。马老师当时很是英气勃勃。他归来后，很富感染力地讲到他的西班牙之行。他讲到了巴塞罗那市中心的那个怪模怪样的教堂：圣家族大教堂。那是十八个形态怪异的塔的组合体，同时伸向天际。十八个塔柱像山药沾了芝麻（这不是马老师之语）。马老师当时讲话也很富有激情。我想，他是头一次去西班牙，而我们头一次去那里，一眼看到那样的怪异建筑，也一定会激动不已的。就是从那时候，我记住了高迪。

后来，我看到了许多书上介绍的高迪的建筑，比如米拉公寓、格尔公园等，再后来，也同样在我们的城市里见到过对高迪建筑的模仿或克隆。那种色彩曲线歪歪扭扭的，也陆续在高档小区的景观建筑或一些现代公园里很花哨地出现了。不过，米拉公寓那种如同人的腿骨拼接的柱式，我倒是不曾看到过克隆的。

建筑有其文化传承性，而今天的世界，建筑师们等于处在同一个平台上，受外国建筑师影响或受外国建筑文化熏陶的中国建筑师，现在是越来越多了。因为中国的开放，不仅西方的建筑文化大量涌入，大量的外国建筑师也在中国找到了用武之地，从而将他们的理念搬到了中国来。比如早些年的上海商城，那个建筑就是出自著名建筑大师波特曼的手笔，也有人说那是他儿子设计的。不管出自他儿子也好孙子也罢，反正，那个建筑是一个外国人对中国古城的膜拜的理念倒是表达得很充分了，至于“古汉语式”的建筑符号是否别扭、是否准确，则是另外一回事了。就像中国的建筑师走向国际化，到外国的土地上去展示自己的建筑艺术一样，那需要机遇，更需要学识和水平，其认可度、话语权自然还在当地。

我们的建筑师就像我们的作家，在一段极短的时间内，将外国百年留存的信息与艺术思潮读遍，不管粗细，反正都领略了一番，而后，在自己的建筑设计中，进行创造和展示。当然，这里面也不乏模仿的现象，就像中国作家有许多成名作不也是可以从西方作家的经典作品中找到影子与脉络吗?

还说马国馨吧。他曾赴日本跟著名建筑大师丹下健三学习过建筑，他还写了一本介绍丹下的书。马国馨的聪明在建筑界是出了名的，而且，他也春风得意，是中国建设部命名的第一批仅有的二十位建筑大师之一。他真正出名的作品，是亚运村的主会馆。

那个建筑运用了拉索式设计，屋顶很雄伟，他曾问过我，第一眼看去的感觉像什么。我说像一本翻开扣下来的书。他说这是一种说法，还有人说像一艘古船。

我在建筑界“混”的那几年，也曾听到过关于这个建筑的议论，人们说得最多的是，这个建筑模仿了日本的代代木体育馆。我没有去印证这种说法，但我不免觉得有些遗憾，因为毕竟代代木体育馆是日本20世纪60年代的建筑呀。

当然，我并非是说年深日久的建筑物就不具有现代模仿的价值，有时候恰恰相反。建筑的创新与模仿，似乎永远在一种重复和交错中发展着。

再来说一下古罗马的万神殿吧。它是一件真正具有传世意义的建筑作品，它是迄今为止唯一保存完整的罗马帝国时期的建筑。跨越千年，多不容易呀！因而，到罗马去的人，几乎没有不去看看万神殿的。好比祭祖，你拜了爷爷辈、太爷辈的，能够绕过祖师爷的牌位吗?于情于理，似乎都不应该。于是，有一种颇好玩的说法，当地流行着一句古谚语，说一个人要是到了罗马而不去看万神殿，那“他来的时候是头蠢驴，去的时候还是一头蠢驴”。

哈哈，对现代游人而言，这句话太像广告词。不管怎么说，我到罗马去的时候，其实时间是相当紧的，而且，日程里也没有安排去看万神殿，但是，我还是想方设法去了那里。

从正面看去，万神殿并不具备想象中的震撼性，特别是没有台阶，一向会造势、造气氛的罗马人，怎么会不在这样的建筑面前造出台阶呢？我很奇怪。

没有台阶的万神殿，显得很不高大雄伟了，轻易就可以迈步走进去。广场似乎也显得窄小了，广场中心的方尖碑好像也比其他地方看到的方尖碑短细一些。

与周围环境相比，整个万神殿是处在被包抄与挤压之中，有种一直在萎缩下去的感觉。这与当年的氛围相比，简直不可思议。

据有关史料记载，从中世纪始，五百多年的时间里，这片广场都是一个喧嚣的鱼市场，这里成了罗马最热闹之处。在神殿的前柱廊里还曾卖过鞋帽，这里也办过画展。但是，无论多么热闹、多么人气旺盛，这里的人与万神殿的建筑也还是有着鲜明的界限与位差的，他们一定要仰起头来才会瞻望到建筑的巨大圆顶，那排前厅的柱子就因此显得非常雄伟壮观。人们要想进到万神殿里面，至少要跨上数米高的台阶。原本这里是有一段台阶的，可惜，这段台阶的伟岸与尊严被岁月打磨平了，广场的整个地面填高了三米多，不仅使万神殿的前廊台阶仅剩下了几个沮丧的踏步，而且广场边上的威风凛凛的柱廊也不见了踪影，从而，这里失去了应有的高耸气势与恺撒式的尊严。

但是，从建筑学的意义上而言，即便这样，它的魅力也并不损失多少，损失的只是罗马的浮夸，这倒也未必不是好事。除去了浮夸，万神殿的浑然朴实才真正体现出它的灵魂意义。

真是越看越令人怦然心动。随着夕阳的光照，我顺着它巨大的球形墙体而转到了建筑物背面。圆球形的庞大建筑物在我的眼中好像一个静默的堡垒。墙体的古老陈旧充分体现着岁月的粗粝感，很强烈的。据说，这个庞大的建筑物使用了六种不同的混凝土，还有砖和大理石。更具创造意义是这个建筑的造型：殿顶圆形曲线直接向下延伸，形成一个完整的球体与地面相接，后人称赞这是建筑史上的奇迹。

然而，这在当时，却被讥笑为“大冬瓜”。

众所周知，万神殿是在公元前27年，由奥古斯都的女婿阿格里帕建造的，后来毁于大火，由哈德良皇帝重建。我们现在看到的这个圆球造型，就是属于哈德良皇帝的作品。在他还没有当上皇帝之时，他就很热衷于建造这种圆球式拱顶，而作为建筑师的他，每每建造了这样的宫殿时，便不免会遭到同行的嘲笑。这种嘲笑似乎并未随着他当上皇帝而消失，相反，当他以皇帝的身份跟当时一位著名建筑师研究如何建造万神殿时，那位著名建筑师却讥讽他道：你是不是又想搬来你的大冬瓜呀？

那位建筑师的话音落地，引起一片哄笑。显然这很令皇帝恼火。但是，他并没有发作。他耐着性子征求完建筑师与工匠们的意见之后，仍然坚定地按照自己的想法，抱着自己一贯喜欢并擅长的“大冬瓜”，安放到了这里。嘲笑他的建筑师依然嘲笑他，尽管他已经成了皇帝。他还是很有胸怀的，他除了远离那位讥讽他的建筑师之外，并没有利用手中的权力将其打翻在地再踏上一只脚，或者让其遗臭万年。

当然，那位著名建筑师也是很可爱的，很书生气的，他以为自己只是在学术上坚持反对这种“大冬瓜”现象而已。

建筑的形状，往往是一个时代的精神的产物，这让我想到了我们的“大屋顶”时代。而梁思成先生，就曾因这个“大屋顶”的符号而走入民间。梁先生是个学者，他对北京的建筑也有着自己的真知灼见，他所处的背景，也与罗马那个讽刺皇帝的建筑师相差甚远。当新中国的伟大人物指着北京城要树一片烟囱时，他就不敢去公开反对，更不敢讥笑讽刺了。尽管他在那个特殊年代看到了城墙被毁，特别是元代的那个城墙里面的内墙被毁，他简直犹如五内俱焚，但是，他也只能独自痛楚不堪。他不敢向权威直言，更不敢讥笑挖苦，否则，他肯定不会像那个罗马建筑师，在讽刺了皇帝的“大冬瓜”之后，居然还能保住自己脖子上面的“小冬瓜”！

建筑，原本可以算作学术之争的问题，可是，在学者面对权力出现分歧之时，什么时候学术能够拥有有话语权呢？

真不知道，到了北京的天际线飞满了“大屋顶”“大草帽”时，这个极具讽刺意味的建筑符号，已经差不多如同皇帝的新衣了，可是，当时又有哪一个人敢于站出来批评或者讽刺呢？

讽刺在我们的社会生活中常常是犯忌的。台湾作家柏杨何以坐牢九载？不就是因为讽刺吗？三年前，我在台湾他的家中谈到这段经历时，他说，当时他在一家报社当主编，只因当时发表了一个漫画，画的是父子两人到一个海岛上垂钓，很孤独的，老蒋看了，大发雷霆，认为是对他们蒋家王朝的讽刺，于是，便动用权力将主编柏杨打入牢房，一关就是九年。可想而知，如果梁思成或者是什么人敢于讽刺“大屋顶”，那么，等待他们的大概不会是舒服的门槛吧？

无怪乎当下建筑师也感慨，在中国搞建筑设计有时首要的不是艺术水平如何，而是猜测理解“长官意志”的能力怎样。

哈德良毕竟是个建筑师出身的皇帝，他是真懂建筑的,而我们的城市建设中,又有多少市长是真懂建筑的呢?

不怕不懂，就怕装懂。要是真不懂，那是好事情，可是，装懂，就是另外一回事了。

再说那位罗马建筑师，他当时确实是很讨厌“大冬瓜”的，他肯定不会想到，哈德良皇帝的这个“大冬瓜”居然会传世，并且对后人的影响越来越大吧?

万神殿的神韵在建筑物的外面是断然不会感受到的，一定要进入大殿里面去。一到里面，你会看到一个巨大的圆形穹顶，历经了两千年的变迁后，这个穹顶仍然是全世界最大的。拱顶全部是用水泥制成，重达五千吨，最神奇的是穹顶中央有一个圆形大洞，直径八点九米。这是殿内唯一的采光口，氤氲出一种天人相通的神秘空间气氛，像开了一个天眼，一个十分神奇而大胆的天眼，你一仰头，就可以直接望见苍天。而强烈的光线，直接从洞外照射进来，即使是普通的光线，也因源自这个洞孔而变得神圣无比。

晴天的时候，光线从圆孔撒下一片灿烂，令室内蓬荜生辉；而阴天下雨时，风雨也会从外面飘然而入室内，地面那沉淀千年的大理石就会被雨水洗刷得鲜亮一片。这时候，不幸的人们如果到了这里祈祷，比如“老天有眼呀，苍天开恩！”“上帝呀，拯救我吧！”这一类的话，我想，在这个天眼底下，是会收到很好的心理效果的。

我并非一味赞美古人，也不是给罗马懂建筑的皇帝拍马屁，我之所以用了那么多充满激情的语言描述这个拱顶的天眼，是因为我要为这篇文章的主题引证，那就是“建筑的繁殖”。用大球状的拱顶做神殿或教堂也不是哈德良的首创，他只不过是更热衷于此吧。而许多著名建筑也是使用这种球状拱顶的，比如罗马东征时建的那个大教堂，现在伊斯坦布尔的大清真寺，原本是天主教堂，即使后来改为清真寺了，那个大圆顶也依然存在着。这在当时肯定是一股风潮了。就连那么有文化传统的欧洲也曾出现过时尚的建筑风潮，他们用教堂建筑来荣耀自己的城市，就像一场竞赛。因此，现在的欧洲出现了那么多光华四射的教堂。我们到那里去参观，有看不完的教堂，常常令参观者审美疲惫。其中，罗曼式建筑就是欧洲人追摹罗马建筑风格的结晶。就像使用这种大圆球造顶，也是一个时代的一种风潮、一种共生的影响吧。

而我所要说的繁殖或模仿，则是关于那个天眼的。

我不知道这个天眼曾影响过多少代、多少个国家的建筑，但我在我们国家最具文化的地域，陕西的黄帝陵看到了它的影子。黄帝陵的建筑出自我国著名建筑大师张锦秋先生之手。她是位女士，我称她先生，是出于对她的敬重。我与她一起开过三次建筑界的会议，应该说对她很熟悉，我还曾去过她的家里采访过。我曾经一一看过她在西安做的仿唐建筑，当然，这些建筑在业内人士中收获的也并非众口一词的赞赏。我曾在一篇长达七万字的大散文《中国建筑师》中，写到了张锦秋先生，她是中国建筑的承上启下者，可以说她深得梁思成先生的真传，而且，她还有一副令人羡慕的文笔，可以说，她的文品人品俱佳。

在她的唐风建筑中，我感受最深的是她对传统文化的认真与执着，以及力求体现本质的传达方式。这些肯定较之“大屋顶”的符号要智慧英明得多。她的黄帝陵建筑可能是近年来做的，我看到它是在她接受中央电视台十频道人物访谈的时候。黄帝陵的祭祀大殿，四周是柱子架起来的，没有围墙拦挡封阻，很通透敞亮。特别是当镜头摇向大殿拱顶时，我看到了一个圆洞，让我一下子联想到了万神殿的天眼。

黄帝陵祭祀大殿的棚顶显然是我们自己民族传统的，是方形的，而不是呈罗马的球体状，但是，这个天眼开的却是圆的。大师一定了解罗马，也一定对万神殿的天眼留下了震撼性的印象。因此，我猜想，这很可能是对万神殿的模仿。当然，张老师模仿得很巧妙，也融合了我们民族自己的东西，比如，在制作那个大殿顶棚时，她利用了方形木棱框纹，一道道犹如晒谷划出的精致沟纹，一道道推动着逼近圆洞，而真正与大圆洞毗连时，不免令人想到中国的哲学理念“天方地圆”，或者“圆融圆通”“天人合一”什么的，是借万神殿的天眼表述中国的哲学。

因此，我很欣赏黄帝陵大殿的中国式顶棚上开的圆形天眼，正如我很震撼于万神殿的天眼一样，两个同样的圆洞，却又开在不同的顶棚中间，都是渴望将殿内与上天直接沟通，这是一种建筑师的主观渴望，也代表了人类对上帝与苍天的某种亲近方式。

如果仅仅模仿一个建筑的外部造型，那是粗浅的，而能够模仿这种最能体现精神与宗教意义的符号，则是高明的模仿。

受万神殿这个天眼影响的建筑师在世界各地一定大有人在。日本的天才建筑师安藤忠雄设计的“光的教堂”，我认为就是一种本质的模仿。他将教堂摆放十字架的墙壁掏空，掏成一个十字架形状，让外面自然的光照射进教堂，这便形成了“光的十字”。这是很高明的设计，建筑内外的沟通方式与万神殿的天眼有着本质的相似。

其实，人类始终在以各种方式试图与上帝接近或沟通着，通过教堂建筑，通过宗教音乐，还有各种宗教题材的壁画或雕塑。人类的智慧在其间被不断激发着，而奇迹也不断出现。就像万神殿这种千年奇迹，在今天，依然能够被现代人所借鉴或模仿，并且，依然创造出神圣的空间来，这真是令人赞叹不已。

东方与西方有着不同的信仰、不同的朝圣方式，万神殿与黄帝陵也不是同类属性的建筑，但是，同样的天眼，却有着同样的绝妙。虽然相隔了千年，但是，将两者放到一起去感受，却有着同样的神圣魅力。我从中不仅读出了不同民族、不同文化的精神象征，当然还有建筑师要表达的极强的主观意念。这样的模仿是能够接受的，是成功的。

建筑是城市的符号。符号就像文字，谁都可以操持、都可以借鉴。但高明的符号使用是那种深刻与超迈的精神烛照，而绝不是外表空壳的皮毛照搬。这需要深刻的理解，既是模仿也是翻新，就像借鉴，就像传承。

然而，我所要强调的是，即使模仿，也要找到那种最具亮点、最具精神价值的符号，绝不能简单地克隆或照搬，还应该以现代人的巧妙与智慧，“洋为中用”“古为今用”，绝不该拙劣地克隆。就像文学创作，抄袭与模仿有时很难界定，这是为什么呢？说透了，就是高明的模仿与拙劣的模仿之间不易区别。高明的模仿，就是巧妙的，就会被说成是借鉴，而愚蠢拙劣的便会被冠以抄袭之名而蒙羞。

建筑界的抄袭常常是无人追究版权的，因此，在全世界的范围内时有抄袭发生。早些年，香港建筑大师钟华楠先生曾写过一部小书，叫作《抄与超》，他的意思一目了然，就是：抄，不要紧，但是，一定要超，这才会有意义。如果是今天，钟先生面对众多抄袭的建筑，他还会发出什么样的感慨呢？他是否会幽上一默：有繁殖能力毕竟是好事，但，最好不要近亲繁殖。

拥有理想和情怀的人

——刘元举印象

修晓林

在中国当代作家中，恐怕没有一个像刘元举这样常年乐此不疲地“玩高雅”，在专业交响乐团体验生活，被聘为深圳交响乐团的驻团艺术家，被音乐界称作“中国钢琴写作第一人”；他还在建筑界游刃有余地写出颇有见地的论文及散文随笔，并出版专著；也鲜见有人在某一个早上，独身闯入黄河源，在阳光炽烈中竟与一只“高贵”的荒原狼擦肩而过；也没有一个像他这样舍得放下主编兼社长的位置，甘于寂寞地跑到南方一隅闭关独处，“大隐隐于市”般地开始了职业作家的生涯……

蒋子龙先生在《新华文摘》上读到他的数万字大散文《中国建筑师》时惊讶地问他，一会儿写音乐（影响全国钢琴热潮的长篇纪实文学《中国钢琴梦》获首届东北文学一等奖），一会儿写建筑，一会儿又写游历欧洲的系列散文，还要当主编，编好《鸭绿江》杂志，怎么会有这么旺盛得不可思议的精力！

睿智的雷达先生称他是最具个性的作家，在完成中国作协重点项目作品时，竟能“以公家的锅煮好自己的饭”；而高洪波先生则直接称他为“四跨居士”：跨地域（从东北到岭南），跨领域（从音乐到建筑），跨体裁（从小说到散文到报告文学到音乐评论），跨时代。

诚然，刘元举在完成这“四跨”的过程中，首先是跨越了自己。他不断地向自己挑战，从未满足过已有的成绩。已经退休多年的《作家》杂志老主编王成刚曾在读到他近期的作品时，亢奋地在电话中谈起读后感，他认为元举的写作已呈现出一位大作家的气象。

据我所知，元举是个有着大情怀的人，他始终在追求，在跨越自身的局限。20世纪80年代，是一个有理想、有激情的时代，也是一个令现代人十分怀念的时代。而令我难忘的是，1987年的那个上海的秋日，就在上海文艺出版社建国西路创作室的小楼里，我有幸结识了刘元举。一晃将近三十年了，我一直与这位激情满怀、才华横溢的北方好友保持着联系。我们中间似乎有着一块巨大的磁石，虽时光渐隐渐去，但我俩的深情却是在不断浓缩和升华。这是一种发自内心的念想和牵挂，而一有机会见面，彼此总会有说不完的话。

元举是从基层奇迹般地以“特殊人才”身份，经省委书记特批，破格调入辽宁作家协会的。由于他当时太年轻了，作协领导让他在鸭绿江文学月刊社先当一段编辑，经受一下锻炼，然后再搞专业创作。这一干就是二十三年。元举干起文学编辑的行当，也是非常认真的。是编辑也同时是作家的他，因为这“双料”优势，与作家见面组稿聊天，气息相通，话题共同，如鱼得水。他多次从东北平原到关中大地组稿，他与王汶石、杜鹏程、胡采、陈忠实、路遥、贾平凹、高建群、晓雷、冯积岐等几代陕军作家建立了良好关系并成为朋友。在陈忠实陷入创作苦闷期时，他及时约到陈忠实的一个短篇刊于头题，此后不久，便有了《白鹿原》的面世。元举约稿并非只盯着名家，作为一名优秀编辑，元举更注意发现新人，他为了原先未有名气作者的成功，不仅在自己的刊物上发表他们的作品，还向其他刊物力荐自己了解的作者。2000 年，元举向我推荐了杜光辉的中篇力作。杜光辉是他在 80 年代初发现的陕西安康的业余作者，经他编发的处女作刊于当时的《鸭绿江》上。此后，他们就一直保持着朋友般的关系。而我也因此编发了杜光辉的中篇小说《哦，我的可可西里》。此作在《小说界》发表后，《小说选刊》《小说月报》《中篇小说选刊》都予选用，并获得上海长中篇小说大奖。而杜光辉由此提振了自己的创作自信，连续创作了中篇和长篇小说《可可西里狼》《遭遇海南》等，我也从此与光辉成为很好的朋友。

元举从普通编辑一直做到主编兼社长，可谓功德圆满。在编辑出身又转为专业作家的友人中，刘元举的创作水准也是极为出色的。我很是喜欢细读并品味他的作品。元举的创作，深得作文真谛，情感丰沛，文字讲究，信息量饱满，想象丰富奇崛，时有绝好佳句跳到眼前，是故入其内又出其外，“入乎其内，故有生气，出乎其外，故有高致”。元举的长篇报告文学和散文随笔，既有写人状事绘物的灵动画面感，又有学者眼光的深刻犀利，还有类似说书人的行文酣畅与幽默。读元举的文章，自有行走于自然山水间的清朗与舒适，时而是深沉的喟叹，时而是会心的微笑。这是一种来自生活底层的深厚质感，也是一种来自东北大地骨子里的风采和劲道，体现出雄浑大气与细腻温情无缝连接的高超水平和创作特色。

元举是个有理想、有追求、有肝胆的人，他永不满足，永远走在追求的路上。他在中国作家当中，是个特点十分鲜明的人。有评论家称他是“生命色彩独具的作家”，而著名诗评家孙绍振先生在阅读了刘元举的《西部生命》之后，为他写下洋洋洒洒的两万字评论，将他的西部散文与余秋雨的《文化苦旅》进行对照，认为各有千秋，而且将刘元举与张承志、周涛、马丽华等为西部写作的作家相提并论（见《当代作家评论》）。

刘元举最具特色的作品是他的西部散文，他的黄河源，他的柴达木。他曾多次独闯西部荒漠，以亲身体验，写出散文集《西部生命》，其中多篇入选中学生教科书和年度最佳散文选，有的篇章被翻译成英文、法文，发行海外。《西部生命》曾入围首届鲁迅文学奖，荣获首届中华铁人文学奖和东北文学奖。

元举是个能够创造奇迹的人，他的旺盛的生命力常常让我羡慕不已。我还惊叹元举对音乐和建筑的非同一般的爱好和研究，继而写出一篇又一篇、一本又一本的相关文章和著作。一次与元举通话，手机猛响就是没人接听，后来元举回电，说他那时正戴着耳机身陷柔软的沙发之中，神魂颠倒地欣赏柴可夫斯基和勃拉姆斯的音乐，听得穿越时空、如痴如醉。音乐的美妙和建筑的意境，早已融入元举的细胞和血液之中。

刘元举是第一个为钢琴演奏家郎朗写传记的人。那时候郎朗才十五岁，还不为人所知，但是，元举在连续听了他两个月的练琴之后，不顾亲友的劝阻，毅然为其写传。当时一位友人劝说他：肖邦十五岁还没有传记呢！但元举却说，郎朗将来一定会比肖邦更火！

后来，郎朗蜚声世界时，法国一家电视台采访刘元举，问他为何最早发现了郎朗的天才，为何认定他将来比肖邦更火。元举淡定答道：肖邦一生只举办了三十场音乐会，而郎朗一年就有一百六十五场。时代不同了嘛！而且刘元举强调，他所说的郎朗“更火”，也只是更火，而不是更伟大！

由于元举采访体验得很深，他的《天才郎朗》一书自20世纪末以来一直畅销至今。最近，一家出版社将此书译成英文发行全球。

元举每年都来上海参加音乐活动。上海，正以它阔大包容的胸襟和气魄，以令人眼花缭乱的形式和内容，不仅成为国际经济贸易中心，也成为国际文化交流演出的大舞台。由上海音乐学院主办的每年一度的国际钢琴大师班就是其中的重要活动之一。刘元举也以“作家音乐人”的身份受到邀请，为参加钢琴大师班的莘莘学子讲课。他讲解古典音乐的精妙之处，引经据典，大受欢迎。而作为元举的好友，我也多次受益，有幸现场聆听国际钢琴大师的演奏。2011年10月4日晚，我与刘元举、《文学报》主编陈歆耕一起，在上海东方艺术中心聆听“2011年上海音乐学院第八届国际钢琴大师班系列音乐会之四——安东·克迪钢琴独奏音乐会（贝多芬作品专场）”。而从2010年年底到2011年年初，《新民晚报》副刊以“来讲课的钢琴大师”为主题，连续发表刘元举点评钢琴演奏风格特点精要的专栏文章《迈克的舒伯特》《克迪的高妙和超然》《巴什基洛夫的音乐天性》……元举以文学家的特殊视角和丰润文笔评说音乐，这与“学院派”乐评人中规中矩的评述相比，显然是另有一功，不可替代。

让我倍感兴趣的，还有元举对建筑文化研究和评述的全身心投入，这是他人生喜好的又一亮点。在著作甚丰的当代作家中，刘心武和刘元举都倾心于建筑功能的探究，并有专著在建筑工业出版社出版。按理说，隔行如隔山，这绵软多情的文人之笔，怎么就会指向坚硬如石的中外古今各式建筑物？取得成就原因何在？那是因为深厚的人文历史积淀、对我们国家和民族历史文化的深切热爱在作家心中激起了波涛浪花，使之在思想的光芒下，亮出绚丽的七色彩虹。

元举曾随口问我："你知道为什么古时候国外楼房宫殿的建材都是石头，而我国的帝王之都和民居全是土木结构？""深圳现在深刻感受到城市缺少山了，因而他们要人造四座山。而当年他们像摧毁碉堡一样推平山头，才不过三十年便要回头去人造山了，这是为什么？""为什么新中国成立以来，对建筑一直奉行着歌颂的原则，只歌颂不批评？我从来就没有见识过真正意义上的建筑批评。"口气是急切又痛苦的。元举是多么看重城市建筑的文脉和记忆！在这位北方汉子正在书写的生命典籍中，历代建筑所表现的性情与文化，是其最重要的篇章。

元举曾和德高望重的建筑界老总编杨永生策划并成功举办"建筑与文学"研讨会。一位作家有着如此丰富的知识结构和广泛的学识涉猎，对建筑文化有如此的兴趣和心得，这就产生了令人羡慕的推介和示范效应。我很想为元举争取在文艺社出版他的那本谈我国主要城市建筑特点的蕴含悲情和喜悦之意的著作，但书稿选题却未能如愿通过。这在我的编辑生涯中，实为憾事。

“音乐是流动的建筑，建筑是凝固的音乐。”元举在受邀为各方人士和大学演讲时，我想，对他来说，那是一种奇特的场景，也是一种奇妙的感觉。如果说，音乐是个人心灵的抒发和寄托，那么，一个国家或城市的建筑，就是浸润人文信息的历史载体，个体与人类、微观与宏观均不可或缺。在我看来，一位作家若是从生命积淀和文脉传承的视角，倾心专注于音乐和建筑，那他的精神世界必定是无限丰富的。

每次与元举见面，我俩都会神聊关于乒乓球的话题。我和他都是“国球”的超级球迷，不仅具有关于乒乓战术、器材、各位世界级球星技术特点的专业知识，拿起球拍也是能够生龙活虎、身手敏捷地激烈对抗一番的。元举横握球拍，犹如大刀砍杀，我则采用灵巧多变的直握手法，两人都是正面反胶、反面长胶，真是棋逢对手、将遇良才。在北京、在深圳、在上海的乒乓室，我们都有过交手，每次都是爆冲弧圈、近网摆短、侧身抢攻、奋力救球，激战犹酣。最值得记述的是2006年年底，中国作协第六次全国代表大会上，由《作家通讯》主编高伟组织、十几位作家球迷在北大未名湖畔的体育馆捉对厮杀的场景。元举与军艺的一位大校作家对阵，比分互咬，打得难解难分，最后他终于在决胜局以微弱优势赢下比赛。只见元举兴奋异常，如火山爆发般地高呼："晓林，给我一支烟！"我从来不知也没见过元举抽烟啊！

《在鲁院打乒乓球》是元举于2004年年底创作的大散文，写得实在是好，可称是乒乓题材作品的名篇，每每读来都让我开怀激动、血脉偾张，掩卷后依然心潮难平、回味无穷。

丰沛的才思，丰饶的情怀，丰富的阅历与经历，正是元举旺盛的创作人生的直接写照。愿他走得更高，更远！

图书在版编目（CIP）数据

北人南相 / 刘元举著. —大连：大连出版社，2015.11
（“字码头”读库. 辽宁舰）
ISBN 978-7-5505-0960-3

Ⅰ.①北… Ⅱ.①刘… Ⅲ.①散文集—中国—当代
Ⅳ.①I267

中国版本图书馆CIP数据核字(2015)第193608号

北人南相
BEIREN NANXIANG

出 版 人：刘明辉
策划编辑：刘明辉　李　岩　张　波
责任编辑：张　波　杨　钟
封面设计：林　洋
版式设计：张　波
封面绘图：孔昭平
责任校对：李　萤
责任印制：阎　骋

出版发行者：大连出版社
　地址：大连市西岗区长白街10号
　邮编：116011
　电话：0411-83620442　0411-83620941
　传真：0411-83610391
　网址：http://www.dlmpm.com
　E-mail：dlszhangbo@163.com
印 刷 者：大连图腾彩色印刷有限公司
经 销 者：各地新华书店

幅面尺寸：130 mm×195 mm
印　　张：10.375
字　　数：210千字
出版时间：2015年11月第1版
印刷时间：2015年11月第1次印刷
书　　号：ISBN 978-7-5505-0960-3
定　　价：29.00元